美輪和音

王華懋 譯

暗黒の羊

暗黑之羊

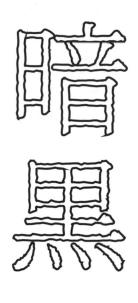

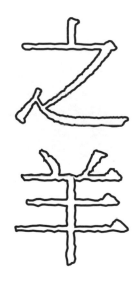

目錄

炎上之羊

不行，我動不了。救我……
火要燒過來了，眞的會死掉的！
住手，不要再拍了！
妳要把我淒慘地死去的樣子放上網路嗎？
啊……好痛苦，我不行了。
啊，妳一定會後悔的。
因爲世上不可能有人像我這麼愛妳了。
因爲……

1

車子沒有放慢速度，爬上蕭瑟冬景連綿不斷的山路。
「冬天跑去露營，簡直就是瘋了。」
「明明是妳說想露營的，美夜。」
桐生回嘴道，美夜從副駕駛座瞪向輕快地開著自豪新車的他。
「我說的露營，是那種時髦的活動好嗎？再說，什麼設施都還沒蓋好的候補地點，我跟穗乃花半點都興趣都沒有。」

「傻蛋，我要讓妳第一個踏上即將興建的潮到出水奢華露營度假區，感謝我都來不及了好嗎？再說，大人就該在冬天露營。喏，妳看，這片樹木披著殘雪，閃閃發亮的神祕景致！也沒有吵死人的屁孩，根本讚爆了。我說的對吧，野豬？」

田中信隆習以爲常地聽著開車的桐生和副駕噘著嘴的美夜拌嘴，這時突然被叫到（註），嚇得怪叫一聲：「嘿？」

「怎樣啦，野豬，你該不會又對穗乃花看到發痴了吧？」

桐生一語道破，信隆欲將視線從鄰座的穗乃花側臉移開，卻慢了一拍，與她四目相接。溫柔地咯咯輕笑的穗乃花宛如女神，讓信隆的心一瞬間就被無法言喻的幸福所填滿。

約一年前，穗乃花以派遣員工的身分，來到信隆擔任主任的不動產公司會計課。穗乃花或許稱不上美女，但嬌小白皙，氣質輕柔可愛，讓信隆一眼就拜倒在她的石榴裙下了。

文靜可人的個性更是吸引信隆，他在內心給她起了個暱稱「棉花糖」，但也明白大她十八歲，其貌不揚又是大胖子的自己，不可能獲得佳人青睞，一開始就不抱希望。

不過，在信隆指導會計工作，爲她收拾爛攤子的過程中，穗乃花漸漸地開始依賴信隆。兩人說話的機會也變多了，信隆忍不住樂觀地期盼：「也許她也對我有好感？」

註：信隆（nobutaka）和日文野豬（nobuta）音近。

又旋即打消：「不不不這太臭美了」，整天自憐自艾：「要是我再年輕一點就好了」、「要是我再瘦一點就好了」、「要是我長得再帥一點就好了」。對她的愛慕之情是與日俱增，但毫無自信的信隆沒有採取任何行動。

不過身爲同事，而且是個花花公子的桐生，不可能沒注意到笨拙信隆的愛意，在一旁起鬨敲邊鼓。桐生約了和穗乃花要好的美女櫃檯小姐美夜，四個人一起去喝酒，後來也進行過幾場類似四人約會的活動，最後信隆在桐生煽風點火下，豁出去向穗乃花求婚，令人難以置信的是，穗乃花答應了。

信隆與穗乃花的婚訊震驚了全公司，許多人暗酸「一定沒多久就會離婚了」、「一定是爲了保險金」，但婚後都過了半年，兩人現在依舊幸福得可怕，信隆每天都宛如身在美夢之中。

當時和其他女員工交往，甚至同居的桐生也和前任分手，和美夜結婚了。然後穗乃花和美夜雖然都已經離職，但現在依舊維持姊妹淘的關係。

桐生是個吊兒郎當的帥哥，類型與自己截然相反，但倘若不是桐生推了一把，信隆絕對不可能向穗乃花求婚，因此信隆很感謝以結果來說扮演了邱比特的桐生。

「喏，這邊要蓋樹屋和瞭望陽台，這邊是一排不同概念的豪華帳篷型小屋。」

桐生對著下車的一行人滔滔不絕地說明。任職於開發事業部的他，準備利用這塊休閒土地，與合作廠商展開露營事業。開發成本和經營成本都可以壓得很低，信隆也覺得是個滿不賴的計畫。

「那怎麼不等那豪華小屋蓋好了再帶我們來？什麼都沒有，就只是冷死人而已嘛，對吧，穗乃花？」

美夜嘟起腮幫子說，穗乃花爲難地微笑道：

「可是……冬天景色閃亮亮的很美，空氣也很清新。」

「看，人家穗乃花就懂，美夜太幼稚了。」

「什麼幼稚，空氣再怎麼清新，也塡不飽肚子啊。」

「說得也是。肚子餓的話，來吃便當好了。野豬，去撿樹枝。」

用信隆依言撿來的枯枝落葉生火之後，四人圍繞著火堆坐下。打開美夜和穗乃花親手準備的便當，桐生歡呼起來，一口咬上穗乃花做的烤羔羊排。

「人間美味！穗乃花做的菜眞是媲美大廚。」

沒錯，穗乃花不僅溫柔可愛，廚藝也一把罩。連在職場，桐生都天天跑去偷夾信隆的愛妻便當配菜。

「野豬能從豬變得像人一點，也都多虧了穗乃花吧？」

「野豬先生的確是瘦了呢。變得判若兩人，嚇我一跳。」

就像桐生和美夜說的，現在因爲有廚藝非凡的穗乃花準備營養均衡的三餐，原本體重破九十的信隆，這半年掉了將近十公斤，肥胖的體態也逐漸消失了。最有效的，似乎是穗乃花要他每餐前飲用的、以大量蔬菜製成的超苦「綠果昔」。

「天吶，眞的太好吃了。太幸福了。穗乃花嫁給野豬眞是太可惜了。」

見桐生專挑穗乃花做的菜吃，美夜噘起嘴巴，因此信隆只得無奈地捧場她的菜。「好吃！」儘管客套稱讚，但美夜和穗乃花的廚藝是天差地遠，信隆忍不住同情起桐生來。雖然桐生娶到了全公司第一美女，但他天天埋怨美夜有多不會打理家務。也許是這個緣故，婚後桐生依然死性不改，天經地義地在外花心。

吃飽喝足後，四人聽著劈啪作響的柴火聲，烤著飯後甜點的棉花糖，穗乃花忽地低聲說道：

「火堆眞的很棒呢。呆呆地看著火焰，總覺得好療癒喔。」

盯著火光搖曳的火堆的穗乃花，眼中也有小小的火焰在閃動。日頭傾斜，染成橘紅色的那張側臉無比地惹人憐愛，教人陶醉萬分，信隆幸福到胸口都痛起來了。好想與她相依相偎，永遠一起看著火堆——

然而信隆的願望一下子就被美夜的話打碎了：「好無聊喔，天色又暗了，我們快點回家吧。」

剛開始下山，穗乃花就眼睛發亮，歡呼起來。

因爲從山上俯瞰的日暮夜景，天空染上淡淡的漸層，籠罩著宛如打翻了寶石盒的城市街燈，美麗得言語無法形容。穗乃花把臉湊近窗邊，額頭幾乎貼在玻璃上，看得目不轉睛，美夜對她說：

「穗乃花，拍起來上傳怎麼樣？」

「啊，嗯，不錯耶。剛才的火堆也應該拍一下的。」

穗乃花笑著點點頭，用手機拍下流過車窗外的美麗夜景。

穗乃花在美夜慫恿下開始使用社群媒體，但沒有特別嗜好的她，只會偶爾上傳花朵或甜點的照片而已。對社群媒體毫無興趣的信隆完全不覺得有什麼，但如果火堆和夜景就能讓穗乃花如此開心，他發誓一定要多多帶她去各種打卡景點。

「小穗，要拍照的話，開窗再拍應該拍得比較清楚吧？」

聽到信隆的建議，穗乃花顧慮地說「可是，開窗車子裡會冷」，但桐生說可以幫車子換氣，因此她把車窗打開一條縫，開始錄影。

下一秒鐘，女人的慘叫聲刺進耳膜。

雖然嚇了一跳反射性地抬頭，但正好來到一道急彎，看不見前方。不過慘叫聲旋即被刺耳的緊急煞車聲蓋過，然後是「砰！」的一道沉重撞擊聲。

「天吶，怎麼回事？車禍？」

美夜說，上身往前探出，眼中浮現掩蓋不住的好奇。

桐生也不得不放慢車速，拐過彎道，「哇！」地驚叫一聲，踩下煞車。

稍前方的路面，一名年輕女子頭破血流，倒地不起。

疑似撞了她的男子走下廂型車，遠遠地觀望，但一發現桐生的車，立刻跳上廂型車揚長而去。

「啊！那傢伙想要肇逃？」桐生說。

「那個女生不會動了，還活著嗎？」

「喂，野豬，叫救護車！」

「咦？」

「叫你快打一一九叫救護車啦！」

桐生對整個人嚇傻的信隆丟下這句話，把車子停到路肩，跑向倒地的女生。美夜和穗乃花也跟上去。

信隆打完電話也下車過去，發現倒地的是個年輕女孩，雖然失去意識了，但還有呼吸。一行人心急如焚地等待救護車趕來，很快地傷者就被送醫急救了。

一行人對到場的警方說明狀況，警察詢問肇逃男子和車子的外觀，但他們只能說出車子是疑似黑色的廂型車，駕駛身高約一百七十公分。他們與肇逃的車子之間距離頗遠，而且天色又已經黑了一大半。

「沒看到車牌號碼嗎？連一點數字都不記得嗎？」

警察追問，信隆等人懷著既焦急又歉疚的心情搖搖頭，這時穗乃花怯怯地舉起一手說：「那個……」

「咦？小穗，妳看到了嗎？」

信隆問，但覺得視力比自己還差的穗乃花不可能看到。

「不，我沒有看到，可是或許……」

穗乃花說著，遞出手機。

「車禍發生前我正在錄影，或許也拍到那個人和車子了。」

刑警徵求她的同意，檢查手機，發現確實拍到了肇逃犯和車子，把畫面放大一看，連車牌號碼都可以辨識。

「幹得好，小穗，這是大功一件啊！」

被信隆等人稱讚，穗乃花靦腆地低下頭，顯得很開心。

原以爲因爲穗乃花拍到影片，肇逃犯很快就會落網了，沒想到那似乎是贓車，警方說車子被丟棄在路邊。

隔天他們接到了令人遺憾的消息：遇到肇逃的受害人星野夢過世了。她是個高中生，才十七歲而已。

2

遇到肇逃現場的震驚尚未平息，這時信隆的祖母過世了。

穗乃花似乎仍沉浸在遇到肇逃的女生過世的打擊中，信隆要她不必勉強參加葬禮，但她還是在週末一起前往信隆的伯父家，爲他的祖母上香祈禱。

穗乃花不只是參加葬禮，還爲信隆祖母的死悼痛，甚至幫忙準備飯菜招待守靈親友，就連愛碎嘴的親戚看了都眉開眼笑，紛紛讚不絕口說「你眞是娶到了好媳婦」、「你阿嬷在天之靈一定也會安慰不已」，信隆也覺得十分驕傲。

因此幾天後，伯父打電話過來時，信隆也篤定絕對又能聽到對穗乃花的稱讚，喜孜孜地接起電話。

「喂，信隆！」然而伯父喊他的聲音，卻不知爲何氣到發抖。「你……你到底是怎麼教你媳婦的！」

那難掩怒意的口氣，讓信隆驚訝、錯愕。

「咦？怎麼了嗎？之前阿伯不是還稱讚穗乃花，說我娶了個好媳婦……」

伯父在電話裡告訴他的內容，教人一時無法置信。

不可能的。一定是搞錯了。信隆懷著這樣的想法，打開穗乃花的社群媒體，看見上面的照片，整個人傻了。

照片上，是被白花圍繞的棺中的祖母遺體——

信隆一回家，立刻抓住煮飯的穗乃花，逼問她理由，然而穗乃花滿不在乎地說：

因爲很美啊。

「大家不是都說嗎？阿嬤的遺容很安詳，很美。」

「不是，就算是這樣，把死人的照片傳到網路上，這太扯了吧？」

「咦？可是那是已經化妝整理過的遺容啊。」

「是這樣沒錯，可是那是過世的人啊！我不玩社群媒體所以不知道，可是上傳死人的照片，不會有問題嗎？再說，應該有很多人看到那照片，會覺得難受或是反感吧？」

不管信隆如何解釋，似乎都無法傳達他的不舒服，穗乃花納悶地歪頭說：

「阿伯不是說嗎？阿嬤的朋友和熟人年紀都大了，沒辦法來參加葬禮。」

確實，以九十歲高齡壽終正寢的祖母，朋友熟人也都是差不多的年紀，因此葬禮上沒什麼弔客。

「所以我想要是能讓沒辦法參加葬禮的人，看到化妝得這麼美的阿嬤的遺容，就能湧出『啊，阿嬤眞的離開了』的感覺，接受阿嬤的死。」

「好吧，那這又是怎麼回事？」

信隆滑手機，打開今天剛更新的穗乃花社群媒體頁面。上面上傳了女高中生遭遇肇逃的影片。

「爲什麼要上傳這種影片？都拍到死掉的女生了。」

「這是……美夜叫我上傳的。結果有好多人留言……」

確實，就連兩人談話的時候，也不斷地有人發現這是眞實的肇逃影片，留下批判的留言。這就是所謂「炎上」的狀態吧。

然而奇妙的是，不只是批判的留言，追蹤和按讚的數目也同樣地一飛沖天。

仔細看那段影片，應該是光線的緣故，倒地的被害女生身體上出現類似白影的東西，這似乎引起網友議論紛紛，說是靈魂脫離的瞬間。

這是褻瀆死者的行爲。光是讀高中的女兒過世就夠讓人心痛了，最後一刻居然還被人像這樣公開在網路上，一想到家屬的悲憤，信隆就覺得心都快碎了。

「小穗，這是絕對不可以的行爲。要是過世的女生親人看到這段影片，他們不知道會有多受傷……馬上刪掉吧！」

信隆要穗乃花拿出手機，逼她刪除影片，但是看到新的留言，穗乃花的手停住了。

「這個……」

「嗯？」

信隆探頭看她遞出來的手機，是一名追蹤者留言說他認得肇逃犯的長相，說很像他的高中同班同學，連高中的名字都寫出來了。

儘管覺得這類留言沒什麼可信度，但爲了愼重起見，他們還是通知了警方，結果令人驚訝的是，隔天那名男子就被逮捕，承認他就是肇逃犯。

結果穗乃花上傳的影片協助逮到凶手，家屬感謝不已。

「太好了。就算是我這樣的人，也可以爲過世的女生和家人做出貢獻。」

穗乃花欣喜流淚說，信隆五味雜陳地看著她。

「這次碰巧有了好結果，所以是沒事，但是在上傳照片和影片的時候，最好要先三思。因爲都說只要上傳到網路上，就永遠無法刪除了。」

「嗯，可是我好開心。我完全沒想到，自己居然能協助警察抓到凶手、可以幫助別人。」

信隆無法理解，穗乃花明明這麼可愛，自我肯定感卻低落得可怕。父母早逝，被不擅長表達關心的祖母帶大的身世，一定對她造成了影響。

信隆認爲，穗乃花會願意屈就於其貌不揚的他，也是因爲自我評價很低的關係。信隆也一樣自我評價很低，所以十分了解她的感受。

穗乃花很容易爲了一點小事沮喪，但現在也許是因爲幫助了別人的歡喜，她比平常更快樂地做家事，餐桌上每天都是精心烹調的美食。

夜晚的床笫之歡，穗乃花也判若兩人，熱情如火，信隆雖然很吃驚，但是個驚喜。不過肇逃案破案後，時間一久，穗乃花的情緒也明顯日漸低落。

「穗乃花，妳最近是不是不太有精神？」

「……咦？沒有啊……」

如此回答的她，眼神就像霧面玻璃般朦朧空洞。明明不久前還那樣神采奕奕，充滿了生命力……

「我說，今晚我應該可以準時下班，妳有沒有想去哪裡？我們一起出門逛逛？」

信隆鼓起勁來邀約，但不出所料，沒有特別的嗜好，也不太喜歡出遊的穗乃花如同預想地回答：「嗯……沒關係，我會煮飯在家等你回來。」

「可是老悶在家裡，不會無聊嗎？哪裡都好，喏，要不要去看電影？還是去美術館？去血拚？什麼都行。然後我們找家好吃的餐廳，在外面吃飯吧。」

「又不是生日還是紀念日，不用啦。」

「不是啦，我是想跟妳約、約會啦。」

四十開外的歐吉桑說出「約會」這個詞，讓信隆自覺發冷，急忙又接著說：

「那，要不要去打卡熱點？」

「咦？」

穗乃花抬起頭來，空洞的眼睛第一次冒出光芒。

3

隔天晚上，信隆在電車裡抓著吊環，急躁地跺著步子。

兩人說好要去感覺可以拍到吸讚美照的水族館，信隆非常期待和穗乃花約會，但偏偏這種時候就會有臨時工作來攪局，搞得他大遲到。

信隆幾乎是掰開到站的電車門，火速衝過驗票口，渾身大汗地趕往和妻子會合的地點，正準備衝上通往地面的樓梯，卻差點在半路被雪崩般湧下來的人潮推回去。

「呃、喂，不好意思，我趕時間，請讓我過！」

信隆滿腦子只想著心愛的嫩妻正在等他，一時沒發現異狀，但他要求讓路的上班族面無人色，嘴巴一張一合，指著樓梯上方，驚恐地甩開信隆衝進驗票口了。不只是那個人，衝下樓梯的每個人都像在拚命，也有人在哭喊。

信隆被比自己胖的男人撞得踉蹌，對方還反過來罵他：「搞什麼！別擋路！」

「出了什麼事？」

「上面有個瘋子，在拿刀亂砍人，你也快跑啊！」

「咦？小穗……！」

信隆用發抖的手打電話到穗乃花的手機，卻打不通。

信隆過度驚嚇，全身血液彷彿唰一聲流光，但現在不是嚇昏的時候。得去救穗乃花才行……！

信隆逆著人流爬上樓梯，在人潮推擠中拚命搜尋妻子的身影。但人實在太多了，別說穗乃花了，連歹徒在哪裡都看不出來。

正當他懷疑是不是有人放假消息而引發恐慌，這時看見不遠處有個男子脖子流血倒地，讓他害怕得渾身戰慄。

他立刻再次打穗乃花的手機，還是打不通，他推開用手機拍照的看熱鬧民眾，瘋狂地尋找穗乃花。

「小穗……小穗，妳在哪裡！」

後方傳來尖叫聲，轉過去一看，不遠處的斑馬線上噴出鮮血。是一名年輕人拔出了插在老人背上的鐮刀。信隆在斑馬線前方發現熟悉的背影，大喊：

「小穗！」

然而對他的叫聲起反應的卻不是穗乃花，而是鐮刀男。鐮刀男揮舞著血淋淋的鐮刀，朝穗乃花走去。中間的人倉皇逃命，然而穗乃花不曉得是不是嚇到動彈不得，只是僵立在原地，信隆大喊，反射性地要跑過去，然而歹徒搶先一步舉起了鐮刀。

「穗乃花，快逃！」

信隆的大叫徒勞無功，鐮刀揮砍下來，嬌小的女子當場倒地。

但倒地的並不是穗乃花，而是她前面的中年婦人。

這時，警車鳴笛聲響起，到場的警察團團包圍了鐮刀男。男子抓狂，揮舞鐮刀，發出怪叫抵抗，最後被警方制伏了。

「小、小穗！」

信隆跑到穗乃花身邊，緊緊地抱住抖個不停的她。

「有沒有受傷？沒事吧？有沒有哪裡痛？」

確定妻子平安無事，信隆當場虛脫地坐了下來。穗乃花也處於異常的興奮狀態，眼睛依舊睜得老大。

信隆想帶穗乃花去醫院檢查，穗乃花卻搖頭表示想回家。

做完警方筆錄後，媒體圍住穗乃花想要採訪，但信隆替她擋掉，把她帶回家了。

「對不起，小穗，要不是我邀妳外出約會，就不會遇上這種事了……」

信隆懊悔不已，但穗乃花溫柔地搖搖頭，安慰他說「不是你的錯」。

「總之，妳平安無事太好了。暫時好好休息吧。」

「謝謝。」

哄穗乃花入睡後，信隆打開電視，每一台都在播報隨機殺人魔的慘案。從新聞上得知居然死了八個人，一想到穗乃花可能變成第九名犧牲者，信隆再次嚇得發抖。

隔天早上醒來一看，穗乃花已經在廚房爲信隆準備便當了。

「小穗，妳在做什麼？妳應該躺著休息啊。今天我會請假在家。我想陪著妳。」

「可是今天不是有重要的會議嗎？」

「別管開會了，開會怎麼可能比妳重要？」

「謝謝，可是我沒事的。我又沒有受傷。」

「遇到那麼可怕的事，怎麼可能沒事？再說，或許媒體會查到我們家，跑來採訪。」

「嗯，所以我想去美夜家躲一下。我剛才聯絡她了，她說會來接我。」

將可能驚嚇受創的穗乃花交給美夜，讓人有些不放心，但總比留她一個人在家要來得好。不太喜歡美夜的信隆再三叮嚀有事一定要馬上聯絡後，就匆匆出門上班了。

在會計部裡，穗乃花昨天遭遇隨機殺人魔的事也已經傳得沸沸揚揚，每個人都來慰問信隆，說幸好穗乃花平安無事。

午休時間，信隆在員工餐廳吃著穗乃花準備的便當，旁邊伸來一雙筷子，劫走了主菜。抬頭一看，是臉上頂著一貫笑容的桐生。

「好吃！穗乃花沒被殺死眞是太好了。你怎麼會讓寶貝妻子遇上那種危險呢？差點連累我吃不到美味飯菜了。」

桐生接二連三夾走愛吃的菜，每一口都吃得笑呵呵。然後說了聲「喏」，把自己喝到一半的瓶裝飲料擱到桌上，也許是回禮之意。這都是老樣子了，生性節儉的信隆總是捨不得浪費，雖然覺得困擾，但每次都還是會喝掉桐生的剩茶。

「那我要走了。好好珍惜廚藝精湛的老婆啊。」

桐生說道，正準備離去，卻被收到訊息的提示聲拉住了腳步。他從口袋掏出手機看過之後，要求餐廳阿姨把電視轉台，接著一屁股坐到擺著穗乃花便當的桌上，粗魯地拍了拍信隆的肩膀。

信隆吃驚地抬頭，看見電視正在播報昨天的隨機殺人魔事件。

「我們訪問到當時在近處目擊到這起恐怖凶案的民眾。接下來的影片非常震撼，請觀眾斟酌收看。」

聽見以目擊者身分受訪的女子聲音，信隆拿筷的手停住了。

「怎麼會……小穗？」

雖然沒有拍到臉，但螢幕上穿著他送的大衣的女子，無庸置疑就是穗乃花。

「咦？咦？怎麼會？」

信隆忍不住站起來，女記者盯著鏡頭，就像在對他說話似地說：

「以下就是目擊民眾在當時拍下的影片。」

螢幕出現昨天信隆也看到的站前景色。

尖叫、抱頭鼠竄的人們，其中有個四處揮舞鐮刀的年輕人。

「哇，嚇死人！媽啊，有夠恐怖的！」

不只是桐生，整個員工餐廳一片譁然，所有人都緊盯著螢幕。當然，行人遭砍的畫面沒有播出，但仍有些女員工也許是看了不舒服，離席跑進廁所了。

「穗乃花眞是太有膽了，居然沒有落跑，還拍下這種影片。」

「那、那是……她只是嚇到動彈不得罷了。」

信隆如此回答桐生，但對於穗乃花居然還能錄影，他自己最感到驚訝。

「可是，怎麼會被電視台採訪？」

「喔，大概是美夜的關係。她看到穗乃花拍的影片，拿去向電視台推銷了吧。」

確實，穗乃花身後拍到服裝花稍、疑似美夜的女子。一定是熱愛成爲焦點的美夜拜託穗乃花，強迫她接受採訪的。

信隆一回到家，立刻就想質問穗乃花，但穗乃花先回房睡了。一定是慘案的驚嚇尚未平復，就被逼著接受陌生的採訪，把她累壞了。

但穗乃花還是爲信隆準備了晚餐，他切實地感受到妻子的愛情，心想必須顧好穗乃花，不能再讓她勉強自己了。

然而到了半夜，應該累得睡著的穗乃花卻突然爬起來，鑽進信隆的床上。

然後又彷彿著了魔似地，激烈地索求信隆。

也許是一腳踏進鬼門關的恐怖體驗造成的反作用力。信隆如此解讀，回應她的渴望，並撫慰著她，共度了一段激情時光。

隔天早上，信隆懷著有些害臊的心情起床，發現平常都會在廚房忙碌的穗乃花，正坐在餐椅上滑手機。便當好像準備好了。

信隆原本想道早，但穗乃花看似有些恍惚的表情令人介意，他好奇她在看什麼，從背後探頭看手機螢幕。

躍入眼簾的，是昨天中午在員工餐廳看到的隨機殺人魔影片。但是和電視上播放的不同，連被鐮刀砍中的中年婦人血花四濺、痛苦打滾的場面都一清二楚。

「小穗，這……」

信隆吃驚地拿起她的手機查看，穗乃花居然把當時拍的影片未加處理就上傳到網路了。而且上傳時間是昨晚信隆上床不久前。

穗乃花上傳這種影片，緊接著熱情地求歡，信隆第一次對這樣的她感到毛骨悚然。

「爲什麼？爲什麼要上傳這種影片？」

穗乃花低著頭，小聲應道：

「因爲很多人希望我上傳。」

確實，兩人交談的這一刻，追蹤人數也以驚人的速度成長。

留言數同樣暴增，頻繁遭遇死亡意外的穗乃花似乎被封爲死亡女神，被捧上天際。

「我說小穗，妳爲什麼要拍這種影片？」

「那是……我在那裡等你，你卻沒有來，我一直等一直等，結果發生那種事，嚇了一大跳……」

「沒辦法準時到那裡是我不對。所以妳遇到那麼可怕的事，是我的錯。可是……」

「不是你的錯。可是我怕到動彈不得，沒辦法跑，心想我可能就要死在那裡了。結果手就自己動了起來，想說至少要把發生的事情拍下來。我覺得或許會像肇逃那時一樣幫到一些人，可以派上用場。」

既然都能錄影了，應該有辦法逃命吧？再說，眼前就有人被鐮刀砍中了，比起錄影，更應該先救人吧？信隆內心質疑，但仔細想想，當時陷入恐慌的自己也只顧得了找到穗乃花，根本無暇救助流血倒地的人。

「肇逃那時的確派上用場了，可是如果妳被那個人砍傷怎麼辦？要是有人把那個場面傳到網路上，妳一定會覺得很不願意吧？」

信隆不是質疑，只是想確定天經地義的事實，沒想到穗乃花歪起了頭，一臉不可思議地反問：

「怎麼會？」

「咦？」

意料之外的反應讓信隆語塞了。

「什麼怎麼會，要是別人把妳的影片擅自傳上網，妳不覺得很討厭嗎？」

「一點都不會啊。」

「怎、怎麼可能？妳痛苦死掉的模樣，會被全世界的人看到啊？」

「我不管全世界的人怎麼樣，我只想讓阿嬤看到。」

「想讓阿嬤看到？看到妳死掉的樣子嗎？」

在春日部獨居的穗乃花祖母，應該絕對不想看到孫女遇害的影片。然而穗乃花筆直迎視信隆驚訝的眼神，明確地點了點頭：

「因爲沒有親眼看到，阿嬤應該沒辦法好好接受我死掉的事實。她一定會永遠抱著期待，覺得我其實還活在世上。」

看見滑下穗乃花臉頰的一行清淚，信隆的胸口一陣衝擊。

他聽說穗乃花在年紀尚幼的時候，就因爲海難事故失去了父母，兩人的遺體一直沒有找到。所以穗乃花到現在還無法接受父母已死的事實……

信隆第一次發現，離譜的上傳影片行爲，背後有著她痛苦的過往。

但即使如此，並不是所有的人都像穗乃花一樣，想要看到親近的人遺體，或慘死前一刻的影像。不，反而有更多的人因爲看到而受傷。信隆懇切地向穗乃花說明。

但在穗乃花接受之前，社群媒體官方似乎先行動了，那段影片被刪除了。

4

想要讓妻子和社群媒體保持距離的信隆，開始邀穗乃花參加各種社團或學才藝，想要找到夫妻共同的興趣。只要找到能夠沉迷的嗜好，穗乃花對於上傳慘案和意外影片的興趣一定就會降低，總有一天徹底忘懷。

「小穗，要不要加入站前新開的健身房？有瑜伽、游泳和高爾夫球的師資喔。」

「如果不喜歡運動，學馬術怎麼樣？聽說只是騎馬，就可以鍛鍊核心肌群。而且馬的眼睛很漂亮又很可愛，很療癒不是嗎？」

「啊，如果妳害怕動物的話，去學英語會話怎麼樣？老師或許是外國人，但保證是人類。要是英語變流利，一起出國旅行不是更好玩嗎？」

不管信隆如何鼓吹，穗乃花都絲毫不表興趣。她會說她要在家，叫信隆自己去，但這樣就沒有意義了。

「小穗，妳真的都沒有想做的事嗎？不可能吧？總有一兩件想做的事吧？」

「也不是完全沒有……」

「什麼什麼？快告訴我，是什麼？只要是妳想做的事，我都樂意奉陪。」

穗乃花悄聲回答了：

「……兜風。」

「咦……？」

信隆沒有駕照，也沒有車子。他不覺得有自己開車的必要，而且工作經常加班，抽空去駕訓班考駕照不是件易事。

「兜風啊……我問一下，妳想要坐車去哪裡嗎？」

「……像之前坐桐生先生的車去的露營度假村興建預定地。」

那不就是女高生中遇到肇逃的地點嗎？就是在那裡偶然錄到逃離車禍現場的肇逃犯，此後穗乃花整個人失常了。

「呃，妳怎麼會想去那裡呢？」

「生火堆很好玩，而且……我想去那裡擺個花束。」

穗乃花到現在都還對女高中生的死念念不忘嗎？但是在回答之前，她的目光游移。或許她在期待又能在那條山路遇到車禍。

信隆希望她停止上傳慘案和意外影片，但如果穗乃花心存這種念頭，根本是反效果。信隆如此想著，把穗乃花提出的兜風希望含糊帶過，結束話題。

也許是這個緣故，穗乃花日漸鬱鬱寡歡。信隆不知如何是好，找到在公司抽菸區抽菸的桐生求助。

「她是渴望受到肯定吧。」桐生一副洞悉一切的表情說。

「渴望受到肯定？」

「就是希望別人肯定她啊。聽說社群媒體的讚數和留言支持，超能滿足一個人得到肯定的欲望。」

自己比任何人都肯定穗乃花的好，然而不管他再怎麼珍惜穗乃花，竟比不過不曉得哪來的阿貓阿狗按讚嗎？

信隆對那類東西毫無興趣，只是爲了確認穗乃花的社群媒體內容而申請帳號，他完全無法理解。

「可是，不只是肯定而已啊。也有一堆人對那類影片感到排斥，很多留言都在罵小穗，說她沒常識、腦袋有問題。」

「但另一方面，也有一大堆愛看恐怖東西、血腥影片成癮的人。對那種人來說，穗乃花完全就是女神吧。而且只要上傳到網路，不管再怎麼刪除，還是會傳來傳去，永遠留在網路上。」

穗乃花成了網路名人，這似乎讓美夜羨慕萬分，也開始卯起來拍攝偏激的照片上傳。桐生說，他在外面玩女人回家的晚上，本來睡著了，感覺到動靜醒來一看，枕邊的美夜竟左手拿著手機，右手抓著菜刀。

「我眞的嚇死了，想說她是想把我碎屍萬段，拍照上傳嗎？你也要小心點，不要被穗乃花刺死啦。」

「小穗才不會做那種事！」

「嘿，不曉得喔。啊，野豬，跟你透露一件事，你先幫我買瓶我平常喝的茶來。」

「什麼事？」

「我剛哈完一根，喉嚨乾到說不出話。」

信隆無奈，去自動販賣機買了桐生愛喝的茶回來，桐生一把搶過寶特瓶，咕嘟咕嘟暢飲起來。

「然後呢？」

「嗄？」

「你說幫你買茶，就透露一件事給我。」

「啊，我忘了。」

「喂！」

「聽好了，野豬，張大你的耳朵聽仔細。社群媒體的讚數，還有留言的讚賞，對某些人來說，好像能帶來超越性愛的快感。」

「……嗄？你在說什麼？這再怎麼樣也太扯了……」

「不不不，聽說得到別人的讚，大腦就會分泌快樂荷爾蒙多巴胺。這種多巴胺也叫做大腦嗎啡，具有成癮性。穗乃花因爲追蹤人數增加，經驗到被人肯定的快感，已經陷入肯定欲望成癮，不能沒有讚、想要讚想得不得了。也就是說……」

桐生面露冷笑，把臉湊上去：

「……比起跟野豬你床戰，被按讚更讓人銷魂啊！」

桐生吊兒郎當地笑著說個不停，他的聲音逐漸遠離。

這麼說來，這陣子即使信隆要求，穗乃花也都不回應他了。

當晚加班結束回家一看，應門的穗乃花比平常更要消沉。一看到她了無生趣的疲倦神情，信隆脫口而出：「小穗，我會去考駕照。」

「……咦？」

槁木死灰的眼睛浮現驚訝。

「妳不是說妳想坐車去兜風？」

「你還記得？可是……怎麼這麼突然？」

「那是……喏，兩人一起兜風一定很好玩，而且……我想永遠跟妳相親相愛。」

「可是……你工作這麼忙，有辦法嗎？」

「沒問題的。只要是爲了小穗，要我再怎麼拚都沒問題。」

「我太開心了！謝謝你，阿信！」

幸福地撒嬌的穗乃花，對信隆來說果然是讓人疼愛到不行的心頭肉。

信隆開始去駕訓班以後，穗乃花顯而易見地恢復精神了。

信隆沉浸在幸福當中，希望穗乃花已經忘了社群媒體，期待夫妻一起去兜風。

不用加班的日子和假日，信隆都一定去駕訓班上課，因此沒辦法像以前那樣休息，累積了不少疲勞，但只要想到穗乃花開心的表情，就覺得任何困難都有辦法克服。

就在這樣的某一天，他在公司電梯遇到人事部的黑瀨果步子。果步子向信隆頷首致意，走出電梯，但是一看見其他員工都離開電梯，只剩下信隆一人，又走回電梯裡。

「那個……」果步子在開始移動的電梯裡開口。「穗乃花後來怎麼樣了？」

穗乃花離職後，果步子仍然很照顧她，發生隨機殺人魔事件後，她也擔心到甚至上門探望。

「喔，之前謝謝妳關照了。託妳的福，她最近好像又稍微恢復精神了。」

「那是……」果步子略顯憂愁的細長美人臉蛋浮現困惑的神色。「因爲她又開始上傳事故照片了嗎？」

「咦？妳說穗乃花嗎？」

「田中先生不知道嗎？喏，你看。」

果步子和信隆一起走出電梯，一面操作手機，在電梯廳打開穗乃花的社群媒體主頁給他看。

上面是車子撞進護欄全毀的照片。慶幸的是，照片只拍到車子，沒有傷者入鏡。

「她怎麼學不乖，又傳這種照片……拍這種照片和影片的行爲，我實在無法理解，這是世代差距嗎？不管我怎麼說，穗乃花好像就是不明白我的意思。」

「我懂。我也和田中先生感同身受。」

在發生這些風波前，果步子就是穗乃花爲數不多的追蹤者之一，過去她好像也多次規勸穗乃花上傳這類內容不好。

「我昨天也傳訊息給穗乃花了。穗乃花的追蹤者裡面，有個叫咩咩多莫利（註）的人，他的留言非常中肯，我要她好好讀一讀。」

咩咩多莫利這名追蹤者不是劈頭否定穗乃花上傳的影片，而是貼近她的心情，誠懇地請她同理每個看到影片的人的感受，果步子說她也留下了贊同的留言。

「謝謝妳總是這麼關心穗乃花。隨機殺人魔那件事以後，妳也特地上門來關心，穗乃花非常高興。」

「這樣嗎？」

「咦？出了什麼事嗎？」

「其實……後來穗乃花跟我說她想去兜風。我想說可以讓她轉換心情，就開車載她出去……可是一路上穗乃花緊抓著手機不放，睜大眼睛不停看窗外……」

果然，穗乃花會希望信隆考駕照，也是忘不了一開始的成功體驗，覺得只要開車兜風，就能遭遇事故現場嗎？

註：原文作「メメント森」，音近拉丁文Memento mori，意爲「勿忘人終有一死」。

「啊，難道這照片是那時候拍到的？」

信隆指著果步子的手機照片問，但她搖了搖頭。

犯罪現場或意外事故不是那麼容易就能遇上，果步子說她平安無事地把穗乃花送回家，因此穗乃花顯得很不滿。

「那，這照片穗乃花是什麼時候拍的？」

上傳時間是昨天深夜。

果步子確定四下無人，把臉湊上來說：

「其實，昨天我在公司旁邊的咖啡廳看到穗乃花。我本來以爲她和你約在那裡，沒想到出現的是他……」

「妳說的他……難道是桐生？」

信隆從果步子微妙的表情和語氣如此察覺，果步子神情陰沉地點了點頭。

在桐生被美夜搶走前，果步子是和桐生同居的前女友。

「他開車過來，載著穗乃花離開了。」

果步子苦澀的表情就像在說：「你也知道那傢伙是怎樣的人吧？」

被蒙在鼓裡的信隆震驚極了。昨晚穗乃花一如往常地待在家，迎接信隆回家，但信隆加班結束後去了駕訓班，所以回到家時已經過了十一點。

信隆回家後質問穗乃花，穗乃花大方承認她昨晚和桐生兩個人一起去兜風了。

「只是兜風而已，我們沒有做任何虧心事。」

「就算是這樣也太離譜了，居然跟美夜的丈夫單獨在夜裡開車出去。」

「我又不是想和桐生先生兜風才跟他出門的。還不都是因爲你沒有駕照。」

「不是，我也是爲了妳，全力考駕照啊。我連加班後都盡量去駕訓班上課。」

「可是我還以爲可以更快就拿到駕照。」

信隆說因爲工作，至少要三個月以上才能考到駕照時，穗乃花露骨地大失所望。

信隆說會盡快考到駕照，要穗乃花保證不會再單獨和桐生見面，但如果桐生邀說「我找到經常出事的地點」，穗乃花或許就會跟他一起去。即使穗乃花沒有這個意思，但桐生一定是想要把她搞上手。信隆感覺到危機。

「我說小穗，爲什麼妳那麼想拍犯罪或事故的照片？」

「因爲……我想要上傳到社群媒體。」

「所以說，這是爲什麼？」

「因爲追蹤我的人都很期待啊。」

「但並不是說非妳不可吧？再說，也不是所有的追蹤者都期待看到。今天我聽黑瀨果步子小姐說了，是叫咩咩多莫利嗎？不是也有人要妳想想每一個看到上傳照片的人的心情嗎？」

「那個人不是大叔就是大嬸啦。不，搞不好是老頭子老太婆。他們的感性有落差，所以不懂啦。」

「小穗，黑瀨小姐也說她跟我有同感。」

「所以說，阿信跟果步子都算大叔大嬸了。」

「不是這種問題啊，小穗。妳的父母在意外中過世，找不到遺體，所以無法對他們的死有眞實感，這我可以理解，也覺得是很遺憾的事。可是如果有人把你父母死前的模樣上傳到網路，讓全世界的人看到他們痛苦至死的樣子，妳也會很不願意吧？」

穗乃花想了一陣，表達她並不會覺得不願意，但理由很模糊，無法讓人信服。

不管信隆如何追問、如何費盡唇舌，都無法彼此理解，從穗乃花吞吐模糊的解釋來看，說穿了就是想要滿足被肯定的欲望。雖然信隆不知道那是否就像桐生說的，是超越性愛的快感。

5

幾天後，信隆下班後去駕訓班上課，累得全身虛脫地回家，穗乃花卻沒有在玄關迎接他。直到不久前，穗乃花總是會笑著接過他的公事包，還幫他擺好拖鞋。信隆落寞地回想著，把腳插進自己拎出來的拖鞋，朝廚房叫人：

「小穗，我回來了！剛才媽打電話來，說他們週末想來我們家坐一坐，可以吧？難得爸媽要來，大家一起在東京觀光一下……」

信隆邊鬆領帶邊走到餐廳兼廚房，卻沒看到穗乃花，平常總擺著晚餐的桌子也空空如也。信隆吃了一驚，客廳、浴室、廁所、二樓，一路找下來，都沒看見穗乃花的人影。打她手機也不通，因此他聯絡了美夜和果步子，但兩人都說沒和穗乃花見面，也不知道她去了哪裡。信隆第一個就向美夜確認桐生在家，所以也不是和桐生去兜風了。

信隆擔心穗乃花是不是遇到什麼事，在住家附近找人，但完全沒有她的影子。

過了深夜，信隆再也等不下去，準備打電話報警的時候，玄關門打開，穗乃花一臉疲憊地回來了。

就連信隆也忍不住破口大罵：「妳跑去哪裡了！」然而聽到穗乃花垂頭喪氣地說她接到朋友通知有意外，特地跑去名古屋，卻沒拍到照片，整個人說不出話來。

穗乃花似乎透過社群媒體，認識了熱愛事故照片的可疑人士，和他們有所交流。

甚至還有人會監聽警頻無線電，信隆拚命勸說那是犯罪行爲，跟那種人扯上關係非常危險，卻也對憔悴萬分的穗乃花感到同情，不解她爲何要陷溺到這種地步。

他在職場向黑瀨果步子傾吐這件事，果步子擔心穗乃花，又來家裡看她。穗乃花也很尊敬這個前輩，所以信隆期待只要兩人合力勸解，穗乃花或許就能了解，但遺憾的是，果步子的話也無法打動穗乃花的心。

「其他照片也可以得到按讚不是嗎？像是養寵物，上傳貓狗或鳥的照片影片。」

信隆如此提議，卻也被穗乃花一句「我怕動物」否決了。

要是有孩子是最好的，但這陣子信隆一直被穗乃花委婉拒絕，不可能有懷孕希望。

「料理的照片怎麼樣？對，小穗廚藝那麼好，附上食譜，上傳料理的照片好了。」

「這點子太棒了！穗乃花做的菜一定能引發話題，或許還會有出版社邀稿出書喔！」

信隆絞盡腦汁的點子，果步子也大力支持，然而最重要的穗乃花本人無動於衷：

「可是，在部落格和ＩＧ放料理照片的人太多了。」

「或許是這樣，可是小穗煮的菜特別好吃，絕對可以脫穎而出的。」

「我也這麼覺得。妳之前做的烤羔羊排，比人氣名廚的餐廳更要好吃好幾倍。一定會有一堆人追蹤，吵著要妳教他們食譜。」

那道料理也很好吃、那道菜也很適合擺在社群媒體上——信隆和果步子興沖沖地討論著，穗乃花低聲喃喃說「謝謝」。

「啊，太好了，小穗終於想通了。我一個人獨占妳做的菜實在太可惜了，要是全世界的人都可以享用到……」

「啊，不是，我說謝謝，是謝謝你們稱讚我做的菜。」

「咦？那美食照……？」

「我不想上傳。」穗乃花搖搖頭說。

「爲什麼？小穗？妳是可以用廚藝貢獻社會的人啊！」

「我不想那樣做。」

「爲什麼？難得妳有那麼棒的廚藝……」

「因爲我討厭做菜！我只是逼不得已，才會開始煮飯，但其實我恨死煮飯了！不管我煮什麼都會被阿嬤挑三揀四，我實在不懂把煮飯當興趣的人在想什麼。」

生性文靜的穗乃花從未這樣粗魯說話，信隆和果步子都被嚇到，客廳一片寂靜。

得知自己開心享用的穗乃花的飯菜，居然是百般不願的成果，信隆受到不小的打擊。每次穗乃花問他想吃什麼，他都天眞無邪地點愛吃的菜，原來她內心都叫苦連天，覺得麻煩嗎？

「不管這個……」

穗乃花打破了沉默。

「果步子姊覺得美夜怎麼樣？」

「咦……？什麼……怎麼樣？」

被穗乃花一本正經地質問對睡走前男友的晚輩有何觀感，果步子只是困惑不已。

「我只是好奇……妳不會想殺了她嗎？」

果步子啞口無言，信隆介入她和穗乃花之間：

「小穗，妳在說什麼？黑瀨小姐怎麼可能會想那種事？」

「阿信或許是不會，但我覺得果步子姊會這樣想。因爲在美夜出現以前，妳跟桐生先生很順利吧？喜歡的對象被人用那種方法搶走，會覺得無法原諒吧？全公司的人都知道你們在交往，所以果步子姊在公司裡應該待得很尷尬吧。」

立志成爲業務的果步子，原本在業務開發部當桐生的下屬，但兩人同居的事曝光後，她被調到了人事部。後來桐生和美夜結婚，許多女員工都很同情果步子，但實際上也有不少人以好奇的眼神看待她。

「把妳從和桐生先生同居的那棟大房子趕走後，美夜把妳一點一滴添購的有品味家具和餐具全部丟掉了。妳精心打理的庭院花草也沒有人照顧，全都枯死了，很可憐。我在想，要是看到這些，妳應該會想宰了美夜吧。」

「小穗，不要再說奇怪的話了，妳跟美夜不是好朋友嗎？」

信隆慌忙制止，但穗乃花沒有應聲，只是目不轉睛地看著果步子。注意到她的眼睛深處閃動著期待的好奇，信隆感到背脊發涼。

也許是招架不住，果步子也沒有應話，一臉蒼白地離開了。

「對不起，虧妳擔心穗乃花，特地過來看她。」

送果步子去車站的路上，信隆向果步子行禮賠罪。

「不會……我才是，什麼忙都沒幫上……」

果步子嘴唇顫抖地說著「我……」，望向信隆：「我很害怕。」

信隆無法應聲，沉默不語，果步子接著說下去：

「穗乃花怎麼會說出那種話？直盯著我看的她，嘴角一邊看起來是上揚的，那時候我有了個奇怪的念頭，難不成穗乃花……」

遲疑了一下後，果步子別開目光不敢看信隆，一口氣說完：

「她是不是……希望我殺了美夜？我覺得她是在教唆我殺掉美夜，然後跑來拍下殺人的場面……」

果步子眼中滲透出怯意，低下頭去。

這也太離譜了，妳想太多了——

要是能如此開朗地一笑置之就好了，信隆卻連嘴唇都動彈不得。因爲他自己也有柤果步子一樣的感覺，膽寒不已。

「穗乃花會變成那樣，或許是我害的。」

信隆沒有回答果步子的話，而是不由自主吐露了這樣的眞心話。

「如果穗乃花不是嫁給我這種其貌不揚的四十多歲歐吉桑，而是跟年輕優秀英俊的男人結婚，光是這樣就能得到周圍的人肯定，她也不會這麼渴望被肯定了。」

「不是這樣的。我覺得田中先生非常努力了。」

被意外強烈地否定，信隆驚訝地看向果步子。

「後來我重讀穗乃花的網頁留言，那個咩咩多莫利是不是就是你？」

面對果步子強烈的注視，信隆微微點頭：

「就算當面跟她說，她也聽不進去，所以我想留言的話，或許她可以看得進去。」

信隆爲了讓穗乃花停止發布那類照片和影片，每當她公開新內容，就跑去留言，然而受到打動而贊同的都不是穗乃花，而是像果步子這樣的一小部分追蹤者。

「老實說，我已經不知道該怎麼辦了……」

「穗乃花只是暫時性的失常而已，她的本性並不壞，你用更強硬的態度，惡狠狠地罵她一頓怎麼樣？說要是她再繼續搞這些，就跟她離婚！」

信隆不可能下這種通牒。因爲如果下這種通牒，現在的穗乃花很可能眞的在離婚申請書簽名交出去。即使到了這個地步，信隆最害怕的仍然是失去穗乃花。

所以即使原本不愛出門的穗乃花開始天天往外跑，他也不敢有半句怨言。當然，犯罪和事故不可能那麼容易遇到，因此她總是怏怏不樂地回家來。然後，信隆覺得她的表情一天比一天更凶狠了。

週末信隆的父母要來玩，但向來打理得窗明几淨的家中卻一片髒亂，穗乃花好像也沒有要煮飯招待。

而且她想不開的表情讓信隆感到害怕。

前些日子，臨別之際，果步子對他說了：

「這樣下去，穗乃花會不會為了上傳照片和影片，自己跑去做出什麼傻事來？」

這是信隆自己也在擔憂的事，他惶惶不安：穗乃花會不會想不開，跑去犯罪？

「小穗，妳看起來很累。暫時離開社群媒體是不是比較好？」

「我想要休息，可是追蹤者都在等我上傳新內容。我得至少再上傳一個符合死亡女神的內容，否則沒辦法結束。」

聽到穗乃花說出「想要休息」、「結束」這些話，信隆第一次感到放心。

「那，只要能上傳衝擊性十足的影片，妳就願意離開社群媒體了嗎？」

信隆要穗乃花保證之後，當晚等穗乃花收拾完廚房，給她看了以前用舊手機拍到的影片。「這是？」也難怪穗乃花會納悶。影片前半部，就只是落落長地拍攝軌道和周圍的風景而已。

這是以前信隆爲了鐵道迷的姪子，在行駛中的車廂內，從駕駛座後方的窗戶拍攝軌道的影片。

「妳再看下去。」

信隆說完，自己從螢幕別開了目光。因爲他知道接下來的影像，淒慘到教人不敢再看第二次。

當時，載著信隆的電車駛進某個車站，瞬間一名男子從月台跳軌自殺，而信隆手中的手機不期然地拍下了那一幕。

事後重播影片，確定自己拍到了決定性的一刻，他嚇到不敢再用這支手機，立刻買了一支新的。他想要把舊手機丟掉，但他有個朋友妹妹是自殺身亡，那個朋友說應該爲了家屬，保留那支手機當證據，因此他把它封印在沒在使用的抽屜深處。

穗乃花的眼睛睜得老大，信隆知道她看到那個場面了。

儘管不是現在發生在眼前，然而透過穗乃花的反應，信隆的腦中歷歷在目地呈現出當時目睹、後來想忘也忘不了的淒慘景象。

對穗乃花來說，似乎衝擊也非常大，她一手摀住嘴巴，就像要把尖叫吞回去，拿著手機的另一手也微微顫抖。變得像死人般蒼白的臉失去表情，看上去隨時都會昏厥。

「小穗，妳還好嗎？」

影片應該已經完全播完了，穗乃花的眼睛卻無法從螢幕上移開，渾身僵硬。

信隆後悔怎麼會把連自己都不想看第二次的可怕血腥影片拿給穗乃花看，抓住她纖細的肩膀，用力搖晃。

「小穗！小穗，對不起，妳振作點！」

渙散的眼睛逐漸聚焦，她的眼睛捕捉到眼前的信隆。

緊接著，信隆被從未經驗過的恐懼所侵襲，發出了不成聲的慘叫。因爲明明看到的是那樣慘絕人寰的影片、應該和跳軌自殺的男人四目相接、聽到了那張恐懼扭曲的臉撞上駕駛座窗玻璃的鈍重聲響、被瞬間化成血淋淋肉塊的身體所震撼……然而穗乃花卻露出從來不曾對他展現過的歡欣笑容，緊緊地抱住了他。

坦白說，被穗乃花抱住胸膛，信隆的心卻被恐懼所吞噬，整個縮成了一團。然而冶豔地揚起嘴角，把臉湊上來的穗乃花卻是那麼地妖豔蠱惑，被她以嘴唇堵住嘴唇，腦袋的芯彷彿整個麻痺，苦悶萬分。明明心靈被恐懼所支配，卻又被異於平時的魔性之美所蠱惑，根本無從抵抗，信隆就這樣被按倒在廚房地上。

灼熱的身體融化，沉醉在被穗乃花吸進去一般的奇妙融合感，信隆也在不知不覺間激烈地確定彼此的愛。

信隆感覺他在眞正的意義上，與穗乃花合而爲一了。這是從未體驗過的美好夜晚。

儘管心中一隅覺得穗乃花渴望被肯定的欲望很可怕，但信隆重新認識到穗乃花對他果然比任何人都更重要，在內心發誓一輩子都要親手好好地呵護她。

穗乃花將影片上傳到社群媒體後，開始勤奮地打掃，把家中打理得美輪美奐。然後以烤羔羊排等完美的大餐，款待來作客的公公婆婆。

自殺影片的公開，讓追蹤者群起歡呼，死亡女神穗乃花的身價更是水漲船高。但不僅如此而已，意想不到的巨大迴響，讓信隆和穗乃花大吃一驚。

不出所料，那段震撼的影片很快就被官方刪除了，但影片本身永遠不會消失了吧。沒多久就有人留言說，跳軌自殺的那個人，是住在墨田區的重考生。

然後自稱會唇語的追蹤者讀了他的唇形，說他在跳軌前是這麼說的：

不是我幹的——

看到這則留言，調查之後，發現那名重考生是蒙上性騷擾嫌疑而自殺，而且控訴被他性騷擾的女高中生，後來也誣告其他男子性騷擾。

網路上一片譁然，說自殺的重考生一定也是清白的，穗乃花被視爲拯救他靈魂的女神，更加受到崇拜。

爲了研習，暫時前往分公司上班的果步子，似乎也在關注社群媒體的動態，她擔心穗乃花，傳了訊息問信隆：「還好嗎？」

信隆回訊說「穗乃花向我保證這是最後一次更新了」，但……

在這場騷動中，不知道從哪裡弄到手的，有人上傳了穗乃花的照片。

和死亡女神形象大相逕庭，她的可愛外貌又引來一大堆「反差萌」迴響，同時期待她下次更新的聲浪高漲，讓穗乃花騎虎難下。

爲了回應期待，穗乃花四處奔波，拍到附近車站廢屋發生的小火災影片上傳。

又過了幾天，她連續上傳住家附近發生的機車意外影片。

小火災有縱火嫌疑，機車車禍受傷的騎士好像也聲稱被鋼索等東西絆倒，但現場找不到鋼索或繩索類的物品。

6

「田中先生，怎麼搞的？你怎麼瘦成這樣……？」

時隔許久在總公司餐廳遇到信隆的果步子驚愕地瞪大了眼睛。

「咦……有嗎？我……瘦下來了嗎？那一定是多虧了穗乃花做的飯菜……」

「不，與其說是瘦，你憔悴得好厲害。出了什麼事？臉色也好差，該不會是被餵了什麼怪東西……不可能呢。」

雖然說到一半自覺過分，改口說得像玩笑，但信隆也感覺得到果步子真心在擔心他。確實，這陣子身體狀況一直不太好。

「我可以坐這裡嗎？」果步子徵求同意後，把義大利麵的托盤放到信隆旁邊座位，四下張望之後，放低聲音問：

「穗乃花連續ＰＯ了小火災和機車事故的照片，那是巧合嗎？」

「咦？」

「我也很不想問這種問題，不過穗乃花和那些事無關吧？」

「……穗乃花不可能做那種事。小火災和機車事故時，到現場之前，她都跟我在一起，所以不可能是她設計的。我可以保證。而且她不是會做出那種事的人。」

信隆大力保證，果步子深深地吁了一口氣，喃喃道「太好了」。

「我一直耿耿於懷。不好意思，問那麼沒禮貌的問題。就是說呢，不可能是穗乃花。」

面對放心的果步子，信隆感覺自己的微笑笨拙地扭曲了。

因爲他撒了謊。去到現場前，他根本沒有和穗乃花在一起。

他不僅撒了謊，還保密了某些事。

也就是火災當晚，穗乃花從家裡拿了打火機和煤油出門……

果步子擔心地探頭看沉默下去的信隆，信隆注意到她的目光，急忙擠出假笑，朝便當伸筷。然而他毫無食慾。

「田中先生，你是不是還是哪裡不舒服啊？去看一下醫生比較好。」

「啊，喔，是啊，我年紀也大了，我會考慮去檢查一下。謝謝妳的關心。」

「其實我也有事想跟你說……」

「什麼事？」

「……還是先算了。因爲你看起來狀況不太好。」

「我沒事的。妳這樣很吊人胃口，說吧。」

「老實說，我很猶豫該不該讓你知道……」

果步子以極凝重的表情尋思之後，聲音壓得比剛才更低，接著說：

「你知道我們公司管理的那棟羊丘的凶宅吧？」

「喔，知道，聽說只要想拆除，就會出事死人的房子。」

「你聽說過那棟廢洋樓的傳說嗎？」

「傳說？」

「據說以前有個眼睛像羊的女人，為了把男人監禁在那裡，切斷男人的雙腳，然後屋裡眞的找到了三具沒有腳的屍體。」

「咦……？」

「然後，如果獨自進入廢洋樓裡的六角形房間，把門打開十公分左右，重複說三次『羊目小姐，我是獻給妳的祭品，請收下』，羊目女就會進入房間，要在被她抓住之前，說三次想要拿來頂替自己的人的名字，『我的替身是某某』，然後替身就會在一星期以內，被切斷兩腳……死掉。傳說是這麼說的……」

果步子就像著了魔似地，沒有看信隆，一口氣說完，接著咳嗽了一下。果步子散發出來的氛圍，讓人無法輕鬆地插口說「那只是瞎掰的吧？」

「黑瀨小姐，妳還好嗎？」

「咦？啊……嗯，我沒事。」

「……呃，然後，這件事怎麼了嗎？」

「啊，就是，我在想萬一穗乃花聽說這件事，會不會跑去。」

「喔，妳是覺得廢屋很危險，替她擔心嗎？有些地方地板都破了嘛。」

「不是的，那裡是眞的不乾淨。」

「不乾淨？」

「我以前讀的高中就在那棟廢洋樓附近，眞的……好幾個同學和學長姊死了。」

「咦，可是，那不能說是那個——羊目女嗎？不是她幹的吧？」

「我是沒聽說他們的腳被砍斷，可是大家都說應該以某些形式有所牽扯……」

「妳說跟那個羊目女？」

信隆傻眼地看著果步子。

「也有個說法是，不是羊目女會幫忙殺掉替身，而是必須親手殺了替身羔羊獻祭才行，所以或許也有人是自己下手。」

果步子說，另一版傳聞是這麼做的話，羊目女就會保護犯罪不會曝光，但如果不殺死替身獻祭，就會是自己被吃掉。

信隆從一本正經地述說的果步子臉上移開目光，盯著軟掉凝固成一團的義大利麵。

果步子雖然氣質有些陰鬱，但信隆沒想到她會是那種相信靈異之說的人，所以不知道該如何反應才好。

「田中先生，你被我嚇到了對吧？」

「啊……呃……」

「我懂。可是我希望你小心一點，免得穗乃花把別人當成了替身羔羊。」

「呃，可是穗乃花也不至於——」

會相信這種怪力亂神——信隆本來要這麼說，卻忍不住自問：眞的嗎？

如果聽到即使殺了人，犯罪也不會曝光，也不會被逮捕，穗乃花……或許會染指殺人？不，如果是不久前，他可以一口咬定絕對不可能，但現在信隆也不懂她在想什麼，覺得她很可怕。

「這件事我沒有告訴穗乃花或美夜。因爲我覺得如果被她們知道，她們很可能跑去那棟洋樓。在公司裡，田中先生是我第二個說的人。」

第一個人是誰，信隆不用問也知道。

因爲雖然只是匆促一瞥，但果步子對遠處座位一邊吃定食一邊虧女員工的桐生送出冰冷的視線。

「他不是會對那種事感興趣的人，或許忘了。但他也是那棟洋樓的負責人，爲了討穗乃花的歡心，難保他不會像之前約兜風那樣帶穗乃花去，所以我才會擔心。」

再次投向桐生的冷冰冰視線，摻雜著說不出是憐憫還是愛情的成分，信隆覺得在其中看見了果步子對桐生複雜的感情。

夜裡輾轉難眠，隔天早上信隆的身體狀況更糟了。他連穗乃花爲他準備的早餐都沒動就要出門，結果被叫住了。

「阿信，明天星期六，我可以去美夜那裡嗎？我會先煮好晚飯再去。」

信隆無法立刻點頭，定定地注視著穗乃花的眼睛。

她是不是要跟桐生去廢洋樓？

雖然擔心羊目女的事，但也沒辦法問穗乃花知不知道這件事——問了會打草驚蛇——信隆煩惱該如何是好。

他問桐生是不是也在，穗乃花搖搖頭，說美夜想要找她訴苦。

其實前天晚上美夜打電話找穗乃花，穗乃花也把美夜的煩惱告訴信隆了。

上班途中，信隆在站前的吸菸區看到桐生，但沒有和他打招呼，逃之夭夭地趕著去上班，卻被發現他的桐生追上來，一把抓住肩膀：

「你還好嗎？」

「……什、什麼東西還好？」

「呃，你最近是不是不太妙啊？感覺都面露死相了。」

「只是沒有食慾而已。倒是……美夜好像在煩惱什麼？」

「哦，那件事啊，我們大概要離婚了。」

「咦……？」

信隆說不出話來，忍不住停住腳步。

「外遇東窗事發，我在家如坐針氈。我已經懶得應付了，想要跟她分了。」

「美夜也同意了嗎？」

「沒有，她說絕對不離婚。不原諒我外遇，又不跟我離婚，這不是莫名其妙嗎？」

儘管錯在自己，桐生卻理直氣壯，像平常一樣把喝過的寶特瓶塞給信隆走掉了。

這天晚上吃晚飯時，信隆說出桐生告訴他的話，穗乃花瞪大了眼睛說：

「桐生先生打算跟美夜離婚嗎？」

「好像是。明天妳跟美夜是約在外面嗎？」

「沒有，我三點要去美夜家。桐生先生好像好幾天沒回家了，美夜每天晚上都不睡覺，就等桐生先生回家。她說等到隔天早上，還是氣到睡不著，都會吃助眠藥，一直熬到中午才總算睡著，所以我想煮點好吃的帶去給她。」

桐生家在兩站之外的閑靜住宅區外圍。

「美夜一定會很開心。明天我也要出門，不用準備我的飯了，還是妳要在美夜那裡過夜也可以。」

「謝謝。」雖然這麼回答，但穗乃花不知道是不是不想過夜，總有些心不在焉，眼睛盯住幾乎沒動的信隆餐盤上。

「阿信，你身體不舒服嗎？」

「喔，抱歉，妳幫我煮飯，我卻沒什麼食慾……」

「不用勉強沒關係。要不要幫你煮稀飯？」

「沒事的。我有點睡眠不足，早點洗澡睡覺好了。」

「那我去幫你放熱水，為了健康著想，綠果昔一定要喝喔。」

今晚穗乃花很平靜，沒有最近那種煩躁感。對此信隆雖然感到訝異，但還是一口氣喝光了綠果昔。

隔天星期六，信隆比穗乃花提前兩小時出門，前往羊丘的廢洋樓。因為他想先勘察一下是什麼樣的地方。

雖然從來沒有來過這裡，但轉乘電車，快一個小時就到了，信隆想：原來是只要想來，隨時都可以來的距離。

山坡上的廢洋樓比想像中的更嚇人，充滿不祥的氛圍，來到大門前，就連信隆都腳步瑟縮。

不知道是誰破壞的，大門鎖是開的，任何人都可以輕易入內。

但這棟建築物連白天都這麼恐怖了，膽小的穗乃花實在不可能一個人進去。不，如果有桐生陪著，她就敢進去嗎？

如果真的進去了，穗乃花會把誰當成替身羔羊嗎……

當天下午四點多，穗乃花在社群媒體貼出了新的影片。已經回到家的信隆看到更新內容，臉色大變。

影片上拍到的是他去過好幾次的桐生家和院子。

一樓的主臥室和前方陽台噴出火舌，衣物著火的美夜從屋中衝出來求救。哭喊著掙扎想滅火的美夜，那模樣淒慘到讓人無法正視，很快地穗乃花脫下自己的大衣蓋在美夜身上，想要滅火，卻遲遲不成功，好不容易火終於熄滅時，美夜已經一動不動，影片在這裡戛然而止。

信隆立刻打電話給穗乃花，她說她在醫院。

信隆慌忙趕去，在走廊沙發目睹手部和手臂包著繃帶的穗乃花，忍不住緊緊抓住她。

「小穗，妳被燒傷了？還好嗎？會痛嗎？」

「嗯，可是不嚴重，所以我沒事，不過美夜……」

穗乃花聲音顫抖地說，後來她叫了救護車，美夜也被送到這家醫院，但剛才醫生宣告死亡了。

「美夜死掉了？桐生呢？」

「不知道。」

「怎麼會起火？」

「不知道。」

「小穗，妳還好嗎？」

「不知道。」

不管問什麼，穗乃花都像個機器人般重複「不知道」三個字。信隆在她面前蹲下來，盡可能柔聲說：

「美夜的事真的很遺憾，可是妳為了救她，已經盡了最大的努力，對吧？既然如此，那就是無可奈何的事。妳平安無事，真的太好了。」

穗乃花這才抬起頭來，筆直地看著信隆說：

「不是我……」

「咦？」

「我到的時候已經起火了。」

她上傳的影片底下，許多留言懷疑是她放的火。

信隆回視穗乃花的眼睛，一再點頭肯定：

「嗯，我相信妳。所以小穗……把影片刪掉吧。」

信隆不再問她為何要上傳那種影片，只要求刪除，但穗乃花靜靜地搖頭。

「為什麼？為什麼不刪除，小穗？」

「因為……」

穗乃花以乾涸的聲音回答：

「……就算我不刪除，反正很快就會有人刪除了。」

穗乃花注視著油氈地板的眼睛，彷彿什麼都看不進去。

不只是被懷疑縱火，有人在社群媒體的留言區裡抨擊穗乃花「殺人凶手！」，類似的留言一眨眼就增加了。

一定是因為穗乃花沒有立刻去救全身著火求救的美夜。

總是拿著手機，以便隨時錄影的穗乃花明明拍到了尖叫著衝出屋子的美夜，卻隔了好一段時間，才脫下大衣幫忙滅火。從她拍攝的影片，可以看出她在這段期間取出攜帶式腳架，安裝好手機，調整鏡頭，對準在庭院翻滾滅掉身上大火的美夜。

如果穗乃花立刻衝上去滅火，或許美夜可以保住一命。

「不是我放火的。一定是果步子姊幹的。明明是果步子姊殺死美夜的，為什麼大家要這樣責備我？」

穗乃花不甘心地流淚，信隆安慰她：

「我知道妳沒有錯。所以別再這麼做了。這眞的是最後一次了，好嗎？」

穗乃花咬住下唇，卻堅決不肯點頭。

7

幾天後，喪妻的桐生雖然多少有些疲態，但仍以無異於往常的模樣來上班了。

信隆在餐廳旁邊的吸菸區看到他的背影，雖然在葬禮上已經致哀過，但他不知道該說什麼才好，因此猶豫著不敢出聲。但桐生發現他，便單方面地攀談起來：

「啊，野豬！你聽我說！警方居然懷疑是我縱的火，簡直把我給整慘了。喏，我不是總是在臥室前面的陽台抽菸嗎？警方說那裡就是起火點，菸蒂的火點燃綁成一捆放在陽台的雜誌，然後燒到美夜晾在那裡的我的被子。我說『不不不不，那天我又沒在陽台抽菸』，警方卻緊咬不放，眞是受夠了。」

他說發現丈夫外遇而氣瘋的美夜，向故鄉的朋友揚言要把證據照片公開在網路上，所以警方才會懷疑到他頭上，但事後證明桐生住在飯店，好幾天都沒有回家，才總算釋放了他。結果火災的原因似乎也被判定爲是光線折射釀禍。警方推測，排在陽台木地板上用來驅貓的裝水寶特瓶折射陽光，點燃雜誌或枯草，結果火勢蔓延開來。

「不過我暗示穗乃花是我幹的。」

「咦？爲什麼？」

「當然是想要被她感謝啊。欸，這下我又恢復單身了，以後會常去你家吃飯。穗乃花做的菜最讚了。」

桐生沒有爲美夜的死哀悼──不，甚至連假裝哀悼都沒有，津津有味地抽著可能是火災原因的菸，像平常一樣暢所欲言，信隆覺得從某個意義來看，他這人實在不簡單。

如果自己失去穗乃花，一定會以淚洗面好幾年，就此一蹶不振。

「啊，野豬，你有零錢嗎？我想買茶。」

「我沒零錢，不過我有還沒喝的茶。」

信隆從包包裡取出桐生向來愛喝的茶，轉開瓶蓋遞給他。

「噢，你眞機靈。謝啦。」

信隆注視著桐生津津有味地喝茶，喉結咕嘟咕嘟上下滾動的樣子，問：

「等一下你會留在公司上班嗎？」

「不，我只是來開上午的會，今天要回去了。」

「這樣啊。你現在還是住飯店吧？哪一家？」

「咦？我幹麼要告訴你？」

「……因爲啥，不知道你住哪裡，怎麼送穗乃花做的飯菜過去給你？」

信隆這麼說，桐生開心地大叫：「野豬，你眞是我的好兄弟！」撲上來抱住了信隆。他手裡的茶感覺就快潑出來了，信隆輕輕伸手扶住。

當晚桐生沒有聯絡，突然就登門拜訪了。

「咦？你怎麼跑來我家？」

信隆狼狽萬分，桐生咧嘴厚臉皮地笑：「喔，想說要你特地送飯到飯店也太不好意思了，所以我自己過來了。那，穗乃花呢？」

「啊……她說啤酒忘記放冰箱，去買冰的了。」

「搞屁啊，你一隻野豬，居然這樣敢使喚老婆。自己的啤酒自己去買啦！」

「呃，我也說不用了，可是小穗抓了錢包就出門了。」

「不許你再把我的穗乃花當跑腿小妹！」

這話從桐生口中說出來，一點都不像玩笑話，怒意油然而生。不過，他怎麼這麼生龍活虎的？

桐生任意進屋，看到穗乃花做的飯菜，發出歡呼，任意吃了起來。連穗乃花總是皆信隆準備，要他為了減肥在飯前飲用的綠果昔，都伸手拿起來喝。

「啊，那個我喝到一半……」

桐生滿不在乎地一口氣喝光，皺臉大喊：「好苦！」就連生性溫和的信隆也忍不住尖起嗓子：「喂，那是小穗為了我……」

「我說野豬啊……」

桐生打斷信隆的埋怨，正色說道。

「你跟穗乃花離婚吧。」

「嗄？」

這爆炸性發言讓信隆瞠目結舌。這傢伙在胡說些什麼？

「喔，美夜剛死，我也覺得不好馬上就再婚，不過仔細想想，女人離婚後有禁止再婚期（註）嘛，所以愈早離婚愈好。」

「你在胡扯些什麼？」

「雖然對你過意不去，但這是為了穗乃花好吧？穗乃花也這麼希望。」

信隆彷彿被當頭澆了一盆冷水，全身血液都流光了。

「小穗她、這麼希望？你騙人……不可能。小穗眞的這樣說？」

信隆第一次頂撞桐生，抓住他的衣領，桐生嚇了一跳說「不、沒有，她還沒這麼說」，甩開信隆的手。

「別激動嘛，野豬。我跟你，和哪一邊結婚，才能讓穗乃花幸福，只要冷靜想想，馬上就知道了嘛。」

「就算你跟小穗結婚，還不是照樣會花心？」

「當然會啦，還用說嗎？不過我的胃袋被穗乃花收服了，也會好好珍惜她的。」

「這不叫做幸福。」

「爲什麼？」

「什麼爲什麼……」

「我說野豬啊，說起來全都是你不好吧？穗乃花會在社群媒體追求快樂，做出失控行爲，都是因爲你沒辦法滿足她的關係吧？我這話錯了嗎？」

信隆完全無法反駁，茫然佇立，這時桐生突然彎下腰來。

「咦？怎麼……好噁心……」

桐生喃喃道，摀住嘴巴衝進洗手間，信隆驚覺：

看來藥物總算見效了。

不過太好了。接下來只等穗乃花回來……

只是去附近超商買啤酒，怎麼會花這麼久的時間？

註：日本民法規定，女性在結束上一段婚姻後，必須相隔一百天才能再婚。

信隆擔心遲遲不回來的穗乃花，伸手拿手機。這時一陣難以抗拒的睡意襲來，他跪倒在地。

好燙。這刺膚的灼熱感是怎麼回事？

睜眼的瞬間，爬過地毯逼近的火焰躍入眼簾。不只是地板，搖曳著舔舐牆壁和天花板逼近的火焰，幾乎要吞沒了信隆。他拂開籠罩的黑煙，想要尋找出口，卻連自己身在何處都不知道。他無法理解狀況，陷入恐慌，尋找穗乃花。

「小穗，妳在哪裡？」

信隆嗆咳著抬頭，發現穗乃花的臉就在前方。

「太好了，小穗，妳沒事……吧？」

穗乃花用毛巾摀住口鼻，免得吸入濃煙，手機鏡頭對著信隆。

「小穗，妳在做什麼！快逃……」

信隆想要帶著穗乃花逃生，身體卻不聽使喚。

「不行，我動不了。救我……」

信隆拚命朝穗乃花伸手，她卻視若無睹，拍攝著信隆。

「火要燒過來了，真的會死掉的！住手，不要再拍了！」

信隆拚命懇求，穗乃花把手機鏡頭對準他的臉，繼續錄影。

「妳要把我淒慘地死去的樣子放上網路嗎？啊……好痛苦，我不行了。啊，妳一定會後悔的。因爲世上不可能有人像我這麼愛妳了。因爲……」

被煙霧嗆咳著擠出來的話，穗乃花聽進去了嗎？信隆無從確認，眼前變得漆黑。

8

眼皮底下感覺到光線，睜眼的時候，信隆心想：啊，我上天堂了。

因爲眼前是溫柔微笑的穗乃花。

然而站在眼前的穗乃花，身影異樣地眞實，那張逼眞的口吐出話來：

「阿信，你醒了。」

那懷念的溫柔嗓音，揪緊了信隆的胸口。

白色的天花板，白色的牆壁。看來這裡不是天堂，而是醫院的單人房。

「小穗……」

信隆想要伸手摸她的臉頰，纏滿綁帶的身體卻動彈不得，一陣疼痛。

「不可以動。醫生交代要安靜休養。」

「小穗，是妳救了我，對吧？」

穗乃花「嗯」了一聲點點頭，淚眼盈眶地說「幸好你沒事」。她的手中沒有手機，也沒有錄影機。

後來，嬌小的穗乃花似乎使盡渾身之力，把昏迷的信隆拖出屋外。聽到這話，淚水情不自禁地湧了上來。

「啊……對了，桐生呢？」

穗乃花低頭，左右搖了搖頭：

「對不起，我沒想到桐生先生居然會在我們家。」

穗乃花無從得知桐生關在洗手間，因此也不可能把他救出來。

信隆問怎麼會發生火災，穗乃花說很可能是菸蒂造成。

「桐生的菸蒂？」

穗乃花和信隆都不抽菸，所以只可能是桐生，但桐生到我們家以後有抽菸嗎？而且不久前他才被懷疑是自己的菸蒂造成自家失火，有可能忘記捻熄菸蒂嗎？

信隆滿腹疑問，說出口的卻是完全無關的問題：

「小穗，就算妳知道桐生在我們家，妳也會先救我嗎？」

對這個問題點頭肯定的穗乃花，看起來就像女神一樣，身後光芒萬丈。

「因爲，你說的是眞的吧？」

啊，她確實聽進去了。聽到我在烈火中即將失去意識前一刻所說的話。

「當然是眞的，小穗。」信隆輕輕點了點包滿繃帶的頭。

「車站附近的廢屋……是我放的火。」

穗乃花帶著煤油和打火機出門，但我不能讓她弄髒自己的手，我代替她動手了。

「然後，在附近電線桿拉鋼琴線，絆倒機車的也是我。」

小火災的影片反應不佳，穗乃花很焦急，所以我接著挑戰意外事故，在警方到場前把鋼琴線收走了。

「妳之前懷疑是黑瀨小姐殺了美夜，現在懷疑是桐生殺了美夜，但其實都不是。仕桐生家放火的也是我。」

因爲美夜打算把妳和桐生進賓館的照片放到網路上。

妳自以爲瞞天過海，但如果妳到美夜家，不曉得美夜會做出什麼事，我很害怕。

可是一想到可能會害死人，心理上實在還是相當抗拒，因此我先前往廢洋樓，對羊目女說要桐生美夜當我的替身羔羊。只是把點燃的香菸丟進露台木板地上，就得償所願，這或許是羊目女的力量使然。因爲那時候我確實感覺到了——感覺到羊目女推開了六角形房間的門，朝我走近。

「我是爲了妳而做的。全都是爲了妳而做的。」

啊，不，或許不是全部。
每次穗乃花上傳影片，我就以咩咩多莫利的身分留言。
然後就會有許多人贊同我的意見，大家都肯定這樣的我。
我幸福得可怕，欲罷不能。
那叫什麼？受到肯定的欲望？
妳的感受，我也體會到了。
受人肯定，真正有教人不可自拔的快感……
「對了，其實我也想讓妳拍下桐生的。」
身體變差以後，我發現桐生每天用來交換穗乃花便當菜的剩餘瓶裝茶裡下了毒。此後我就沒有再喝，把毒存起來裝進寶特瓶裡，今天在抽菸區拿給桐生喝了。我原本預定打電話去飯店，如果桐生沒接電話，明天左右就帶著穗乃花去桐生的房間，讓她拍下桐生服毒死亡的模樣，沒想到桐生跑來家裡，打亂了我的計畫。後來桐生覺得不舒服，跑去廁所，不過那種毒藥，藥效那麼晚才會發作嗎？
原本生龍活虎的桐生搶走我的果昔喝光，接著就說不舒服，衝進洗手間了。這麼說來，今天的綠果昔味道跟平常不一樣，好像比平常的更不苦，結果我也突然想睡，醒來的時候，人已經在火海當中了……

「小穗……那綠果昔裡面，應該沒有摻東西吧？」

穗乃花把嘴唇湊近我的耳邊，悄聲答道：

「今天的跟平常不一樣，是讓人想睡的藥。」

「咦？什麼意思？」

嘴唇貼得更近，幾乎就要碰到耳朵，穗乃花壓低了聲音細語。

「咦？咦？什麼東西？」

我聽不清楚而反問，穗乃花笑得像朵嬌羞的花兒，離開我的病床。

然後撿起擺在房間角落的熟悉物品轉向我。放在腳架上的手機，似乎拍下了從我在這間病房醒來後的一切。

穗乃花停止錄影，就要走出房間，在門前停下腳步，回頭說：

「往後也繼續指教囉，阿信。」

信隆茫然目送留下女神的微笑、揮手離去的穗乃花。

門關上的瞬間，剛才沒聽清楚的穗乃花話語，忽然在耳畔再次響起：

中毒死亡太沒看頭了，活活燒死放上網路才夠吸睛……

暗黑之羊

妳們聽說了嗎？

二年A班的白鳥同學被綁架了！

眞的假的？妳說的白鳥，是那個白鳥美月？

對對對，舞蹈社的社長，那個很漂亮的女生。

什麼綁架啊？太可怕了。

聽說她從學校後門回家時，被一個男的硬拖上車帶走了。跟她同班的狐塚同學看到，現在警察都跑來學校了。

眞假？這太誇張了吧？

聽說白鳥學姊被綁架了，這是眞的嗎？

好像喔。廣播的當地新聞也有報。

不久前也發生過女高中生被綁架監禁，然後被殺掉的事對吧？

有有有，妳說那個女生被凌虐了好幾年的案子對吧？媽啊，凌虐我眞的不行。

這事不可以在舞蹈社的人面前說喔。她們好像都變得神經兮兮的。

我懂。我舞蹈社的朋友一直哭。那個學姊好像是個好人。

什麼好人，不要把人家講得好像死掉了一樣。

嗯，要是被舞蹈社的人聽到，絕對會跟妳拚命。

我在去年文化祭見過白鳥學姊跳舞，超美的。看著看著不小心就哭了，莫名感動。

白鳥學姊從三歲就開始學古典芭蕾嘛。

哇，龜田妳來了！嚇我一跳。

學姊是天才，又肯努力，她的舞蹈，是每一天血汗努力和練習的結晶。

咦，龜田妳是舞蹈社的嗎？

以前是。後來退社了。

是喔？眞意外。

舞蹈社一直很努力要打進全國大賽，現在少了社長白鳥學姊，她們一定很困擾。她們要怎麼辦呢？

……喂，龜田，妳絕對不能在舞蹈社的人面前講這種話啊。

狐塚同學，早。白鳥同學那件事眞的好嚇人。還沒有找到人嗎？

……好像還沒。如果美月有什麼三長兩短，都是眞弓害的……

唉唷，別哭啦。妳只是想要跟白鳥同學一起回家而已，又沒有責任。

可是，眞弓把手機忘在教室，又跑回去拿。要是眞弓跟美月一起走出後門，美月就不會被人抓走了。

這……狐塚同學，不要這樣自責啦。不好的都是歹徒啊。

可是，如果眞弓帶著手機，就可以更快報警，或許很快就可以抓到歹徒了。眞弓實在忍不住要這麼想……

沒事的啦。白鳥同學一定會平安回來的。

就是啊。美月一定、絕對會平安回來。謝謝妳，眞弓也這麼相信。要是美月遇害還是怎樣，眞弓也活不——

啊，眞弓！原來妳在這裡。美月的事眞是太好了。

佐知，什麼東西太好了？

咦？眞弓，妳還沒聽說嗎？聽說昨晚深夜找到美月了，平安無事。

咦！怎麼回事？

我也不清楚狀況，我媽接到聯絡——啊，大概因爲她是親師會的會長——說美月平安回來了。爲了愼重起見，可能會住院休息個幾天，不過好像很快就能回來上學了。對不起，我還以爲眞弓妳會直接接到美月聯絡。

這樣啊……

眞弓，聽說美月今天開始就會回學校上課？

嗯，眞弓也鬆了一口氣。因爲人家擔心得要死，完全睡不好。

可是美月會不會太過分了一點？妳都擔心到睡不著覺，她居然先聯絡親師會會長，這太扯了吧？

這不重要啦，眞弓一點都不在意。美月可是遭人綁架呢，會恐慌、不知所措也是當然的吧？

眞弓，妳人太好了啦。美月不是說她被下了藥，什麼都不記得嗎？如果一直都在睡覺，又怎麼會嚇到忘記通知最好的朋友？

唔，如果是平常那個最重視朋友的美月，應該立刻就會聯絡，所以她說被下藥睡著，什麼都不記得，或許不是眞的。一定是遇到了更可怕的事。

就是說嘛，不可能什麼都不記得嘛。歹徒的車掉落山崖，到現在都還沒找到人，這不是也很奇怪嗎？

難道是美月殺了歹徒？

咦！這不可能吧？

可是，救了美月的女人說，當時美月倒在下大雪的山路上。因爲差點被殺，反過來把歹徒推落山崖，所以謊稱自己一直在昏睡，會是這樣嗎？

這樣就是正當防衛，直接說出來不就好了嗎？換成是眞弓，就會這麼做。

眞弓妳的話，或許會說吧，但我覺得美月不會這麼做。因爲她是完美主義者。就算是正當防衛，但殺人畢竟是人生污點，她應該會不擇手段抹消。

眞弓覺得美月與其說是完美主義，倒不如說是完美小姐。她長得漂亮，身材又好，成績名列前茅，芭蕾舞技一流，個性也好。雖然有時候眞弓也覺得她完美過頭，都有點不自然了。

我懂！每次跟美月講話，都會覺得：妳說這話是眞心的嗎？到底戴了幾層面具啊？怎麼說，感覺不願意敞開心房，她一定是不信任我們吧。

倒不如說，美月絕對認爲她比我們更優秀吧。要是舞蹈社打進全國大賽，她一定會更變得更趾高氣揚。

講得是很青春，什麼「大家一起努力拿冠軍！」其實只是因爲會受到媒體關注，才想參加比賽吧？感覺美月會拿比賽當跳板，準備將來撈個女主播之類的職位。

妳們把美月說得太難聽了啦。眞弓覺得美月是個好女孩。這次也是，她因爲長得漂亮人又好，所以才會被綁架犯盯上吧？

咦？人又騷？

喂！人家又不是說騷，是說好！

比起好，更是騷吧？美月外表一副清純樣，可是就算穿著跟大家一樣的制服，不覺得也特別騷嗎？

我懂！會被綁架，也是因爲她那身火辣身材煞到歹徒吧？

1

「呀！白鳥學姊！」

「美月！歡迎回來——」

放學後，在舞蹈社練習場所的體育館舞台上，白鳥美月被總共四十七名的社員，以熱烈的擁抱和笑容溫暖迎接。

「我們都相信學姊一定會平安回來！」

「謝謝大家。練習休息了三天，眞是對不起。」

「美月，這是什麼話？妳遇到那麼可怕的事。有沒有受傷？都沒事嗎？」

「嗯，就像大家看到的，我很好。害大家擔心了，眞的對不起。」

「就是啊，小夢好擔心美月遇上可怕的事該怎麼辦，擔心到連飯都吃不下！」

「小夢，喂，哭什麼啦，別這樣。」

「因爲、因爲在眞的看到美月之前，小夢眞的超超超擔心的嘛！」

「因爲少了美月，就沒辦法打進全國大賽了？」

「才不是這樣！玖理妳不要亂講！」

「我知道啦。可是既然美月平安回來了，我們就要好好練習，不能扯美月的後腿，拿下關東・甲信越地區大賽冠軍爲目標！」

「說這種話，明明玖理自己練習最偷懶。」

被溫暖的笑容圍繞，美月直到剛才都還緊繃僵硬的身體逐漸放鬆下來，變得柔軟。這裡是我的歸屬，她想。不管怎麼樣，我都要和這群最棒的夥伴一起打入全國大賽。

社團活動結束後，美月也留下來陪學妹們自主練習。終於結束指導，穿過校門，應該已經回去的玖理子和夢「哇！」一聲冒了出來。

「妳們兩個怎麼在這裡？」

「我們送妳回家。」

「咦？不用啦。玖理子今天要去補習班吧？而且小夢家也住很遠。」

「沒關係啦沒關係，小夢想跟美月一起回家。」

「我也懶得去補習班，今天想蹺課。」

美月正爲了一個人走漆黑的夜路回家感到不安，兩人的體貼讓她幾乎感動落淚，但她強自克制，努力以明朗的聲音說：

「那我請妳們吃東西當回禮好了。」

「耶！小夢要吃焦糖蜂蜜鬆餅！」

「咦？小夢妳不是在減肥嗎？」

「明天再開始！」

三人並肩笑鬧著，經過夜路走向車站，進入美月家附近的家庭餐廳，圍桌而坐。

玖理子避開陰暗話題，一直搞笑，但夢一離席到洗手間，玖理子立刻一臉正經。

「……太好了。」

「咦？」

「喔，沒有，想說妳比想像中的更有精神。」

也許是害臊，玖理子粗魯地撩起少年般的一頭短髮，接著有些冷漠地說：

「希望快點抓到歹徒。」

綁架美月的嫌犯，警方從留在衣物上的指紋等跡證，研判是過去犯下監禁殺人案、自稱「監禁王」的神田聖崇，但掉落山崖的車中沒有他的身影。車門是開的，有可能在半途被甩出車外，當晚颳著強烈的暴風雪，因此生存的可能性很低，但尚未找到遺體。

「可是美月，妳是不是有點在勉強自己？」

「謝謝，我沒事的。我被抓上車後，很快就被迷昏了，醒過來的時候，人已經在醫院床上，所以真的什麼都不記得……被綁架的瞬間，我真的怕得要命，但後來在醫院檢查身體，才是最讓人痛苦的。」

「妳……沒有被怎麼樣吧？」

玖理子難以啓齒地問，從她的表情，可以看出她祈求無事的心情。

「嗯，雖然我本來擔心可能被拍照還是怎麼樣，但連被脫衣服的痕跡都沒有。雖然或許妳不會相信。」

「笨蛋，我當然相信。」

「……對不起。因爲在班上遇到一點事……」

三天沒有到校，美月的同學對她的態度一百八十度不同了。

班上的小圈圈裡，以對流行敏感且時髦的狐塚眞弓爲首的小圈子是最活躍的一個，美月原本也算是她們的一分子，但今早還沒踏進教室，她就知道自己再也不屬於那裡了。因爲她們交談的聲音，連走廊上都可以聽到。

咦，那妳們覺得美月的騷是無意識的騷嗎？

美月上圍傲人，所以才會看起來那樣而已吧？那又不是美月的錯。

眞弓，妳不記得嗎？我們被派去跟西高的結城同學他們做義工清掃活動時，美月故意穿那種爆乳T，只有跟男生說話的時候身體故意往前彎，我們看到下巴都快掉下來。

咦，有這件事嗎？

後來美月就跟結城同學交往了，我就想：啊，結城果然是被巨乳矇瞎眼了。要不是美月穿那種衣服，結城同學早就跟眞弓交往了。

我也這麼覺得！結城同學超帥的，跟眞弓交往才適合。

討厭，沒這回事啦。而且妳們那樣說，講得好像是美月勾引結城同學一樣。不是好像，那絕對就是故意勾引。美月自尊心很高，別的男人看不上眼，所以只鎖定最受歡迎的結城同學下手。啊，可是他們可能會分手。

咦，怎麼會？

因爲那麼騷的女人被人綁架，怎麼可能什麼事都沒有？結城同學一定也會想，那絕對是被玩爛了。

不要這樣說啦，美月太可憐了。

可是換成我是結城同學，就絕對會跟她分手。髒死了。

不要說什麼髒啦。再說，眞弓記得結城同學因爲他爸爸的關係，已經去了美國。大學應該也會在那裡讀吧？

咦，我不知道耶。眞弓，妳好清楚喔。原來結城同學只跟妳聯絡。他是不是在後悔，比起美月，早知道就該跟妳交往？啊，那結城同學還不知道美月被人綁架的事嗎？眞弓，妳跟他說啦。

討厭，眞弓才不會說。妳們也絕對不可以傳訊息跟他說喔。萬一結城同學誤會就糟了。他會猜疑美月是不是就像勾引他那樣，也勾引綁架犯。

從洗手間回來的夢「哇！」地歡呼，美月回過神，連忙甩開在耳中執拗地迴盪不去的狐塚眞弓黏膩的聲音。

夢望著上桌的鬆餅露出融化般的笑容，讓美月原本陷入陰沉的情緒稍微緩和了一些。

夢大大地咬了一口鬆餅，笑容滿面地喊著：「好幸福！」那模樣就像小動物一樣可愛，雖然三人同齡，但對美月和玖理子來說，夢就像是她們的寶貝妹妹。

「美月，有人說妳的閒話嗎？」

美月正被夢的可愛療癒，疏於防備，被玖理子問了個措手不及。

「咦？」

「那個狐狸精說了什麼吧？」

「狐狸精……？」

「還用說嗎，狐塚眞弓啊。」

不只是美月，就連原本被焦糖蜂蜜鬆餅融化的夢，聞言臉色也沉了下來。

「……美月果然還是被霸凌了嗎？」

「也不是霸凌……」

「眞是，狐塚眞弓這婊子個性眞是爛到家了。明明不久前還整天滿嘴『美月！眞弓跟美月是閨密姊妹淘！』死皮賴臉地黏著美月不放。那女人的那群跟班也太無腦了吧？只是家裡有點錢，穿衣服有點品味，幹麼就對那種女人唯命是從？莫名其妙。」

「沒事的，玖理子。三年級就可以換班了，只要再忍耐一下就行了，最重要的是，我有舞蹈社。今天大家都安慰我，尤其有妳跟小夢陪著我，我眞的覺得很安心。這樣以後就不必再陪眞弓買東西什麼的，可以專心想跳舞的事，我覺得或許是因禍得福。我想在比賽前把編舞改得更有特色一點，而且還有一大堆非做不可的事，所以玖理子妳要幫我喔。小夢也是，我很仰仗——」

美月說著轉向夢，吞回了後面的話。

因爲夢緊握著叉子的右手正猛烈地顫抖著。總是帶著蘋果紅的臉蛋蒼白得像紙，眼睛痛苦地盯著虛空中的一點。鬆餅也是，只吃了第一口，接下來就沒有再動，融化的冰淇淋弄髒了盤子。

「小夢，妳怎麼了？還好嗎？」

夢盯著一點，慢慢地左右搖頭。

「不好……小夢覺得美月一點都不好。」

「我？咦？妳是在擔心我嗎？我沒事的，小夢。」

「黑羊……」

「咦？什麼黑羊？」

「狐塚同學她們需要黑羊。如果白羊裡面混進了一隻黑羊，那隻黑羊就會遭到排擠。白羊可以聯手欺負那隻黑羊，沉浸在優越感，然後齊心合力把那隻黑羊從自己的圈子趕出去，營造出團結一心的感覺，讓同伴意識更堅強。我是這麼聽說的。」

「所以她們才會團結成那樣喔？」玖理子蹙眉。

「可是，小夢妳怎麼知道這些？」

「美月……因為，小夢以前也是黑羊。」

「咦……？」

一年級的時候，夢確實是和狐塚眞弓同班……

「她們說小夢的說話方式聽了很刺耳，是為了討男人歡心，故意裝可愛。」

「就爲了這種理由排擠妳？小夢，爲什麼妳都沒跟我們說？」

「小夢加入舞蹈社，是一年級學期中的事吧？那時候小夢就不再是黑羊了。」

「啊……這樣啊。太好了……」

「一點都不好！」

夢突如其來的大聲引來其他桌位客人的側目。

「啊，對不起……」

夢嬌小的肩膀顫抖，淚水一眨眼便盈滿雙眼。夢緊緊閉上眼睛，唇間擠出話來：

「小夢可以變成白羊……是因爲小夢把其他女生、變成了黑羊……」

夢的淚水落在融化的冰淇淋和鮮奶油糊成一片的鬆餅上。

「小夢……」

美月遞出手帕，夢吸著鼻子，接過手帕，緊緊捏住。

「小夢再也不想當黑羊了，所以跟著狐塚同學她們一起說黑羊的壞話。然後那個女生就不來上學了。」

「……妳一定很難受。」

夢放聲哭了起來，美月撫摸她的背，等待她平靜下來。

「對、對不起，明明美月才剛遇到可怕的事。」

「沒事的。謝謝妳告訴我們，小夢。」

「狐塚同學的手段很厲害。小夢完全不想說那個女生的壞話，卻會在不知不覺間被拐著說出來。狐塚同學自己不會直接說別人壞話，身邊的人卻被她牽著鼻子，愈說愈過火。小夢經歷過，所以不想要美月遇到這種事。」

「謝謝妳，可是一定有辦法解決的。而且就算班上沒有人支持我，我也還有小夢、玖理子和舞蹈社的朋友。只要比賽準備一忙起來，應該就沒空去管眞弓的事了。」

「不，小夢覺得美月一定會沒辦法像過去那樣全力投入社團活動。因爲那對精神帶來的傷害，比美月妳所想像的更嚴重。會吃不下、睡不著，還會嘔吐。也會沒辦法專心，失去幹勁，搞不好還會沒辦法來學校。」

「要是美月變成這種狀態，根本不用想參加比賽了。要想辦法治治那個狐狸精。她就是萬惡的根源。」

「要怎麼治？」

「找老師商量之類的？」

「沒辦法的。因爲狐塚同學什麼都沒做。她不會把別人的室內鞋藏起來、把體育服丟進廁所，或是動手打人。她連別人的壞話都不會說。」

「可是她確實就是主犯，煽動大家霸凌不是嗎？」

「可是玖理，妳有辦法證明嗎？沒辦法吧？再說，狐塚同學的爸爸好像是文科省的高官。有人說她爸爸跟我們校長認識。」

「那要怎麼辦才好嘛！」

玖理子「砰」地拍桌，發洩怒意。

這時夢的一句喃喃低語，彷彿撕裂了緊繃的空氣：

「要是狐塚同學死掉就好了……」

這一點都不像小夢會說的話，美月和玖理子都嚇了一大跳，轉頭看她。

「只要狐塚同學不在，就天下太平了。」

「……討、討厭啦，小夢，不要講奇怪的話。很嚇人。」

然而剛才還一起驚嚇的玖理子竟表示同意說「確實如此」，美月張著嘴巴呆掉了。

「怎麼連玖理子都說這種話？這怎麼可能做得到？」

「哦，是不至於自己下手啦，不過如果有人可以幫忙殺人的話呢？」

「什麼？妳是在說暗網那些嗎？絕對不可以的！」美月說。

「如果可以委託，小夢想要委託。可是小夢沒有那麼多錢。」

「那，如果不用錢的話呢？」

「不用錢？咦？什麼？玖理，妳知道什麼？」

「小夢，玖理子，妳們都不要說了。世上不可能有這麼方便的事，如果眞的有，也一定危險得要命。一定是詐騙或黑道分子……」

「那不是詐騙也不是黑道。因爲要拜託的是羊目女。」

「羊目女？」

美月和小夢的聲音重疊在一起。

「我也是今天剛聽說的，妳們知道羊丘有棟古老的廢洋樓，以前出過命案，死了好幾個人嗎？」

玖理子把頭挨近美月和小夢，說出剛聽來的恐怖傳說。

一個人走進那棟廢洋樓裡的六角形房間，把門打開十公分左右，重複說三次「羊目小姐，我是妳的祭品，請妳收下」，然後等待，羊目女的臉就會出現在門縫間。

「然後要在被羊目女抓到之前，說三次想要當成替身的人的名字，比方說『代替我的羔羊是狐塚眞弓』，這樣狐塚眞弓就會在一星期內被砍斷雙腳死掉，不過如果不說出替身的名字，這麼做的人自己就會被羊目女吃掉。」

「……咦？等一下，玖理子，那只是都市傳說而已吧？」

「就是啊玖理，妳說什麼代理殺人，害小夢還滿懷期待，那種荒唐的事，就連小學生都不會認眞當回事好嗎？」

「一開始我也這麼想。可是聽說到大概十年前，這個傳說都是我們學校無人不知的超有名傳說。至於爲什麼後來都沒有人在傳了，是因爲被下了超嚴格的封口令。」

「爲什麼？」

「因爲眞的死了很多人。」

「小夢才不信呢！恐怖故事都這樣演的，說得好像眞的發生過，其實都是掰的。」

「我本來也不信，所以查了一下。」

玖理子說她蹺掉下午的課，查了羊丘女學院以前的入學人數，依年代列出來，然後和畢業紀念冊上的畢業人數相比較。

「譬如說，十年前的二〇一〇年，相較於入學人數，畢業的學生少了十五人。其中一個是轉學，一個是退學，剩下十三個，好像都是因爲死亡而除籍。一個學年的人數不到兩百人的我們學校，居然在三年內死十三個青少女，不覺得這數字太誇張了嗎？」

「玖理，難道裡面有人腳被砍斷嗎？」

「我去問在我們學校教了很久的老爺爺老師，卻被露骨閃躲。我只好去圖書館查舊報紙，但沒看到有人斷腳而死的新聞。死因很多，像是墜樓，或是掉下車站月台被撞死。」

「可是玖理子，那是自殺吧？跟羊目女沒有關係吧？」

「很多都不清楚到底是自殺還是意外，但裡面有兩起是明確的他殺，刺殺和打死。」

「凶手呢？」

「沒抓到。包括肇逃案在內，所有案子都沒有抓到凶手。我覺得這也很異常。」

感覺玖理子的說明讓周圍的氣溫下降了好幾度，美月抱住自己的身體。

「那棟廢洋樓出過命案也是眞的。本來住在洋樓的姊妹自相殘殺，後來發現了三具被砍斷腳的男性屍體。」

原本茫然說不出話的美月總算開口了：

「玖理子，妳爲什麼要查得這麼仔細？」

「因爲……我也有想要殺死的人。」

美月驚訝地看玖理子，但她似乎不願透露，噤口不語了。

身材高眺、很適合短髮的玖理子乍看很酷，卻是三人之中最健談、最富社交性的一個。如果學校裡有她恨到想殺死的人，她絕對早就說出來了，所以應該是美月不認識的人。玖理子父親早逝，由年紀相差甚遠的哥哥帶大，也許是這個緣故，玖理子有很強的戀兄情結，非常黏哥哥。哥哥結婚以後，似乎就沒那麼親了，不再像以前那樣成天把哥哥的事掛在嘴上，但如果她有恨到想要殺死的對象，或許和她的哥哥有關。

「小夢……來試試看好了。」

一直沉默的夢以依賴的眼神看向玖理子。

「那，小夢，妳要現在跟我一起去嗎？」

「妳們兩個都先等一下。妳們仔細想想看，只是拜託，就幫忙解決想要殺掉的人，世上哪有這麼美的事？」

「美月，這小夢是知道，但如果是眞的的話，那不就是天上掉下來的好事嗎？」

「我也不是百分之百相信，但既然沒有風險，不試白不試。」

「萬一、萬一眞弓眞的死掉了怎麼辦？妳們能滿不在乎嗎？」

「可以。如果死掉的是狐塚同學的話。」

「小夢，這是不可能的。總之妳們都先冷靜一下。這麼可疑的事，哪有今天剛聽到，馬上就去試的？不管怎麼樣，至少都先好好思考一個晚上，再做出結論吧！」

兩人怏怏不平，但美月低頭懇求說「拜託妳們」，玖理子和夢才勉爲其難地同意。

2

隔天也一樣，二年A班的教室對美月來說就像針氈。

眞弓顯然是故意讓攪亂美月心緒的聊天內容傳到走廊的，但美月覺得如果她抗議或生氣，只會正中眞弓的下懷，所以一早開始，她就決定要徹底忽略眞弓。但如果這種狀況一直持續，就像夢說的，或許精神會先崩潰。美月這麼想著，正準備一個人打開便當時，玖理子和夢來找她了。

「美月，和小夢還有玖理一起吃便當吧！」

「啊……好。」

這應該是夢第一次來A班教室。之前她一定都在躲避狐塚眞弓，但今天夢拉著美月的手說「走吧」，還瞄了眞弓一眼。那眼神中有著探詢、挑釁的光芒。

「跟美月還有玖理一起吃，媽媽四十分的便當，就會升級到五十五分左右。」

三人在舞蹈社的社辦吃著便當夢表現得比平常更興高采烈。

「不可以說那種話，妳媽媽做給妳的便當明明看起來很好吃啊。可是謝謝妳，小夢。玖理子也是。老實說，妳們救了我。」

「以後每天都在這裡吃吧。倒不如說，早該這麼做了，也可以順便討論比賽的事。」

社辦大小並不足以容納全部社員，因此大家平常都在練習場地的體育館舞台旁邊換衣服，這裡當成服裝等物品的保管場所。

「美月，那個狐狸精還是老樣子？」夢問。

「呃，嗯。咦，小夢，妳今天好像特別嗨呢。」

「有嗎？跟平常一樣啊。」

昨天還叫人家「狐塚同學」，今天就變成「狐狸精」，一點都不平常。而且現在的夢身上，完全感受不到昨晚在家庭餐廳談到眞弓時，那種幾乎讓人心碎的悲愴感。

「小夢，出了什麼事？」

美月這麼問的瞬間，夢的肩膀猛地一顫。

「呃，沒有，什、什麼事都沒有。」

「……妳該不會跑去昨天提到的那棟廢洋樓了吧？」

「沒有沒有，那麼可怕的地方，小夢絕對不敢去。」

「白痴，小夢。」玖理子咂了一下舌頭，用手肘撞小夢。

「咦？玖理，幹麼撞小夢啦？小夢只說沒有去而已啊。」

「昨天送我回家以後，妳們兩個一起去了嗎？」

「所以說，美月，小夢沒有……」

「好了啦，別欲蓋彌彰了啦。對啦，沒錯，美月。後來我跟小夢討論了一下，覺得要試的話就要趁早，去了羊目女那裡。」

「爲什麼？我不是拜託妳們考慮一個晚上嗎？」

「對不起，可是小夢覺得對於美月，狐塚同學一定會做得比小夢那時候更過火。」

「妳怎麼知道？」

「小夢當然知道。因爲狐塚同學喜歡結城同學。從一年級的時候就喜歡他了。」

「咦……？」

「所以綁架只不過是個引爆點，從美月妳跟結城同學交往那時候開始，在狐塚同學心裡，就決定下一個黑羊就是妳了。除非妳跟結城同學分手……」

「啊，結城的話……」

「玖理子！」

美月制止正要開口的玖理子，轉向夢說：

「小夢，妳爲什麼非爲了我殺死眞弓不可？這太奇怪了。」

「不只是爲了美月而已。等到升上三年級，就會依照成績分班了不是嗎？到時候小夢一定會是最後面的班級，跟狐塚同學同班。小夢絕對不要再跟她同班了。」

「這還不一定啊。現在努力用功，期末拿到好成績就行了。我跟玖理子也會幫忙。」

「謝謝妳，美月。可是來不及了。我們已經找羊目女了。那個，美月……」

夢的眼中盪漾著崇拜與畏懼交織的神色，對美月說道。

「羊目小姐眞的存在。」

「別說了，妳不太對勁，小夢。妳該不會要說妳看到羊目女了吧？」

「小夢沒有看到。雖然沒有看到，可是她眞的在那裡。小夢進入六角形的房間，說完三次『羊目小姐，我是妳的祭品，請收下』，結果沒有人碰，門卻無聲無息地打開，眞的有什麼東西進來了。然後，有拖著一腳似的奇怪腳步聲一步一步靠近小夢，小夢嚇到腦袋空白，都快尿出來了，被那看不見的東西追著跑，忽然想起來，哭著說了三次狐塚同學的名字。」

也許是回想起當時的恐懼，小夢渾身哆嗦，卻面帶微笑，那模樣讓美月也禁不住跟著全身顫抖。

「小夢雖然現在可以像這樣平靜地描述，可是昨晚她不停地回頭，連滾帶爬地跑回在洋樓外面等待的我旁邊。她一邊說夢話似地喊著『要來了、要來了』，拉著我的手，一口氣衝下坡道回到車站，因為小夢整個人嚇壞了，害我沒能去找羊目女。」

「玖理，對不起。昨天小夢眞的、眞的快嚇死了。可是到了今天，總覺得非常安心可靠，所以才能這麼鎮定。羊目小姐是眞實存在的。所以美月，妳不用害怕了。」

小夢那雙濕潤的眼睛看到了什麼？美月不僅沒有放心，反而驚懼萬分，但事情發生，事到如今再說什麼都無濟於事。美月只能祈禱，大賽前不會出什麼亂子。

第二天美月走進教室，吃了一驚。

因爲狐塚眞弓缺席了。好像是請了病假。

「妳看，妳看，就跟小夢說的一樣！羊目小姐太靈驗了！」

中午時分的社辦裡，小夢興奮不已，但美月並沒有那麼迷信，會因爲狐塚眞弓請假一天，就相信是羊目女發威。

不過眞弓不在，就不會傳來讓人不舒服的竊竊私語，美月也能心平氣和地專心上課。不過奇妙的是，不知是否因爲眞弓造成的不安消失，第六堂的數學小考時，美月突然被遭到綁架時的記憶侵襲了。被拖進車子裡的恐懼鮮明地復甦，她呼吸不過來，大汗淋漓地趴倒在桌上，只能靜待內心的風暴離去。

幸而眞弓那個圈子的前朋友們似乎無人察覺美月的異狀，但美月最後繳出了一半空白的考卷。放學後到舞蹈社練習場地時，身體應該已經恢復了，然而玖理子一看到美月，便瞪大了眼睛：

「妳怎麼了？」

「咦？什麼怎麼了？」

「又出了什麼事嗎？狐狸精不是不在嗎？」

「……不，沒什麼。」

玖理子刺探地注視著美月的眼睛。

「沒事就好。」她最後罷休說：「如果有什麼狀況，要馬上說出來。」

「嗯，謝謝。」美月為玖理子的敏銳佩服不已，同時再次了解到，綁架這種恐怖體驗，比自己所以為更強烈地在潛意識中留下了陰影。

美月重新振作，開始指導舞蹈社的同學。

她們要以改編《天鵝湖》的舞蹈參加比賽。

先以楚楚可憐的白天鵝優美的舞蹈迷倒觀眾，然後在最後一分鐘由美月獨挑大梁扮演黑天鵝，以舞蹈呈現對抗每個人都有的內在邪惡戰爭。

三年級的學姊畢業，美月擔任社長後，這是她首次安排一切的表演，因此放了更多的感情，也因此不能失敗的壓力極大。剛當上社長時，她費了好一番心血才團結一盤散沙的社員，現在整個社團親密無間、團結一心，她覺得一定能夠達到在關東・甲信越大賽中奪得冠軍、打入全國大賽的水準。

這對美月等社員來說，是最後一次機會，她想要以萬全的狀態去準備，然而萬一身為社長的自己，在舞台上突然回想起恐怖體驗，恐慌失常，那到底該如何是好？

3

「狐塚同學今天也請假呢。羊目小姐果然太厲害了。」

隔天夢一樣興奮不已，然而在一旁戳著便當菜的玖理子，不知爲何表情陰沉。

「玖理子，出了什麼事嗎？」美月問。

「沒事。」玖理子別開臉躲避美月的注視，從心愛的水壺小口小口喝著茶。食欲不振，卻頻繁喝水壺裡的水，那模樣讓美月想起去年的關東・甲信越大賽。等待登場的期間，玖理子頻頻拿起這個水壺喝茶。美月擔心喝這麼多茶，會不會表演到一半想上廁所，但玖理子說喝冰茶可以舒緩緊張，一直喝到站上舞台前一刻。從男孩子氣的外表看不出來，但玖理子意外地很容易緊張，總是隨身帶著自己的水壺。她好像有某些講究，一定要是冰茶才可以。

「對不起，大家都只擔心我。如果玖理子妳有什麼煩惱，也告訴我們吧！」

玖理子不耐地向美月搖搖頭，說只是有點睡眠不足。

「可是……」

「啊，吃完的話，妳們先回教室吧。我們班下一堂自習，我要在這裡睡一下。」

玖理子把還剩下一半以上的便當蓋起來收進背包裡，甩手「噓、噓」地趕走坐在旁邊的夢，歪身躺在長椅上。美月只得和夢一起回教室，但還是放心不下，她在樓梯中間和夢說了一聲，一個人折返。

「玖理子？」美月說著，打開社辦房門，瞬間臭味撲鼻。

美月大步走近玖理子，把她前一刻藏到身後的東西搶走。美月強忍想要怒罵的衝動，捻熄了菸，從打開一條縫的窗戶窺看外面，確定沒有人之後，「砰」一聲關上。

「妳不是答應我再也不抽菸嗎！」

玖理子從壓低聲音斥責的美月身上別開目光，聳了聳肩：

「我很小心，不會被抓包，沒事的。」

「如果我是老師，妳以爲會有什麼後果？」

「就算停學也不會怎樣。」

「不只是停學而已！舞蹈社會因爲連帶責任，沒辦法出賽！」

美月無法克制全身因憤怒而顫抖。地板上的隨身菸灰缸裡有兩根菸蒂，還準備了除臭噴霧。玖理子應該不是第一次在這裡抽菸了。

「妳知道現在是多重要的時期嗎？要是因爲妳，大家的努力付諸流水，妳打算怎麼負責？」

「……對喔，我沒有想到。對不起。心情有點煩躁。」

在窗邊抱膝而坐的玖理子微微垂下頭來。美月也靜靜地在她身旁坐下。

「玖理子，到底出了什麼事？」

玖理子沒有回答這個問題，以求助的眼神注視著美月：

「美月……今晚妳可以陪我去個地方嗎？」

八個小時後，美月和玖理子一起走上陡急的坡道。

放學後、社團活動休息時間，玖理子仍不肯透露任何事。一等美月換好衣服，玖理子便抓住她的手，硬把她拖走了。

美月猜得到她要去哪裡，可是——

正當美月準備開口要求說明時，走在前面的玖理子突然回頭說：

「我想要救阿省。」

「阿省？妳哥？」

玖理子總是用暱稱如此稱呼她最愛的哥哥。

「這樣下去會完蛋。阿省的精神已經被逼到極限了，體重也一口氣掉了八公斤，要是不想想辦法，他會瘋掉的。」

玖理子哭喪著臉傾訴，美月驚訝地問她：

「妳哥哥怎麼了？」

「他被一個可怕的女人糾纏。」

「妳是說跟蹤狂嗎？可是妳哥結婚了吧？」

玖理子說，那個女人趁著她嫂嫂住院不在的時候，對她哥哥糾纏不清。即使要那個女跟蹤狂住手，她好像也是那種陷在病態妄想，瘋狂暴走的類型，根本無法溝通，眞的很惡質——玖理子憤憤不平地說。

「阿省爲了擺脫那女的，還搬了家，卻被她查到新家，繼續糾纏，逃都逃不掉。最近我總覺得那個女跟蹤狂會突然發瘋，拿刀刺死阿省，所以心情一直很煩躁。所以我決定了，要在阿省被她幹掉之前，我先宰了她。」

「等一下，玖理子，在這麼做之前，應該還有其他法子吧？如果對方是跟蹤狂，可以向警方求助……」

「男女相反就罷了，妳覺得對女跟蹤狂，警方願意認眞阻止嗎？就算警方肯做什麼，一定也是等到阿省被刺死後。再說，阿省在公司處境很微妙，所以說他不想把事情鬧大……就在這時候，我碰巧聽到羊目女的傳說，覺得這是老天爺在助我一臂之力。」

美月再三勸阻，玖理子卻勢在必行，似乎無法說動她回心轉意。

「美月，妳呢？妳應該也有想要殺死的人吧？」

「……咦？」

「比方說……結城……」

美月以爲玖理子會舉出綁架犯神田的名字，沒想到聽到意外的名字，狼狽萬分。

「妳、妳在說什麼？我從來沒有這種念頭。」

「眞的嗎？老實說，我眞恨不得結城去死。居然那麼殘忍地甩了妳。」

「我已經拜託過妳不要告訴任何人了。」

美月責備玖理子差點向夢說溜嘴的事，玖理子道歉說「我以爲小夢另當別論」。

三個月前，結城向美月告白，兩人開始交往。

身在幸福巔峰的美月，在玖理子想要見見手帕交男友的央求下，帶她去兩人約好的咖啡廳。因爲她作夢也沒想到，結城約她過去，是爲了宣布分手。

「我們家因爲父母工作的關係，要搬到波士頓去，所以我想跟妳分手。」

結城劈頭便如此宣布，美月腦袋一片空白。

「再見。」結城起身要走，拉住他的不是美月，而是玖理子。

「因爲這種理由分手，不是太奇怪了嗎？遠距離交往就行了吧？」

「我這樣說是爲了她的面子。」

「啊？」

「因爲總比說實話要來得不傷人吧？美月是長得很可愛，可是內在空空如也，跟她在一起也無聊得要命，所以我想跟她分了。」

「你、你說什麼！你根本不了解美月！」

「我想要跟可以讓我成長的人交往。否則就是浪費時間。」

聽到這話，美月再也無法正常呼吸，恐慌症發作了。她陷入過度換氣了。

「看吧，所以用遠距離當藉口，分了才好。」

美月搔抓喉嚨，渴求空氣，聽著結城訕笑的聲音遠離。結果這副難看的模樣，成了結城看到的美月最後一眼。

受傷、大受打擊是事實，但美月現在仍想成爲可以幫助結城成長、匹配得上他的女性。所以她要靠舞蹈打進全國大賽，爲自己建立自信。

「到了。」

聽到玖理子的聲音，抬頭一看，眼前是一幢詭異的洋樓。

「咦？要進去這裡面嗎？」

想到那麼膽小的夢居然敢一個人踏進這種陰森鬼屋，美月驚愕不已。廢洋樓散發出來的異樣氛圍讓人毛骨悚然，怯步不已。

「感覺裡面棲息著超越想像的怪物對吧？我要去試試那是不是就像小夢說的，是眞的怪物。」

「玖理子，還是不要吧。太危險了。」

「沒事的，我有這個。」玖理子從背包裡取出一支造型粗獷沉重的手電筒。

「這不是一般的手電筒，而是軍用手電筒，很多人拿來護身。我趁阿省——我哥不在的時候，用備份鑰匙進去他房間，偷偷借來的。其實這東西好像設計成可以打人，所以要是遇到緊急狀況，我會用它揍倒羊目女逃走。」

美月看得出來，玖理子也想要打哈哈帶過緊張。因爲搞笑地亂揮手電筒的玖理子，又開始不停喝水壺裡的茶。玖理子忽然正色望向美月：

「美月，除了女跟蹤狂以外，我還有另一個打從心底希望他死掉的人。如果能夠，我想要在六角形的房間說出兩個替身的名字，但大概沒辦法，所以不好意思，可以拜託妳來說嗎？那個人的名字，就是神田聖崇。」

玖理子筆直地看著美月，說出監禁王的名字。

「我一想到美月可能又會被那傢伙攻擊，就不安到又要抽菸。妳也是，雖然勉強裝出沒事，但其實一直很害怕對吧？妳昨天看起來也很不舒服。換成我是妳，除非那傢伙死掉，否則實在沒辦法安心入睡。再說，只要葬送那傢伙，就不會再有下一個犧牲者了。」

對吧——玖理子以眼神如此訴說後，露出淡淡的笑容，說她要進去了。

「我先去召喚羊目女，確定是否安全。所以美月，妳考慮看看吧。」

玖理子留下這話，打開洋樓大門，拿著自豪的手電筒消失在屋內。

4

隔天早上，狐塚眞弓又回來上課了，看上去和請假前完全沒兩樣，神采奕奕。

「聽說狐塚同學只是感冒，是眞的嗎？」

如此說著現身在午休時間社辦的夢，和眞弓就像兩個極端，宛如病人般死氣沉沉，美月和玖理子嚇了一跳，面面相覷。

「妳怎麼了，小夢？」

玖理子問，夢一副隨時都要哭出來的樣子，聲音顫抖地說：

「……她來了。」

「誰來了？」

「羊目……小姐。」

「咦？哪裡？」

「就小夢的房間啊！」

夢說，夜裡她被聲音吵醒，發現應該關上的房間開了一條縫，一個女人站在門外。

「一開始我以爲是媽媽。可是那人穿著沒有裝飾、輕飄飄白色禮服般的衣服，媽媽又沒有那種衣服，所以我覺得奇怪，細一看那張臉……那不是人。」

「什麼……？」

「脖子以下是人，可是頭是羊的頭。羊的眼睛從門縫看著躺在床上的小夢。」

「冷靜點，小夢，那只是夢。啊，我不是說妳，是說晚上作的夢。」

「玖理，小夢一開始也這樣想。因爲雖然小夢嚇死了，可是不知不覺間又睡著了。可是那是前天的事，昨天晚上她又來了。」

昨晚夢會醒來，是因爲感覺到更強烈的氣息，睜眼一看，羊目女入侵到房裡了。

「前天羊目小姐只是從走廊看著房間裡面，可是昨天她走到房間中間，目不轉睛地看著小夢。然後她的手裡……拿著像斧頭的東西。」

老實說，美月聽了也魂飛魄散，但她還是急忙安慰說自己用被子蒙住頭、整晚不敢闔眼的小夢說：

「妳一定很害怕。可是我也覺得那是作夢。因爲連續兩天作一樣的夢，這也是有可能的事。都說夢境是反映潛意識，因爲小夢妳一直想著羊目女，所以才又夢見她。」

「夢作夢，眞混淆呢。」玖理子想要搞笑，夢的表情卻依然陰暗消沉。

「為什麼羊目小姐會跑來找小夢？要被砍斷腳殺死的應該是狐塚同學才對吧？現在變成羊目小姐的祭品的不是狐塚同學，而是小夢嗎？小夢會被砍斷腳殺死嗎？」

「笨蛋，這怎麼可能？」

「可是，是玖理說以前真的死掉數目多到異常的學生的。」

夢看著玖理子，眼睛淌下淚水。美月摟住夢的肩膀，問：

「玖理子，羊目女的事，妳是從哪裡聽來的？」

玖理子在一年級教室找來的龜田靜香，以前是舞蹈社的社員。每年都有一定數量的一年級生受不了嚴格的練習而退社。光聽名字沒有印象，但看到對方特徵十足的外表，美月也立刻恢復了當時的記憶。因為龜田身材矮小，手腳又短，體型就像烏龜，在擁有許多身材傲人社員的舞蹈社當中，自然特別顯眼。龜田來到社辦，看到迎接她的美月，立刻滿臉光輝：

「哇，白鳥學姊，好久不見！我從國中就是學姊的粉絲，聽到學姊居然被綁架，擔心得要死呢。學姊平安無事，真是太好了……」

「謝謝妳。」

美月道謝，打斷似乎想繼續說個不停的龜田，問：

「龜田學妹，妳是從哪裡聽到羊目女的事呢？」

「我姑姑那裡。我姑姑就住在那棟洋樓後面，有時我放學後會去玩，有一次聽到姑姑跟朋友講電話提到，覺得很好奇。」

龜田在中庭告訴同學從姑姑那裡聽來的羊目女傳說時，離開社辦的玖理子剛好經過，追問詳情。

「妳姑姑相信嗎？那個……羊目女的傳說。」

「怎麼可能？」龜田驚呼，滑稽地笑了。「那只是都市傳說啦。不過姑姑說，以前有相信這傳說的國高中生半夜跑進洋樓裡吵鬧，製造麻煩，姑姑很生氣。姑姑說要是又發生這種事就頭痛了，叮嚀我不要說出去，可是很有趣，我不小心還是說了。」

「這樣啊。」

美月鬆了一口氣，望向一臉蒼白、沉默不語的夢。

「看吧，果然只是都市傳說。住在附近的人都這麼說了。」

然而夢依然全身緊繃，她轉向龜田，主動問道：

「妳姑姑還有沒有跟妳說什麼？像是有人被羊目女害死之類的事？」

「咦？被羊目女害死？怎麼可能？那只是傳說罷了。」

龜田徹底否定羊目女的反應，讓夢原本僵硬的臉頰總算就要放鬆下來，然而……

「啊……可是我上網查了一下，也有不同說法。說不是羊目女會幫忙殺掉替身羔羊，而是必須親自動手殺。」

「什麼……？怎麼這樣？親自動手的話，拜託羊目女豈不是沒有意義了嗎？」

「只要親手殺掉替身羔羊，就等於是獻祭給羊目女，所以羊目女就會保護那個人。那個版本是，就算殺人也不會曝光，也不會被警察抓走。」

「那，萬一……沒有親手殺死替身羔羊，會怎麼樣？」

夢聲音顫抖地問，龜田回答：

「據說如果沒辦法在一星期以內殺人獻祭，那個人就會被羊目女砍斷雙腿吃掉。」

「咦！」

夢驚呼一聲，接下來就像凍結般一動不動了。也許是被夢嚇到了，龜田說：「當然，我覺得這一定是有人編出來的無聊情節。畢竟冷靜想想，這根本不可能嘛。」說完這話，她便逃之夭夭地離開社辦了。

龜田的話不只是夢，也讓美月和玖理子陷入驚恐。因爲她們三人都已經說出想殺害的人的名字了。

「美月說得對，不該做這種事的。」

夢垂頭喪氣，玖理子道歉說：

「對不起，把妳們扯進這種事。都是我不好。」

「一星期以內的話，還剩下兩天，小夢必須殺死狐塚同學才行嗎？」

「等一下，小夢。必須親手殺了指名代替的人，否則自己就會被殺，這太離譜了。」

「可是美月，玖理說眞的死了很多人……」

「所以說，那是因爲有人被那種傳說騙了吧？」

「咦？」

「或許有人害怕如果不這麼做，自己就會沒命，所以痛下殺手。」

「……那，小夢不用殺死狐塚同學嗎？」

「當然不用。相反地，小夢，妳絕對不可以這麼做。不理它才是最好的。今天也好好練習，流一身汗，只想著在比賽中得勝，好好睡一覺，就不會再作奇怪的夢了。」

美月的話稍微讓夢安心了一些，放學後，她在舞蹈社練習得比平常更認眞，揮汗熱舞到渾身無力。

「小夢一定連飯都吃不下，一到家就睡倒在玄關了。」

夢這麼說，回家去了，然而隔天星期六，她卻帶著一副死人般的神態到學校來。擔心地在教室前等她的美月和玖理子，被她那模樣嚇了一大跳，立刻問她怎麼了。

夢說她因爲很累，昨晚睡得很熟。然而黎明時分，被一陣動靜吵醒後，她看見羊目女的臉就在眼前不到幾公分的地方，瞳孔縱長的可怕羊眼目不轉睛地俯視著她。

那雙眼睛看起來在微笑，下一秒，羊目女掀開被子，看了小夢的腳——夢哆嗦地說。

「小夢尖叫起來，爸爸和媽媽嚇得衝過來，可是那時候羊目女已經不見了。可是那不是夢。羊目女的呼吸、被子被掀起來的觸感，小夢都記得一清二楚。」

美月和玖理子撫摸著激動的夢的背部，面面相覷。她們不知道該如何是好，心情暗澹地上完那天的課。

下午的社團活動，夢沒有休息，但實在不是能夠跳舞的狀態，美月要她到保健室休養。夢淚眼汪汪地說她不要一個人，美月雖然很想陪著她，但她身爲社長，沒辦法缺席練習，要玖理子陪夢一起。練習到一半，玖理子通知說夢不舒服，要送她回家，美月交給玖理子處理。

隔天星期天，舞蹈社也有練習，但夢沒有參加。

美月打電話過去，夢說昨晚羊目女也出現了。

「羊目女掀開被子看小夢的臉，笑了一下，舉起了斧頭。她毫不猶豫，就要一口氣砍下來，所以小夢大聲尖叫，爸爸媽媽又跑來……」

「但妳爸媽來的時候，羊目女就不見了吧？小夢，那眞的只是惡夢。因爲妳一直害怕，所以才會一直夢到一樣的內容，會不會羊目女根本沒有現身……」

「美月妳沒有看到，才能說那種話。不可能有那麼逼眞的夢。對不起……小夢實在沒有力氣，沒辦法去練習。」

「練習是沒關係，可是小夢，妳還可以嗎？」

「小夢害怕待在自己的房間，所以一直跟爸爸媽媽在一起。」

幸好這天是星期日，夢柔道高手的父親陪著她，似乎稍微撫平了她的不安。

「好。有什麼事要馬上聯絡喔。」

儘管擔心夢，但美月爲了大賽，仍專心指導社員。時間過得極快，嚴格的練習結束時，天色已經快黑了。

換好衣服的美月和玖理子查看手機，看見數量非比尋常的來電紀錄和訊息。兩人急忙要打過去，這時夢又打電話來了。

「小夢，怎麼了？」

「美月，我想拜託妳一件事。」

夢以害怕的聲音接著說：

「今天妳可以來我家過夜嗎？」

夢說父親那邊的親戚有人過世，父母臨時要回去鄉下。
「小夢的阿嬤家很老舊很可怕，小夢絕對不想今天在那裡過夜。」
「好，我馬上過去，妳等我。」
「美月，眞的嗎？」
「嗯，玖理子也說要一起去。」
「太好了……謝謝妳們。小夢一個人實在沒辦法，很恐慌，不知道怎麼辦。」
也許是鬆了一口氣，夢哭了出來，玖理子接起電話：
「小夢？我們還在學校，還要一點時間才能到妳家，妳沒問題吧？」
夢的家在半山腰，的確有點遠。這個時間的話，公車班次應該也不多。
「小夢，可以的話，妳要不要來我家？」
美月對著手機喊道，立刻聽到回應：「可以嗎？」
一個人在家等待，果然還是讓夢很害怕。
「當然可以。妳知道在哪裡吧？」
「嗯，我去過好幾次了。」
「那，我們現在就回我家，晚點見。啊，我會叫我媽準備好吃的，今天晚上我們就聊通宵吧！」

「美月，眞的謝謝妳。小夢馬上過去！」

「不用急，路上小心。」

「好！」

好久沒聽到夢開心的聲音，美月和玖理子對望，安心地吁一口氣。

美月和玖理子一起乘上電車，在離家最近的車站下車時，手機再次響了。

是夢打來的。

「小夢，妳在哪裡？我們就快到了……」

「美月救我！」

夢迫切的聲音刺入耳中。

「怎麼了，小夢？」

「羊目女……」

「咦？」

小夢似乎拿著手機在奔跑，劇烈喘氣聲之間，傳來驚恐的聲音：

「羊目女……追來了！」

「什麼意思？小夢，妳在哪裡？」

「我好怕……我怕……！」

通話斷斷續續，手機傳來夢痛苦的喘氣聲和吸鼻了的聲音，美月覺得心都快碎了。
「小夢，我去救妳，拜託快說妳在哪裡！」
「美……」
「嗯，哪裡？小夢，妳在哪裡？」
夢說到一半的聲音就此中斷。
取而代之，夢的慘叫和駭人的衝撞聲在美月耳邊炸開，通話結束——

5

所有的舞蹈社社員都參加了夢的葬禮。
年僅十七歲的夢突然香消玉殞，所有人都無法接受，憤怒不已，無法克制淚水。
從葬禮回家的路上，美月突然停下腳步，一動不動。玖理子跑了過來。
「妳還好吧，美月？」
「我還是要去跟警察說。」
「說什麼？」
「就是那件事。」
夢在講那通電話時，正走下自家附近的山路。那不是車子能通行的馬路，而是接近山中小徑，只有附近住戶才知道這條捷徑。平常夢都搭公車到車站，但那天是星期日晚上，好像很久才有一班，所以急著前往美月家的夢才會走那條熟悉的小徑。

然後她從那條小徑走出馬路時，被車子撞了。令人難以置信的是，撞了夢的車揚長而去，是後續車輛幫忙叫救護車的。但夢被送醫之後不久就回天乏術了。後續車輛雖然目擊了事故瞬間，還用手機遠遠地拍到了車牌號碼和駕駛，但後來被找到丟在路邊的那輛車子是贓車，肇事者到現在還沒有落網。

由於夢死前正在和美月講電話，警方詢問通話內容，但美月只說她邀請夢來自家過夜，完全沒有提到羊目女。因爲她和玖理子決定保密。

「美月，就算跟警方說羊目女的事，也沒有意義。」

「可是得說出眞相才行。或許可以抓到凶手。」

「美月，妳以爲那輛車是羊目女開的嗎？目擊者都說了，肇事者是個男的。」

「我沒有這麼想。小夢說羊目女在後面追她。」

夢在小徑上感覺到羊目女在後面追趕，害怕得拚命逃走，衝出馬路，結果慘遭車撞。

「既然這樣，說出來也沒用啊，警方不可能相信。」

「可是……」

「是杯弓蛇影啊。小夢當時嚇壞了，所以一定是在小路上把一點風吹草動當成是羊目女了。而且天色又暗。」

「可是小夢說得斬釘截鐵，說『羊目女在追我』。能夠說出這件事的，就只有我們了啊！因爲小夢已經死了……」

一說出這話，淚水再也克制不住，美月當場蹲了下來。

「美月，妳說得沒錯，小夢死了。不管我們做什麼，她都不會回來了。所以我們必須爲我們自己打算才行。因爲小夢用她的死告訴我們：如果過了一星期，依然沒有獻出祭品，死的就是自己。」

美月驚訝地看向玖理子：

「不會吧，玖理子，難道妳要親手……？」

「我想這麼做。不，我要這麼做。我非殺了她不可。」

玖理子嚴肅地回答，就像在對自己發誓。美月慌了：

「不可能的，不要這樣。要是做出那種事，妳一定會後悔的。」

「有些情況，殺了人或許會有罪惡感。但我的情況絕對不會。不管妳說什麼，我都不會再猶豫。只要當機立斷、只要再鼓起一點勇氣的話，小夢現在還跟我們在一起。」

「小夢？什麼意思？」

玖理子說，前天中途離開社團活動的她，在夢的請求下，跟她一起去狐塚眞弓家。

「我們是去偵查的，看看有沒有殺死狐塚眞弓的機會。」

「……我都不知道。爲什麼妳們兩個自己去？」

「小夢說美月太老實了，絕對會反對的。她說得沒錯吧？」

確實，如果美月在場，一定會反對，並阻止夢這個念頭。

「我們在狐狸精家附近討論是不是要把她叫出來，結果她自己出來了。她穿著鮮紅色的大衣，走到車站，上了電車，坐了三站之後下車，我們跟蹤她，看她要去哪裡，結果她走進一家美語會話補習班。雖然令人意外，但我跟小夢說，或許狐狸精打算追著結城去美國。一個小時後，狐狸精從補習班出來，打電話給她媽，問晚飯吃什麼，我們就想：啊，她要直接回家。」

玖理子和夢隔著一段距離，尾隨就這樣穿過驗票口，走向月台的狐塚眞弓。由於正值附近的補習班放學時間，小小的月台裡擠滿了國高中生，相當擁擠。

「巧的是，狐狸精站在隊伍最前面等電車。當時周圍光線昏暗，狐狸精跟她周圍的學生也都盯著手機，我在小夢的耳邊喃喃說：要動手就只有這個機會了。小夢用力點頭了。她那眼神，是眞心要下手的眼神。」

這時廣播聲響起，過站不停的快速列車滑進月台裡來。

「時機再湊巧不過。稍微在背後推一把，狐塚眞弓就掉下軌道了。然而……」

玖理子說，夢的手甚至連動一下都沒辦法。她緊張到全身僵硬，下一班普通列車到站，月台上所有的乘客都上車以後，夢也定在原地，動彈不得。

「不只是小夢，我也是一樣的。我早就知道膽小的小夢或許下不了手，心想到時候我要替她動手。因爲是我把小夢扯進這件事的。明明這麼想，事到臨頭卻裹足不前，錯過時機。我也一樣，連狐塚眞弓的背都沒摸到。」

玖理子用頭去撞旁邊的牆壁。

「玖理子……？」

「我明明……救得了她的……明明……可以保護小夢的……」

玖理子嘴裡喃喃自語著，頭愈撞愈大力，美月拚命制止，結果一直強忍淚水的玖理子終於「哇」一聲嚎啕大哭起來。

看著爲夢的死懊悔，在懷裡哭得像個孩子的玖理子，美月心想：有人死去，就是這麼一回事。

哭了一陣後，平靜下來的玖理子害羞地擤鼻子說：

「太遜了，我再也不哭了。所以，美月妳絕對不可以死。要是妳敢死掉，我絕對不會原諒妳。所以，這個給妳……」

玖理子向美月遞出從皮包裡取出的塑膠袋。裡面裝著一株連根拔起的植物。

「玖理子，這是什麼？」

「護身符。」

「護身符？」

「我們可能只剩下兩天……欸，美月，警方有沒有告訴妳任何關於監禁王的消息？」

美月點點頭，說警方告訴她，監禁王極有可能和車子一起掉落山崖，被拋出車外。

「要是這樣，他應該已經凍死了。那晚風雪很大，沒車子應該逃不了多遠。」

「雖然很希望眞是如此，但萬一他還活著就麻煩了，最好竭盡全力尋找他到最後一刻。如果他還活著，我希望妳不要猶豫，殺了他。因爲殺死監禁王，也是爲世人除害，造福社會。」

「可是明天雖然社團活動休息，教練要我去找他。應該是要討論小夢的部分要怎麼辦，要怎麼重編舞步。」

「那不一定非要明天處理不可吧？就說妳不舒服，然後去盯著監禁王的家。」

「這警察已經在做了。明天我不能缺席。小夢過世，大家都不知所措。原本的話，應該會士氣低落，但我也想和教練討論，看如何提振大家的士氣，爲小夢贏得冠軍。」

「眞的假的？居然把贏得比賽看得比自己的命更重，妳也太誇張了吧？」

「或許……眞的比我的命還重要。現在的話。」

玖理子傻眼地重重嘆了一口氣，忽地笑了：「不管任何時候，美月都是美月。」

「這是什麼護身符？」

美月舉起玖理子給她的植物問，玖理子壓低聲音細語道：

「烏頭。」

「咦？妳說烏頭，是那個有毒的……？」

「我昨天到過世的阿公家採來的。我知道他有種烏頭當觀賞植物。」

「玖理子，難不成妳要用這個……」

「那個女跟蹤狂說明天晚上會去我哥的公寓，送禮物慶祝我嫂嫂出院。我想了很多，刺死或是打死對我門檻還是太高了，所以我決定把這東西摻進食物裡給她吃。烏頭和鵝掌草很像，應該可以用搞錯了搪塞過去。」

「明天晚上……」

「嗯。所以我沒辦法陪妳跟教練討論，但我還是會去一下社辦。」

玖理子努力擠出明朗的笑容，臉頰上仍殘留著讓人心痛的淚痕。

6

隔天早上，美月一如平常地起床，一如平常地上學。

她自以爲用平常心面對，但上課完全無法專心，上到一半就放棄聽課，全神思考舞蹈社的事——該如何帶領社員贏得比賽——熬過上課時間。

如果不這麼做，即便是美月，依然快被不安壓垮了。

美月在筆記本上塗鴉隊型來幫助思考，這時一道影子罩上了白紙。

抬頭一看，狐塚眞弓就站在眼前，美月急忙吞下差點發出來的驚叫。

她甚至沒發現不知不覺間下課了。自從那件事以後，這是眞弓第一次直接跟她說話，她一臉嚴肅地哀悼說：「小夢的事眞的很遺憾。」

瞬間，憤怒從心底油然而生：要是沒有這個狐狸精，小夢也不會死了！

就連在內心，這也是她第一次叫眞弓狐狸精，這讓美月自己驚訝極了。

和教練討論前，美月到舞蹈社的社辦看了一下，發現玖理子的背包丟在長椅上，卻沒看見她的人影。在走廊張望，不遠處的籃球社社辦傳來玖理子的笑聲。

那笑聲十分開朗，讓美月懷疑玖理子是不是打消殺人計畫了，但她拿起插在背包側口袋的水壺搖了搖，發現裡面沒剩多少茶水。而且從開口看見的背包裡面，裝著大量枯萎的烏頭。居然把這麼危險又重要的東西隨手丟在這裡，跑去別的地方，玖理子的粗枝大葉讓美月無法理解，擔心得不得了。

她爲了鎮定情緒，伸手拿起掛著的舞衣。

是母親爲她縫製的白色舞衣，要讓美月在接下來的比賽中扮演天鵝時穿上。款式模仿《天鵝湖》的女主角奧傑塔公主的服裝，但衣服上有機關，純白色的舞衣可以在一眨眼間變成黑天鵝。

美月把舞衣按在胸前，站在穿衣鏡前。

自己眞的有辦法穿上這身衣裳，站在大賽的舞台上嗎？

不，即使不擇手段，她都想要登上舞台。因爲自己爲了這個目標，比任何人付出更嘔心瀝血的努力。她想站在那座舞台上，展現迷倒眾生的舞姿。然後讓所有人承認，白鳥美月絕對不是個空心花瓶。

房門打開，玖理子進來了。

「嗨，美月。妳在做什麼？」

「我滿腦子只想著要穿上這件舞衣跳舞，否則……」

「就會不安到快發瘋了，對吧？」

美月掛回舞衣，「那個計畫……」她問玖理子。「妳沒有打消念頭，是吧？」

「怎麼可能打消？爲什麼妳會這麼想？」

「因爲妳跟籃球社的人好像聊得很開心。」

「我只是覺得必須盡量照常生活，免得被人發現我在計畫殺人。妳呢？」

「我就跟平常一樣。而且除了祈禱監禁王早就死掉以外，沒有其他可以做的事。」

「晚上我辦完事後，會去妳家。」

「咦？」

「我八成會被警方留下來問話，所以應該要花點時間，但我一定會去。啊，對了，我用來護身的這個先請妳保管。萬一被警察搜到，感覺會引起誤會，那樣就不妙了，而且或許它可以保護妳。」

玖理子說著，從背包取出手電筒，塞進美月手裡。那沉甸甸的重量，讓美月覺得就像是玖理子對她的關心。

「如果監禁王已經死了，什麼事都沒發生，我們就當作走運，一起乾杯慶祝吧。就算羊目女出現，我也不會讓妳孤單一個人。我會保護妳的。」

「玖理子……」

「啊，已經這麼晚了。我得準備才行，先走了。」

玖理子雖然免不了神情緊張，但似乎已經甩掉不安，搞笑地敬禮說：「告退！」接著粗魯地揹起背包，前往哥哥家。

美月忍不住叫住跑過整排都是社辦的走廊、逐漸變小的那個背影：

「玖理子！」

玖理子停步回頭。美月正準備開口，察覺籃球社女社員從背後走過來，因此沒有出聲，只用嘴形告訴玖理子：

謝謝妳——

雖然有段距離，但玖理子似乎領會了，大喊：

「美月，我們一定要一起打進全國大賽！拿到冠軍，也讓小夢看到只有站上頂點的人才看得到的景色！」

玖理子咧嘴而笑，用力揮手，融入夕陽之中消失了。

然而這個約定沒有實現。

因爲當晚玖理子死在哥哥家裡了。

死因是烏頭中毒。

7

幾天後的夜晚，美月被意外的人找往那棟廢洋樓。

站在大門前的身影就宛如縮起脖子的烏龜，那人注意到腳步聲，回過頭。

「妳果然來了，白鳥學姊！」

龜田就和上次一樣，滿面笑容地迎接美月。她穿著客套也稱不上合適的象牙白蓬鬆毛茸外套。

「站著聊也很奇怪，要不要進來？雖然這也不是我家啦。」

「咦？要進去這棟洋樓嗎？」

「因爲可能會講得有點久。」

龜田說著，自行開門進去了，美月連忙跟上去：

「等一下，龜田學妹，不好意思，我沒有太多時間……」

「我想也是，還得修改比賽舞蹈的動作跟隊形嘛。因爲不只是夢學姊，連玖理子學姊都死掉了。其實玖理子學姊在夢學姊死掉以後，好像找過我姑姑。就是住這後面的我姑姑。」

「咦……？」

龜田說著，走進建築物裡。爲什麼要在這種地方談？儘管感到恐怖，但因爲好奇龜田的話，美月只得用手電筒照亮黑暗，跟上在走廊上前進的龜田身後。

「六角形房間是這間嗎？啊，好像就是這裡喔，學姊。」

龜田饒富興味地環顧室內，美月問她：

「爲什麼要來這裡？」

「因爲我一直想來看看傳說中的六角形房間。」

「那妳應該已經滿意了吧？這裡很可怕，我們出去吧。玖理子的事，我們在外面說……」

「還是會怕呢，就算是第二次來也一樣？」

「咦？」

「老實說，我眞的很驚訝。不只是夢學姊和玖理子學姊，居然連白鳥學姊都在這裡說出想殺的人的名字。」

美月驚愕地看龜田。她怎麼會知道？

「這……是玖理子告訴妳的？」

「對。學姊說爲了救白鳥學姊，想向姑姑詳細打聽羊目女的事。可是不巧姑姑工作晚歸，我有保管的鑰匙，所以請學姊先進屋裡等，但最後還是沒見到姑姑。」

「玖理子沒告訴我這件事，但她眞的很講義氣。她覺得是她把小夢牽扯進來的，十分自責。」

「啊，是呢。玖理子學姊看起來非常難過，所以在等姑姑的時候，我陪她聊天。」

玖理子確實很健談，但爲何要和根本不熟的一年級學妹透露這些事？

「白鳥學姊，有什麼好驚訝的？玖理子學姊酒量很差呢。我想要解除她的緊張，在紅茶裡加了點白蘭地，結果她喋喋不休到幾乎好笑。應該是憋太久吧。」

「我只是說出監禁犯的名字……」

「是啊，畢竟他害妳遇到那麼可怕的事，學姊的心情我能體會。可是好意外。因爲我沒想到連白鳥學姊都相信那種瞎編的傳說。」

「一開始我也覺得不可能，可是小夢眞的死了。」

「但夢學姊並不是被羊目女砍斷腳，而是車禍死掉的吧？」

「對，可是……慘遭橫禍的前一刻，小夢在電話裡說羊目女在追她。」

「怎麼可能？世上才沒有什麼羊目女。可是，玖理子學姊也深信不疑呢。她說只要殺了糾纏她哥哥的女跟蹤狂獻祭，自己就可以保住一命。」

「……玖理子連這種事都跟妳說了？」

「對，她說要讓那個女的吃下烏頭。」

美月閉上眼睛，重重地嘆了一口氣。她不想批評過世的玖理子，但未免疏忽大意得太離譜了。

「龜田學妹，這件事妳有告訴任何人嗎？」

「沒有。」

「可以請妳保密嗎？為了過世的玖理子名譽。」

「可以啊。因為實際上，學姊指控是女跟蹤狂的人也沒死嘛。是在讓對方吃下烏頭前，自己不小心吃到了嗎？世上會有這麼蠢的事嗎？白鳥學姊，妳怎麼想？」

被龜田詭異的雙眸注視，美月詞窮了。她不知道這個一年級學妹的目的，只覺得頭皮發麻。

「話說回來，玖理子學姊然被瞎掰的傳說牽著鼻子走，真的想殺人，實在瘋了。」

「妳怎麼能斷定那是瞎掰的？沒有人知道。」

「我當然知道，因為我知道始作俑者是誰。」

美月說不出話來，只是瞪大了雙眼，龜田強忍笑意說：

「編出這個傳說的，就是我姑姑。」

「……咦？」

「我不是說過嗎？姑姑住在這棟洋樓後面。羊目女的傳說大流行的時候，好像常有一堆國高中生跑來吵鬧，擾亂安寧。姑姑氣不過，爲了讓那些屁孩不敢再來，編出『羊目女不會幫忙殺人，必須親手殺人，獻祭給羊目女才行』的內容，結果傳聞不脛而走，被微妙地改來改去，變成現在這種形式。」

「妳……早就知道這件事？」

「玖理子學姊來找姑姑的隔天，我才聽姑姑說的。如果姑姑那天晚上有回家的話，或許玖理子學姊也不會想到什麼殺人計畫，平白送命了。」

「爲什麼妳知道以後，不馬上告訴玖理子？如果妳告訴她的話……」

「我也很後悔，不過誇口『我要殺了某某』的人，很少有人會眞的付諸實行吧？再說，我被學姊妳們叫去社辦的時候，應該說得很清楚了：『那八成是有人掰出來的無聊傳說』。自己要相信有羊目女，像傻瓜一樣被耍的，不是學姊妳們自己嗎？」

美月無法反駁，沉默不語，龜田仍不放過她：

「啊，可是玖理子學姊一直稱讚白鳥學姊喔。說美月正義感很強，就算自己可能會沒命，也不會想到要殺害別人。還說妳說出名字的監禁犯或許還活著，妳卻完全不害怕。白鳥學姊太讓人佩服了。」

「哪裡……只是因爲警方說監禁犯很可能已經死了……」

「或許是吧，但聽說夢學姊不是嚇得要死嗎？」

「……小夢。對，我剛才也說了，小夢是被羊目女追趕，才會衝出馬路的。她明明白白地跟我這麼說了，所以果然眞的有羊目女……」

這時，美月注意到了。龜田身上毛茸茸的外套帽子上有耳朵。龜田伸手把帽子罩上頭部的瞬間，毫無來由的恐懼和憤怒同時從體內深處湧上心頭。

「這件衣服太可愛了，不適合我對吧？是姑姑買給我的，我只好穿給她看。很偶爾才會穿。」

「……小夢死掉的那晚，妳也穿著這件衣服嗎？」

「是啊，就那麼剛好。」

「剛好？然後妳剛好去小夢家？」

「我可沒拜訪夢學姊家。我的嗜好是在山林漫步。我在路上偶然見到夢學姊，想跟她打招呼，沒想到她突然大叫逃走了。」

龜田身上附帽子的外套，是模仿羊的造型。

如果被穿著這件衣服的龜田在黑暗中靠近，如驚弓之鳥的小夢肯定會相信那就是羊目女。

「妳……就是妳殺死小夢的。」

「哎喔，請不要血口噴人。我只是想向學姊打招呼……」

「妳是故意的。妳明知道戴上這頂羊帽子，站在怕被羊目女砍斷腳的小夢面前會有什麼效果，還故意這麼做。」

「就算是這樣好了，那也不等於是我殺了夢學姊呀。」

龜田挑釁微笑的模樣，讓美月背脊發涼。

「爲什麼？小夢對妳做了什麼嗎？妳到底跟她有什麼仇，要做出這麼殘忍的事……」

「我有仇的不是夢學姊，而是白鳥學姊。」

「咦？我？」

貼在龜田臉上的冷笑倏地收起來。

「黑羊……」

「咦？」

「白鳥學姊，變成黑羊，滋味如何呀？」

「這也是從玖理子那裡聽說的？」

「是的，我很擅長套話。」

「滋味如何？當然很難受，而且無法原諒。小夢也是，如果不是被當成黑羊，也不會恨眞弓恨到想殺了她。」

「就是說呢。很痛苦呢。我也痛苦極了喔。國中的時候，我看到白鳥學姊的舞蹈表演，大受感動，為了想加入白鳥學姊所在的舞蹈社，選了這間學校，沒想到居然被尊敬的學姊當成了黑羊。」

「我？等一下，妳在說什麼？我才沒有把妳當成黑羊！」

「聽說白羊不會有罪惡感，回頭就忘了自己的所作所為，原來是真的呢。」

龜田目瞪口呆地嘆氣說。

「明明是一年級新生，卻意見一堆，學姊一定覺得我很煩吧？如今回想，把學姊的話當真的我太傻了，什麼『舞蹈是大家一起合力完成的，什麼意見都請儘管提出來』。」

「妳好像誤會了，但大家的意見我都會好好聆聽，只要是好點子，不管是誰的主意，我都會積極採納。」

「是啊，確實如此。我被罵得那麼難聽，被趕出社團，卻只有我的點子被拿去用了，教人傻眼。提議從天鵝迅速變裝成黑天鵝的人可是我呢。學姊一開始只打算以白天鵝的優雅跳出優美的舞蹈對吧？可是我提議說不只是美好，還可以在兩分三十秒以內表現出善惡兩邊。比方說，以對抗任何人都有的內在邪惡為主題如何？因為我自己很想看到白鳥學姊跳這樣的舞。」

「……這表示我確實採納了妳的意見吧？當然，要往這個方向編舞，是大家討論決定的，所以不是只採納了妳一個人的意見。覺得被當成黑羊，是妳誤會了。至少我應該沒有說出任何讓妳不舒服的話。」

「是啊，沒錯。學姊手段高明，所以不會直接開口，都是讓身邊的羊替妳開口。」

那個龜田才一年級，不會太囂張了嗎？居然敢指正美月。

怎麼會？有意見就提出來，這是好事啊。有時候可以因此變得更好。不過，如果她可以多學習一下舞蹈方面的知識再發言就更好了。

就是說嘛，龜田什麼都不懂，就只會厚臉皮地強推自己的意見，讓人倒彈。不會看臉色到那種地步，她是不是有病啊？

她現在或許是有點格格不入，但很快就會融入社團、融入我們了。

咦？學姊覺得她可能融入嗎？倒是，她幹麼加入舞蹈社啦？跳群舞的話，只有她一個人特別搶戲不是嗎？矮肥短，而且人如其名，長得就跟烏龜一樣。

噯，不可以那樣說，人家太可憐了。就算她現在是這樣，只要努力練習，應該會瘦下來的。

白鳥學姊人太好了啦！可是就算龜田拚命練習，也只會給旁邊的人製造麻煩。因爲她跳的舞也太搶戲了，會害旁邊的人忍不住笑出來，根本沒法練習。

我懂！那眞的太猛了。第一次看到的時候，我還以爲是烏龜溺水了。

與其說是烏龜，更像……

咦？咦？什麼？白鳥學姊，與其說是烏龜，更像什麼？

沒事。當我沒說。

咦！我想聽！說嘛！學姊覺得龜田看起來像什麼？

什麼都不像啊。龜田就是龜田嘛。

我知道了，不是烏龜，是大猩猩對吧？我猜對了吧？美月！

大猩猩，哈哈哈！我也覺得很像。

我可沒有說什麼大猩猩喔。每個人剛起步都是笨拙的，不管跳得再怎麼笨拙、像大猩猩，指導學妹也是學姊的義務。

學姊自己說了！說跳得像大猩猩！笑死我了！

我不是在說龜田學妹。總之，在準備大賽開始忙碌起來之前，妳們也要嚴格指導，讓她的舞技上得了檯面。

咦，沒辦法的啦，學姊。大猩猩烏龜能不能自己識相點，退出舞蹈社啊？

拜託，大猩猩要不是白目，根本就不會跑來參加什麼舞蹈社了好嗎？

「那些對話，學姊是明知道我也在那裡，故意說給我聽的對吧？前陣子學姊在社團對大家說了嘛：現在團隊團結一心，狀態絕佳，所以拿冠軍也不是夢。那都是多虧了我吧？眾人齊心協力把我這個舞蹈社的黑羊趕出去，所以才能團結一心吧？」

「不是的……」

「就是。」

龜田一口咬定，大大地吁了一口氣。

「算了，都過去的事了。別說拿冠軍了，現在連能不能參加比賽都有問題了嘛。」

「妳在說什麼？爲了玖理子和小夢，我們必須參加比賽，拿下冠軍。」

「不可能的。我已經跟警察說了。」

「咦？妳剛才不是答應我不會說出去嗎？」

「答應？喔，玖理子學姊的事我沒說啊。說了也沒用。」

「那妳跟警察說了什麼？」

「白鳥學姊，妳在這裡指名希望死掉的人，不是監禁犯，而是別人對吧？」

「……妳在說什麼？不要亂說。」

「不，就是這樣。所以學姊明明很忙，卻還是來這裡赴約了。因爲我說我知道玖理子學姊是怎麼死的。」

「等一下，妳的意思是，我說了玖理子的名字？」

「妳不只說了玖理子學姊的名字，還殺了她對吧？把烏頭根熬出來的汁還是什麼，摻進玖理子學姊的水壺裡。」

「……我哪有什麼烏頭？」

「玖理子學姊不是送妳一株當護身符嗎？」

居然連這種事都說了？對玖理子的怒意，讓美月幾乎眼前發暈。

「玖理子學姊會把烏頭送給妳，是因爲她還是懷疑妳不會說出監禁犯的名字。」

「咦……？」

「她好像覺得妳也可能說出結城的名字，就是甩了白鳥學姊的那個人。」

美月的憤怒忍不住化成話語衝口而出：

「玖理子這個大嘴巴！」

龜田「噗哧」一聲笑出來：

「妳都叫她大嘴巴？玖理子學姊確實是很大嘴巴呢。可是她也很講朋友義氣。結城現在在波士頓對吧？玖理子學姊爲了萬一妳說了結城的名字，也可以去美國殺了他，倒算時間，去採了烏頭送給妳。但她萬萬想不到，那烏頭居然會被放進自己的水壺裡。」

「這些都只是妳的猜測，根本沒有證據。」

「是的，沒有證據。但警方應該會從玖理子學姊的水壺裡驗出毒物，而那天能在水壺裡摻進烏頭的人有限。附帶一提，我一直盯著白鳥學姊妳，所以知道妳是什麼時候在玖理子學姊的水壺裡下毒的。就是妳一個人待在舞蹈社社辦的五分鐘那時候，對吧？妳趁著玖理子學姊去籃球社社辦的空檔，摻進了烏頭吧？」

美月默不吭聲，龜田兀自說個不停：

「學姊或許會因爲罪證不足，不會有罪。不過這件事傳開以後，社員還會願意追隨可能殺了玖理子學姊的妳嗎？鬧出這種醜聞的舞蹈社，還可能參加比賽嗎？」

美月瞬間倒抽了一口氣，無法動彈，接著嘴唇漸漸傳出低沉乾啞的笑聲：

「一切都是爲了在關東．甲信越大賽拿到冠軍，打進全國大賽，我才會努力到今天……」

龜田對垮下肩膀的美月問：

「爲什麼妳非殺了玖理子學姊不可？不希望她把結城狠狠地甩了妳的事說出去？」

「不是……不，這也是原因之一，但一切都是參加比賽，拿到冠軍。」

「咦？」

「玖理子是個好孩子，可是大嘴巴，心思又淺薄，不管做什麼都漏洞百出。她那種人想出來粗糙到家的殺人計畫，不可能成功。」

如果是生長在自家附近的野生烏頭也就罷了，但是玖理子在那個節骨眼跑去祖父家採烏頭，警察當然會懷疑到她頭上。

光是社員抽菸被抓到，就可能無法出賽，遑論計畫殺人曝光，別說退出比賽了，絕對會被廢社。

「我只想避免這種狀況。我想站在舞台上。這是我最後一次機會，而且以今年成員的實力，拿冠軍也不是夢。就為了這個目標，我費盡一切心血。」

「所以才把我當成黑羊。總覺得一切都說得通了呢。我也覺得很遺憾。因為我很想看看現在學姊跳的黑天鵝。」

美月驚訝抬頭，注視著龜田的眼睛。

「龜田學妹，妳真的這麼想？」

「是啊，淪為邪惡化身的學姊，會如何詮釋邪惡化身的黑天鵝，我很感興趣。」

「既然如此，這件事能不能請妳自己留在心底？」

「學姊，妳這不會想得太美了嗎？玖理子學姊都死了。殺了人也毫無罪惡感，學姊，妳真的很離譜。」

「妳不也一樣？或許我們有點相似。都是黑羊，我們是不是應該當好朋友？」

「不可能。因為我壓根兒就不信任學姊。再說，學姊才不是黑羊這種可憐兮兮的東西。妳已經是暗黑之羊了。」

「這說得太難聽了。不過我不討厭聰明人。可是，龜田學妹，有件事妳搞錯了。」

「搞錯？哪件事？」

美月沒有回答這個問題，改變話題說：

「妳有沒有想殺的人？最好是我以外的人。」

「什麼？」

「我覺得妳也可以在這間六角形的房間，說出想殺的人的名字。這麼一來，一定就能感受到羊目女的存在。啊，可是也有像玖理子那樣遲鈍到完全無感的人，所以也不能說絕對呢。」

「學姊，妳這話是認眞的嗎？我和姑姑都是反對迷信的合理主義者，完全不信這一套。倒不如說，根本嗤之以鼻。」

「直到不久前，我也跟妳一樣。可是來過這裡之後，我改變想法了。因爲我親眼看到羊目女了。」

龜田瞬間啞然，但很快便靜靜地笑起來：

「少來了，又不是夢學姊，妳一本正經在說什麼鬼話啊，白鳥學姊？」

望著傻眼地笑著的龜田，美月心想：

她只搞錯了一件事。

雖然她認定傳說都是瞎掰的，但羊目女確實存在。

因爲不只是夢，美月也看見了。

看見把門打開一條縫窺看、有著一雙羊眼睛的女子。

幸好現在美月和龜田都在六角形的房間裡。只要把龜田當成替身羔羊，羊目女就一定會幫她。就像玖理子那時候那樣。

美月把手伸進皮包，抓住某樣東西，在心中感謝玖理子。

它眞的保護我了，玖理子。

接著，美月對繼續嘲笑的龜田嫣然一笑，如曼舞般優雅揮起軍用手電筒，朝著龜田的腦門一口氣砸下。

病羊，或狡猾的羊

1

我想請你們幫我找一個女人，她叫灰原詩織。

二十七歲，是家庭主婦，約兩個月前，在羊丘華廈四〇二號室和她的丈夫——不，應該是她的丈夫的男人住在一起。

可是某天她忽然失蹤了……

或許詩織女士被她先生——被自稱她先生的那個男人殺死了。

因爲詩織女士對我說過。

那個人不是她的丈夫灰原省吾，而是完全不認識的人……

然而不管我如何傾訴，警方都不肯行動。我已經不知道該怎麼辦了……

啊，不，我不是詩織女士的家人或朋友。我是她鄰居。

搬到同一棟公寓那天，我被那東西嚇到，忍不住發出尖叫，詩織女士跑過來關心，我們就是這樣認識的。

那東西就是那個啊，黑黑亮亮，叫小強的那種昆蟲。說來丟臉，我眞的很怕那東西，而那個連提到都教人全身發毛的東西就在廚房，差點沒把我嚇昏，這時詩織女士跑來救我了。她應該也很害怕，卻特地跑回家拿殺蟲劑，爲第一次見面的我把牠趕走，她眞的很熱心。

那天晚上，突然有人用力敲門，我提心吊膽地從貓眼看出去，居然是詩織女士披頭散髮，高喊：「救命！」

我不知道發生了什麼事，驚訝地開門，她緊緊地抱住我說：

「家、家裡有不認識的男人！」

詩織女士的臉色不只是蒼白，都面無人色了，眼睛充滿了驚恐與害怕，瘦得像樹枝的身體不停地發抖，眞的很可憐。

我出去隔壁人家一看，玄關門夾著衝出來時掉落的購物袋，盒裝雞蛋都碎光了，看得出是採買回來的她，在應該無人的住處撞見不認識的男人，嚇得落荒而逃。

吃驚的我立刻拿起手機要報警，但可能是被她的顫抖傳染，手指不聽使喚。不是常聽到這樣的新聞嗎？闖空門的被住戶撞見，直接變成殺人搶劫。所以我害怕得不得了。感覺夾著雞蛋的門縫間，隨時都會有個凶神惡煞的男人伸出頭來，手中拿著武器——對，拿著菜刀還是扳手，朝我們發動攻擊……

明明想逃，卻好像鬼壓床似地動彈不得，這時隔壁人家的玄關門發出聲音打開來，我發出了完全不遜於詩織女士的尖叫聲。

可是，看到現身的男子瞬間，尖叫卡在喉嚨深處，我無法呼吸，胸口發緊。因爲追著她跑出來的，是個相貌英俊、氣質清朗得讓人驚豔的男子，他穿著一身剪裁合身的西裝，那模樣怎麼看都不像個罪犯。

那位男士發出極盡溫柔的聲音，試圖安撫不停地尖叫的詩織女士。

「詩織，沒事的，是我啊，省吾。」

看見以柔情密意的表情拚命訴說的他，我覺得指稱對方是陌生人，是詩織女士搞錯了，兩人應該認識才對。不過如果是交情淺到會忘記對方長相的男人，趁著主人不在闖進家裡，這也是個大問題。

實際上，詩織女士依然全身不停地發抖，拿我當盾牌躲在後面，就像要逃離他。

對方似乎這時才注意到我，驚訝地吞了一口氣，將那雙修長的眼睛轉向我。

「啊，請問妳是……」對方困惑地開口，我也困惑不已，自我介紹說是剛搬到四〇一號室的人。

「啊，原來是這樣。眞是失禮了。」

他重新轉向我，以誠摯的態度行禮。接著從他有些落寞的唇間吐出來的話——聽在我的耳中，就宛如某種惡質的玩笑。

「內子給妳添麻煩了，眞是抱歉。」

「咦……內子？」

我驚訝回頭，詩織女士雙眼瞪得老大，就像不聽話的小孩一樣拚命搖頭，我忍不住瞪住對方修長的眼睛。

「她說她不認識你……」

男子漆黑濕潤的眼睛浮現哀傷的神色，略薄的嘴唇吐出沙啞的嘆息和痛苦的聲音。

「內子……是有點混亂了。」

世上有哪個妻子只是有點混亂，就會不認自己的丈夫？

「詩織，妳這樣會給人家添麻煩，回家吧。」

他說著伸出手來，詩織女士逃離他的手，以發顫的聲音問：

「你是誰……？怎麼會在我家……？」

「詩織……妳仔細看我，我是省吾啊，妳丈夫灰原省吾。」

「……不對，你不是省吾。」

詩織女士的聲音微弱沙啞，但明確地否定對方是她的丈夫。

「請你立刻離開。要不然……我要報警了。」

「叫警察來，妳要說什麼？」

「說有小偷闖進我家。」

「什麼小偷，我要從自己家偷什麼？」

「你不要亂講！這裡才不是你家！」

「詩織，這裡是我們的家啊！妳跟我的家。好了，總之先回家……」

「你在說什麼？爲什麼我要讓莫名其妙的陌生人進自己家？你有什麼目的？你想把我怎樣？」

「詩織……」

對方面露沉痛的表情，焦急地伸出手。詩織女士大喊：「不要！」甩開了他的手。

「住手！不要碰我！」

詩織女士反抗著不讓催促她回家的男子抓住手，她害怕的模樣非比尋常，實在不像在作戲。一頭霧水而不知該如何是好，只是呆呆地站在那裡的我見狀也慌忙制止。

「呃，請等一下，你真的是她先生嗎？」

「當然了，我是她的丈夫灰原省吾。看，這裡有我們的名字。」

他指的玄關門鈴上方，掛著的門牌上確實寫著「灰原省吾　詩織」。

「他騙人！」

我背後的詩織女士在我背後大力反駁。

「他不是灰原省吾，那是我丈夫的名字！」

「詩織女士這樣說呢？」

我懷疑地盯著對方看，他大嘆一口氣，從皮夾裡掏出駕照給我看。

駕照上的名字是灰原省吾，住址也的確是這棟公寓。

然後名字旁邊的照片，雖然比現在更年輕一些，頭髮也稍長一些，但確實就是眼前這位面容清瘦的男子。

「妳相信了嗎？」

他就是灰原省吾這件事無庸置疑了。我正要對他的話點頭，卻被詩織女士尖銳而悲痛的聲音打斷了：「不要被他騙了！」

「他在撒謊！」

「咦？可是他的駕照……」

詩織女士一把搶過駕照，警覺地瞪著他。

「你怎麼會有這個？這是我丈夫的駕照！」

「所以說，我是妳丈夫啊。」

「不對、不對、不對！……你果然是小偷。你趁我不在的時候，從省吾的桌子偷了這張駕照！」

這時，我第一次覺得她的話不太對勁。

即使就像她說的，但要闖進行竊的人家，把駕照照片掉包成自己的，實在不是三兩下就辦得到的事。但如此主張的詩織女士，那拚命的模樣也不像裝出來的……

如果羊丘華廈有管理員，應該可以立刻確認他到底是不是詩織女士的先生了，但不巧的是，管理員並非二十四小時都在。別無選擇，我問這附近有沒有認識他們的人……

「很遺憾，我們跟鄰居幾乎沒有往來。我工作很忙，回家幾乎都只爲了睡覺，內子是家庭主婦，但不喜歡跟人社交。」

你怎麼會知道這些？如此訝異地看著他的詩織女士注意到我的視線，點頭同意男子的話，說她和公寓的住戶，頂多只有在大門等地方遇到時會以眼神致意，連之前住在我這一戶的鄰居是什麼人都不知道。

「啊，可是我和另一邊的四〇三號室的人聊過。因爲她把不小心放錯信箱的我們家的郵件送回來給我。」

「那個時候，妳先生也一起嗎？」

「沒有。不過我們一起搭過幾次電梯，她應該也記得省吾。」

詩織女士立刻跑到四〇三號室，按了門牌寫著「原田」的人家門鈴，但沒人在。

「這麼說來，她老是拖著大行李箱，說她經常出差。」

詩織女士失望地垮下肩膀，我問她能不能請她和先生的共同朋友過來，結果男子一臉傷心地插口了：

「請等一下，我都給妳看駕照了，也有這一戶的鑰匙，這樣妳還是不肯相信嗎？」

「可是詩織女士說你不是她先生……」

「那、那是……」

看見他蹙起端整的眉毛、束手無策地伸手扶額，瞬間有什麼在胸口炸了開來。

我知道這個人。我以前見過他——

「那個……我們以前在哪裡見過嗎……？」

我想要確定，但我的問題被詩織女士的聲音打斷了：

「為什麼？為什麼你會有我們家的鑰匙？你就是用那鑰匙趁我不在的時候闖進來的吧？你到底在我們家……做什麼？」

「所以說……」

說到一半，他忽然臉色大變，「啊！」了一聲，驚慌地抓住四〇二號室的門把。

「喂，你要去哪裡？那裡是我家……」

「對不起，我忘記平底鍋的火沒關！」

我呆呆地目送火急衝進室內的他，詩織女士一把抓住我的手：「請跟我一起來！」

雖然是鄰居，但在這種狀況下進入剛認識的人家裡，讓我有些不情願，但她死拖活拉，讓我無從抵抗地被拖進屋裡。力道大到讓人驚訝她纖細的身體哪來這麼大的力氣。

玄關瀰漫著焦臭味，但除了裝著破雞蛋的塑膠袋掉在脫鞋處以外，每一處都打理得很整潔，沒有被翻箱倒櫃的樣子，也看不出任何異狀。我們經過走廊，男子在廚房把排氣扇開到最大，正在沖洗燒焦的平底鍋，面露苦笑聳聳肩說「搞砸了」。

「差點就鬧出火災。幸好沒驚動火災警報器。萬一響了，就要搞得雞飛狗跳。」

對我來說，我更樂得鬧到雞飛狗跳，引來這棟公寓的居民圍觀，才好逃離只有我被捲入兩人的糾紛的這個現狀……

「幸好？什麼幸好？你在我家廚房做什麼？」

「我想給妳個驚喜。我難得這麼早回家，想說偶爾來下個廚，讓妳開心一下。可是沒辦法呢，挑戰不拿手的事，看，差點把廚房給燒了……」

詩織女士蓋過他的話似地揚聲說：

「驚喜！是嚇死吧！陌生人任意跑進自家廚房煮東西，任誰都會嚇到半死！……你到底想做什麼？毒死我嗎？」

「怎麼可能……」

「你馬上把鑰匙還來，離開這裡。我們家的鑰匙在哪裡？」

男子哀傷地看著伸出手的詩織女士，以滲透出疲累的聲音喃喃：

「鑰匙在老地方，客廳邊櫃上。」

「那裡是省吾平常放鑰匙的地方……你怎麼連這都知道？」

詩織女士害怕的視線緊盯在他身上，拜託我去拿鑰匙，我打開客廳的門，踏進裡面一步，隨即「啊！」地驚叫，屏住了呼吸。

不是因爲就像男子說的，鑰匙就放在邊櫃上。不，鑰匙確實就在那裡，但我之所以驚訝，是因爲一身純白婚紗的詩織女士躍入了眼簾。

是裝飾在邊櫃上的婚紗照。穿著點綴有無數可愛小花美麗婚紗的詩織女士，面露無比幸福的笑容。然後公主抱著這樣的她、一襲燕尾服打扮、儼然白馬王子的男士，毫無疑問就是現在在此地的灰原省吾先生本人。

我環顧房間，牆壁、凸窗以及電視機旁邊，到處都擺了小倆口的照片。架上甚至有電子相框，輪流播放在綠寶石色彩的海邊穿著泳衣嬉戲的詩織女士和省吾先生、在水上餐廳以夕陽爲背景用香檳乾杯的詩織女士和省吾先生、在灑滿鮮紅色玫瑰花瓣附頂蓋的雙人床上相擁的詩織女士和省吾先生……應該是新婚旅行的照片，讓人看了都覺得害羞的小倆口甜蜜照，不斷地以幻燈片模式播出。

目睹幸福洋溢的兩人照片，背後竄過一陣寒意，雞皮疙瘩爬了滿身。

「怎麼了？」

我感覺到來到背後的詩織女士呼吸聲，卻無法回頭。因爲我覺得直到剛才都認爲非保護不可的嬌小的詩織女士，突然變成了一個詭異可怕的瘋女人。

「鑰匙……眞的在這裡。」

她確定鑰匙掛在鑰匙掛勾上，緊緊地握住，傾訴不知道那個人是如何打造備份鑰匙的，很可怕，但我的恐懼卻是來自於她本身。

「那個……我要走了。」

我好不容易擠出聲音，準備離開，她拉住我：

「咦？等一下，怎麼突然要走？求求妳，不要拋下我！」

「什麼拋下，他不是妳先生嗎？」

「怎麼可能……妳在說什麼？他才不是！」

詩織求救的眼神緊盯著我，瞳孔放大的那雙眼睛讓我害怕得不得了。那雙眼睛美麗清澈，就宛如瘋子的眼睛，我覺得映在上面的我被她的瘋狂所囚禁，再也無法逃離。

「求求妳，不要被他騙了。他絕對不是我先生！」

「可、可是……這是妳結婚時的照片吧？怎麼會說妳不認識？」

「因爲我眞的不知道他是誰啊！」

她焦急地大喊，嘴唇劇烈地顫抖。

「為什麼妳就是不懂！他不是我先生，不是灰原省吾，是徹頭徹尾的冒牌貨！」

詩織女士的話毫無邏輯。指著一個長得和照片一模一樣的人，嚷嚷著莫名奇妙的話的她，就好像中邪了似的，讓我害怕得不得了。感覺再繼續待下去，連我都會被搞瘋，所以我想逃離現場，然而她緊抓住快步走向玄關的我：

「等一下，不要丟我一個人跟這種神經病在一起！我可能會被他殺了！如果妳要回去，帶我一起走。我沒有別人可以投靠了！」

被她抓住的手臂冒出一大片雞皮疙瘩。

「他說的話沒有矛盾，不對勁的人是妳吧？」

我甩開她的手，腳插進鞋子裡，她見狀痛苦地低吟：

「為……為什麼？為什麼妳不肯相信我？」

也許是在我看著她的眼中看見怯意，詩織女士的表情哀傷地扭曲，沒多久就心如死灰一般，所有的表情都從那張臉上脫落了。

我急忙別開目光，準備離去，這時，如咒文般的一句話投向我的背後：

「要……我……了，都……妳……的……」

儘管我的耳朵、腦袋，還有精神都無法捕捉這句話的意思，後頸的寒毛卻一口氣倒豎起來。

我錯愕回頭，詩織女士宛如面具的臉直盯著我看。

她面無表情，只有嘴巴像別的生物一樣掀動，再次吐出來的話，讓我全身凍結：

要是我死了，都是妳害的……

2

即使回到自己的住處，我仍餘悸猶存，不停地顫抖。

我一屁股坐在自家地板上，動彈不得了……

就好像作了惡夢一樣，感覺很不眞實，或者說無法相信發生了什麼事，但被她抓住的手臂上還殘留著她的手指觸感，雞皮疙瘩也沒有消失。

即使思考究竟是怎麼一回事，我也整個莫名其妙。

從狀況來看，他們兩個確實是夫妻，但堅稱丈夫是陌生人的詩織女士，她的眼神是嚴肅的，拚命，而且認眞。所以才讓我感覺到無法言喻的恐懼。

我心想，或許她患有某些疾病。像是意外造成失憶，或者如果是伴隨早發性失智症的記憶障礙，或許也會像那樣把丈夫忘得一乾二淨。

雖然我覺得換成是我，即使喪失記憶，也不會忘了那麼迷人的丈夫……

不，或許相反，正因爲她的丈夫那麼迷人，才會出問題。因爲要是有這麼棒的男人，別的女人不可能放過他，所以比方說，氣不過丈夫外遇的詩織女士，故意宣稱「你這種人才不是我丈夫」，跟他作對。

可是，如果那是裝出來的，詩織女士的演技未免太可怕了。我的嗜好是看舞台劇，但能夠那麼自然地演出瘋狂的演員極爲罕見。

我想說服自己只是被捲入了夫妻吵架。因爲這樣就可以逃避難以解釋的恐怖感。因爲，那天晚上詩織女士跑來我家向我求救時，我在她身上看見了我自己。

其實我會搬到羊丘華廈，是因爲我在以前住的公寓飽受跟蹤狂騷擾。所以當詩織女士說有陌生男子在她家的時候，我雖然怕得要命，但眞心覺得非救她不可。由於我把自己重疊在詩織女士身上，因此當她開始胡言亂語時，除了毛骨悚然之外，我也感受到同等的震驚吧。

豎耳聆聽一牆之隔的動靜，鄰家的人聲依稀傳來，當然聽不到對話內容，但兩人似乎仍在繼續爭吵。不過沒有怒吼、哭喊的樣子，因此不願再繼續有所牽扯的我，播放音樂蓋過了兩人的聲音。

房間裡堆滿了尚未拆封的搬家紙箱，讓人生厭，所以我繼續整理，但倉促的搬家，讓我這幾天都沒有睡好，再加上鄰居的問題，搞得我身心俱疲，整理工作遲遲沒有進展。感覺就好像連腦袋裡都塞滿了鉛，全身重得不得了，我坐到椅子上想稍事休息，結果就這樣再也站不起來……

砰砰！一串巨響把我驚醒，有人粗魯地敲打我家玄關門，明明上鎖了，卻居然「砰」一聲打開來，一個雙手被手銬銬住的女人衝了進來。我一時沒認出那是詩織女士。她可能是挨打了，嘴唇和眼皮整個腫起來，完全變了個人。我嚇到動彈不得，她踉蹌地走近我，帶著滿懷怨恨的眼神喃喃道：

要是我死了，就是妳害的……

我跳了起來，全身冷汗淋漓。

看來我坐在椅子上，靠在紙箱上睡著了。

不知道過了多久，隔壁也沒有任何動靜了。

我匆匆淋浴後上床，但先前可怕的夢讓我心神不寧，一夜未闔眼地迎接早晨。

我打開電視想要轉移注意力，但一早就在播報破獲詐騙集團的新聞。看到討厭的新聞也只會讓人心煩，我尋找遙控器，卻不見蹤影。

「詐騙集團利用用來確認身分的駕照影本，偽造駕照……」

主播的聲音讓我翻找遙控器的手不禁停住了。

新聞說，該詐騙集團就是利用以這種手法偽造的駕照證明身分，申請信用卡，購物或是借貸。

冷汗淌過背脊。

因爲我會認定昨晚見到的那個男人就是隔壁家男主人，就是因爲他持有灰原省吾名義的駕照。即使眞的就像詩織女士說的，他是闖空門的小偷，偷到駕照，也不可能在短時間內換上自己的照片，加工成眞的一樣。所以我才認定駕照就是他的，但如果這是一場預謀犯罪的話呢？如果他是預先製作好精巧僞造的灰原省吾駕照呢？

「爲什麼妳就是不懂！他不是我先生，不是灰原省吾，是徹頭徹尾的冒牌貨！」

詩織女士的吶喊在腦中迴響，讓我喘不過氣來。

可是，不光是駕照，客廳裡有那麼多兩人的婚禮和蜜月旅行的照片……不，他可以趁詩織女士不在時闖進屋裡，在她回來之前，把房間裡所有的照片都換成自己。把小倆口合照裡的丈夫換成自己的合成照片，只要有那個心，應該比僞造證件更容易吧？

可是，到底是爲了什麼？

那個男的，是不是詩織女士的跟蹤狂？這個想法浮現心頭，身體開始顫抖。詩織女士說她不認識對方，但是跟蹤狂裡面，也有人單方面地愛上並不相識的人，監視對方的生活。他就潛伏在近處，監視著詩織女士的生活，等到布下天羅地網後，再正式動手，這樣的可能性也不容否認。

我關掉電視，站在牆邊，把全副神經集中在耳朵。

昨晚鄰家傳來的窸窣話聲消失不見，空留令人害怕的寂靜，撩撥我的不安，但不一會兒，便隱約傳來早上活動的各種聲音。

我一等到傳來四〇二號室的開門聲，便衝出門外，那個自稱灰原省吾的人被我嚇了一跳，正要鎖門的鑰匙都掉了。連忙撿起鑰匙、擠出笑容的他打著領帶，手中提著公事包。啊，至少他是個正經的上班族——我稍微鬆了口氣。

「早安。請問詩織女士還好嗎？」

「啊……謝謝妳爲她擔心。昨晚嚇到妳了，眞是不好意思。」

「哪裡，不會……那個，我可以跟你太太聊一聊嗎？」

「咦？啊……那個，不好意思，她還在睡……」

也許是驚慌所致，我覺得他的口氣變急了一點。

「她說你不是她先生，不過你卻留下來一起過夜嗎？」

「她沒有家人或其他親近的朋友，只有我能依靠。而且她了解我不會傷害她了，所以我把臥室讓給她，自己睡客廳沙發。」

果然不是夫妻吵架而故意作對，詩織女士眞的不認爲這個人是她的丈夫。但是這樣的話，就算睡在不同的房間，一般會留這樣一個來歷不明的陌生男子在自家過夜嗎？換成是我，絕對做不到。就算沒有朋友可以收留自己，也可以住飯店，如果沒錢，還有在二十四小時營業的家庭餐廳或漫畫網咖過夜的方法，這麼做絕對更好。

我有許多想釐清的問題，因此請對方給我一點時間談談，但他說上班會遲到，行了個禮，也不等電梯，逃之夭夭地從樓梯跑下樓了。

牽掛的假駕照可能性和照片這些問題雖然都未能查證，但如果沒辦法問他，問詩織女士就好了。

我隔了一段時間，跑去按四〇二號室的門鈴。

但是等了一會兒，都沒有回應。我心想詩織女士或許還在休息，等到非出門上班不可的前一刻再去拜訪，然而不管按多少次門鈴，敲幾次門，大喊「我是昨天的鄰居」，都沒有任何反應。

雖然很擔心她，但也只能先放棄，出門上班。

即使就像那個人說的，詩織女士在睡覺，但門鈴響成那樣，不可能沒有聽見。上班期間，我也牽掛著詩織女士，無法專心，後悔昨晚以那種形式逃回家。我好奇起來，用兩人的名字上網搜尋，但他們似乎沒有玩社群媒體，查不到任何資訊……

總算下班的我，還沒回家，就先跑去按四〇二號室的門鈴，但是就和早上一樣，沒有任何反應。

我更加擔心了，實在坐不住，決定去向其他住戶打聽。這棟公寓一樓是大廳和店面，從二樓開始，每樓各有五戶，總共五樓，因此我先去拜訪詩織女士說她認識的四〇三號室，但不巧的是，那一戶今天也不在。

正上方的五〇二號室也沒人，正下方的三〇二號室應門的是一個年輕人，但他冷冷地說：「我連樓上住什麼人都不知道，哪知道他們是不是夫妻？」

我走下一樓大廳，也問了正在查看信箱的住戶，但沒有人認識四〇二號室的夫妻，只是一臉詫異，奇怪我打聽這做什麼。我心想或許警方掌握了居民資料，也去了附近的派出所，但派出所掛著「巡邏中」的牌子，等了一陣子都沒人回來，我只得死了心打道回府……不過回家路上，我仰望公寓，發現四〇二號室的窗戶竟亮著燈！

我連按電梯鈕，上去四樓，按下這天不曉得按了多少次的門鈴，當門打開時，我鬆一口氣，心想總算能和詩織女士說上話……現身的卻是稍微鬆開了領帶的省吾先生。

省吾先生爲今早的倉促向我道歉，說他擔心妻子，所以提早回家了，臉上的笑容帶有些許陰霾。儘管他表現出對妻子的體貼，然而當我要求和詩織女士見面，他卻搬出和早上一樣的說詞：「她在睡覺。」

「早上睡覺，現在也還在睡？詩織女士身體不舒服嗎？」

「對，有點不太好……」

我明知冒犯，追問是哪裡不舒服，但他只是困窘地笑了笑。那張臉果然好像在哪裡看過，卻想不起來。

「詩織女士真的在裡面嗎？我很擔心她，早上和回家後都按了好幾次門鈴，可是她一次都沒有出來應門……」

「咦？啊……那真的很抱歉。不過不用擔心。」

他說著就要關門，我慌了起來，情急之下大聲說：

「那個！我這人愛操心，又膽小！」

「什麼？」

理所當然，他訝異地看我，我說出昨晚詩織女士對我說「要是我死了就是妳害的」，所以我擔心得不得了的事，直截了當地問他「你真的是灰原省吾嗎？」，結果他傻眼地嘆氣：「妳還在懷疑嗎？妳昨天也看到駕照和婚禮的照片了吧？」

「可是，駕照可以偽造，照片也可以合成。昨天那麼害怕的詩織女士，和不承認是丈夫的你單獨兩個人在這裡過夜，卻不肯出來見我，這還是太說不過去了。所以我擔心起來，到處詢問這棟公寓的住戶，卻沒有半個人知道你們是不是夫妻……」

「什麼？妳居然做這種事？」

「抱歉，我真的很雞婆。我也是在之前住的公寓碰到各種麻煩，才會搬到這裡，很擔心詩織女士是不是遇到跟蹤狂了。啊，對不起，我不是說你看起來像跟蹤狂。」

不小心說了冒犯的話，我狼狽起來，但一開始似乎生氣的省吾先生只是露出驚訝的模樣，向我道謝說：「謝謝妳這麼關心內人。」

他露出立下決心的表情，說有事想告訴我，邀我到與車站反方向、稍微走上一段路的咖啡廳。我們面對面坐下，點了咖啡，他貼心地說：「啊，妳會不會餓了？」我說我沒什麼食慾，他說「我也是」，回以疲憊的笑容。

「我們公寓一樓餐廳『綿羊軒』很好吃，我很推薦，但現在實在沒心情吃大餐。」

「啊，那家餐廳我聽詩織女士提過。」

「咦，詩織說過嗎？可是她不太喜歡外食，應該沒去過啊？」

「啊，不是說那裡好吃，她說因爲有那家餐廳，所以樓上才會有小強出沒……」

「小強？」

皺了一下的眉毛很快便舒展開來，喃喃：「哦，蟑螂是吧？」我告訴他我和詩織女士是如何認識的，他瞇起了眼睛，就好像看到了什麼耀眼的東西。

「詩織明明很膽小，但看到快被嚇昏的妳，鼓起了勇氣呢。我們家有蟑螂的時候，她都叫我去抓。明明我也很害怕那玩意……」

「……太好了。」想法化成聲音脫口而出。

「咦？什麼東西太好了？」

「哦，沒有，因爲聽到你們夫妻和睦生活的細節……」

能如此自然地說出日常相處情形，是因爲他果眞是詩織女士的丈夫吧。與他面對面單獨交談，他的言詞彬彬有禮，人也體貼細心，實在不像是懷有什麼不良企圖而接近詩織女士的壞人。可是正因爲如此，我更感到不解。他爲什麼要丟下身體不適的詩織女士，把我帶來這種地方？我直接提出這個問題，他的眼中浮現立下決心的神色。

「因爲我覺得向妳全盤托出比較好。這些內容有些不好在內人面前啓齒。」

他暫時打住，啜了一口貌似老闆的老先生端來的咖啡，有些欲泣地開口了：

「詩織她……生病了。」

「生病？」

我懷著不敢置信的心情，說出昨天想到的病名，但他難受地搖搖頭，說不是失憶症，也不是記憶障礙。不是這類疾病。其他還有什麼會讓人忘記自己丈夫的疾病嗎？我毫無頭緒，問他是怎麼回事，他遲疑了一下，低垂著眼皮，說出答案。

他說：內人得了一種叫妄想性錯認症候群的病。

「咦？妄想性……錯認？」

初次耳聞的病名讓我納悶不解，省吾先生爲我解釋。

妄想性錯認症候群共四種類型，詩織女士得的是叫卡普格拉症候群的病，這種精神疾病，會讓病患認定家人或情人等親近的人，被長得一模一樣的冒牌貨掉包了。

「怎麼可能？真的有這種病？」

總覺得就像戲劇或電影情節，我一時無法相信，但省吾先生一本正經地說醫師如此診斷。他說其實詩織女士以前也因爲相同的症狀而住院。治療有了成效，恢復正常，但現在好像又發作了。見他垂頭喪氣的苦惱表情，我感到一陣揪心。

如果這是眞的，這是多麼可怕又殘忍的病啊！

詩織女士的大腦，把相愛結合的省吾先生認定爲不認識的陌生男子。如果是卡普格拉症候群復發，那麼詩織女士昨晚的古怪言行也都可以解釋得通了。她當時肯定深陷恐懼與混亂，而我居然覺得她很可怕，令人愧疚，也對罹患如此悲慘疾病的詩織女士同情得不得了。

同時，被妻子遺忘、當成陌生人拒絕的省吾先生也……

我爲先前的失禮賠罪，問省吾先生有沒有我幫得上忙的地方。

「謝謝妳的好意，不過不要緊。明天我會帶內人去醫院，她應該會住院一段時間。」

我想對現在的詩織女士來說，這應該是最好的做法，放下心中一塊大石。

「不過如果有什麼需要幫忙的地方，請別客氣，隨時跟我說。」

這是我的肺腑之言，省吾先生向我道謝，有些靦腆地低下頭。

3

隔天早上，我比平常更早一些起床。是爲了煮湯做三明治送給鄰居。詩織女士那種狀態，應該不可能下廚，我想在他們去醫院以前，替他們準備餐食。省吾先生很惶恐，但非常感謝地收下我做的早餐。

「希望合你們的胃口。請問……詩織女士呢？」

「不好意思，她還在睡。以前醫院的藥好像很強。我想讓她睡到出發前一刻。」

我接受了這個說法，行禮說「請保重」。

「不只是詩織女士，請省吾先生也要保重。」

我這麼補充，他驚訝地紅了臉，目送我回住處。

當晚下班回家時，隔壁四〇二號室的窗戶是暗的。

我牽掛著詩織女士是不是順利住院了，繼續整理弄到一半的搬家紙箱。

我將紙箱裡取出來的舞台劇小冊子排到架上，忽然「啊！」地驚呼了一聲。

因爲某齣舞台劇小冊子封面上露出微笑的演員，不就是省吾先生嗎？

不，那名演員的姓名並不是灰原省吾。

您知道柊優這位舞台劇演員嗎？咦？這樣嗎？眞可惜。有機會請務必觀賞他表演的舞台劇。

確實，他很少在電視或電影亮相，卻是個極受矚目的舞台劇演員，擁有難能可貴的精湛演技。不同的角色，他可以變成完全不同的另一個人。每次我看到他演的戲，都會整個人受到震撼，全身爬滿雞皮疙瘩，被他天才般的演技壓倒，感動到淚流不止。

那是《化身博士》這部戲的小冊子，由柊優一人飾演兩角，引發熱議，他飾演的聰明文雅的哲基爾博士，就和省吾先生一模一樣。

啊，看到鄰家男主人，會覺得似曾相識，原來就是他——我這才恍然大悟。

那天晚上，去附近超商買東西的我，在店裡發現穿西裝的省吾先生，吃了一驚。因爲當時都已經超過午夜零時了。

「辛苦了。這麼晚才下班？」

回頭發現我的瞬間，一臉疲態的省吾先生立刻綻放笑容。

「啊，晚安。今天我先去醫院辦了住院手續才去上班。」

聽到詩織女士順利住院，我鬆了一口氣。

「對了，謝謝妳今天早上送的湯和三明治。很好吃。」

「眞的嗎？能幫上忙，眞是太好了。請問……」

「什麼？」

「省吾先生現在才要吃晚餐嗎？」

他手上的購物籃裡裝著便當和杯麵，所以我這麼問，結果他說因爲太忙而錯過晚餐時間了。這對忙碌的省吾先生來說似乎稀鬆平常，但吃這些東西，對健康實在不好。

「省吾先生，你會討厭馬鈴薯燉肉和羊栖菜嗎？」

「咦？」

「不嫌棄的話，可以幫忙吃嗎？我晚餐煮太多了，一個人吃不完，正不知道該怎麼處理。」

省吾先生說他最喜歡馬鈴薯燉肉了，因此我和重新熱好的白飯和其他配菜一起送到鄰家，省吾先生雖然客氣，但開心地收下了。

「哇，好多蔬菜，好健康。謝謝，妳人眞是太好了。」

看見恭敬地行禮的省吾先生，我屏住了呼吸。因爲那動作和在舞台上看過的哲基爾博士重疊在一起了。

「怎麼了嗎？」

「啊，沒事，請問省吾先生是做哪一行的呢？」

「咦？」

「哦，我是在猜……你是不是演員……」

我提心吊膽地問，省吾先生聞言吃了一驚，面露苦笑說：「怎麼會？我只是個小業務，怎麼可能是什麼演員？妳猜猜看，小學才藝表演時我飾演什麼角色？」

「什麼角色呢……？王子嗎？」

我將想到的角色直接說出來，省吾先生傻住地張著嘴巴，笑出聲音：

「不用對我這麼客套啦，我都覺得不好意思了。」

我完全不是在客套，所以省吾先生的話讓我很驚訝，但聽到答案，我更加吃驚了。

「我演一棵樹——一棵樹耶。」

省吾先生告訴我的小學才藝表演實在很好笑，我笑到都流眼淚了，他說「我不認識叫柊優的演員，應該只是剛好有點像而已」，那靦腆的模樣也讓我忍不住莞爾。

省吾先生眞的是個隨和好相處的人，讓我覺得之前爲鄰家的問題煩惱是杞人憂天，想到詩織女士住院期間，省吾先生只能吃那些垃圾食物，實在可憐，因此我下廚的時候，都會送一份溫熱又營養的飯菜過去。下廚就像我的嗜好，而且煮一人份還是兩人份都是一樣的工夫。一開始我也擔心會不會太多事，但一開始惶恐推辭的省吾先生也開心地說我做的飯菜美味又健康，總是吃得一乾二淨，而且我也覺得像這樣和鄰居打好關係，有事的時候也才有依靠。

某天晚上，省吾先生稱讚我煮的燉羊肉簡直是人間美味，所以我提議是不是也送一份去給詩織女士？結果他突然沉默了。

「詩織女士並不是內臟方面的疾病，所以送什麼吃的都可以，不是嗎？」

「可是，醫院有供應餐點。」

「住院餐應該都沒什麼味道，不怎麼好吃吧？」

我提議如果省吾先生很忙，我可以送去，但他找理由推辭，也不肯告訴我詩織女士住進哪家醫院。

也許我為省吾先生準備餐點，會讓詩織女士不高興。從省吾先生的話聽來，詩織女士似乎還沒有把他視為丈夫，但痊癒以後，萬一這件事導致夫妻失和就糟了。最重要的是，過度干涉他們夫妻也不好，因此儘管有些疙瘩，但當時我沒再追問下去。

我也忙於工作和嗜好，沒辦法老顧著灰原夫妻，所以接下來的星期天，我決定早起將搬家的瑣碎雜務處理完畢，久違地來欣賞一下ＤＶＤ。

猶豫了老半天，最後我選擇的是柊優主演的舞台劇《化身博士》。

受人尊敬的紳士哲基爾博士，變成了以自己發明的藥製造出來的邪惡化身海德，滿足一直以來受到壓抑的邪惡欲望。

播放ＤＶＤ，柊優飾演的哲基爾博士一出現在螢幕上，我便大吃一驚：果然不只是相似，和省吾先生根本就是唯妙唯肖，簡直是同一個模子印出來的，但我立刻被柊優淋漓盡致的演技所吸引，沉醉在舞台劇的世界裡。

所以當我被一道「咚！」的巨響拉回現實時，一時竟不知道出了什麼事。

可是，聲音的確是從四〇二號室那一側的牆壁傳來的。照一般來想，敲牆壁都是在抗議隔壁聲音太吵，這天我ＤＶＤ也播得滿大聲的，不過這是因爲省吾先生說他這個星期天要上班，照平常時間出門了。雖然他不可能這麼早就下班回來，但我還是站在牆壁前，敲了敲牆壁問：「省吾先生？」但果然毫無反應。

我千眞萬確聽到「咚！」的聲音了，而且雖然動靜很細微，但隔壁好像有人。我心想也許是詩織女士出院回來了，出去走廊按了四〇二號室的門鈴，朝著對講機叫她的名字。因爲沒有回應，我還從陽台伸出上半身看隔壁，但窗戶被厚重的窗簾遮住，看不見室內的狀況。

我擔心起來，打了以前省吾先生告訴我的手機號碼，但也許他正在上班，打了幾次都沒接通，我只好留言說詩織女士可能在家裡。但接下來仍杳無回音，都過了午夜到了隔天，省吾先生才終於回家了。

「你沒聽到我的留言嗎？」

語氣忍不住變得似在責備，是因爲省吾先生喝得爛醉回家。省吾先生口齒不清地道歉說，重要的會議之後，他在應酬中被灌了酒，所以無法聯絡，卻又毫無危機感地說：內人還沒有獲得出院許可，所以應該在醫院。

「可是真的有人敲牆壁。她很有可能還在裡面，請你去看一下。」

我就像那天晚上一樣，想要一起進屋，省吾先生卻關上了門，拒絕我入內。然後他很快就出來了，以酒氣熏人的呼氣說沒有人。

我覺得不可能。有人敲牆壁之後，我離開住處的時間，就只有下去一樓信箱取郵件的短暫一下子。啊，可是那時候剛好遇到打開五〇二號室信箱的婦人，和她聊了一下，但應該也沒有多久。

「我覺得最好打電話去醫院，確定詩織女士是不是沒事。告訴我是哪家醫院，我可以幫忙打電話。」

「呃，不用，電話我會打。而且都這麼晚了，明天我一定會打。」

省吾先生說完，逃之夭夭地關上門，上了鎖。

留下來的，就只有令人作嘔的酒臭味，以及摻雜在其中的廉價香水味。

他有所隱瞞的態度讓我感到不對勁，也覺得忐忑不安，憂心又逐漸膨脹了。

這天從五〇二號室的老婦人那裡聽到的事，也是加深我憂慮的原因之一。老婦人好像有點重聽，但說她好幾次聽到正下方的四〇二號室傳來像是摔破餐具的聲音。

「還有像男女吵架的聲音，喏，那個叫什麼？家、家、家……」

「家暴嗎？」

「對，就是家暴。要是家暴就太可怕了。最近不是常發生嗎？老公殺死老婆小孩的新聞。我是沒聽到小孩子的聲音，應該是夫妻或情侶吧。」

「那是什麼時候的事？」

「最近應該也發生過。大概兩個星期前吧。」

老婦人說只聽到過聲音，沒見過他們兩人。

不管感情再好的夫妻，應該仍免不了爭吵，但我甚至無法想像省吾先生和詩織女士摔盤子的樣子。可是俗話說人不可貌相。

或許省吾先生說的那難以置信的疾病根本就是假的。想到這裡，我實在坐不住，立刻打開電腦搜尋。

妄想性錯認症候群——

上網一查，查到許多搜尋結果，大部分都是論文和醫學書籍內容，我放下心來：啊，原來眞的有這種病。

妄想性錯認症候群裡面，也眞的有一種叫卡普格拉症候群，這種精神疾病會讓人深信親近的人被一模一樣的冒牌貨給掉包，和省吾先生告訴我的一樣。

也許是因為病例罕見，這種病鮮為人知。但省吾先生能流暢地說出這個病名，讓我覺得他說詩織女士是卡普格拉症候群，並非謊言。

我閱讀網路資料，上面說妄想性錯認症候群共四種類型，省吾先生也告訴過我，除了卡普格拉症候群以外，還有佛列哥利症候群、互換身分症候群、分身存在症候群。

相對於卡普格拉症候群是把熟悉的人當成陌生冒牌貨，佛列哥利症候群則是相信自己認識的人變裝成陌生人。這個名稱是來自變裝高手義大利演員雷歐波多・佛列哥利，但就連興趣是看戲的我，都沒聽過這麼久以前的演員名字。據說他都會在行李箱裡裝滿各種變裝道具，在各地巡迴表演，擅長迅速變裝。名字居然成為病名，想來佛列哥利的變裝一定非同凡響。

搞不好柊優是佛列哥利再世。因為他的演技實在太出色了，就算以他的名字為疾病命名也是天經地義的事。

其他還有妄想自己和親近的人變成彼此的互換身分症候群、相信自己有個宛如翻版的分身的分身存在症候群，讀完這些說明，我的腦袋已經亂成一片了。

每一種症狀好像都很複雜而且嚴重，萬一陷入這種妄想，不會因為過度恐懼，導致自我崩壞嗎？想到這裡，我害怕得不得了。

至於為何會發生這種現象，據說原因可能是大腦的器質性病變，但仍有許多不明白的地方，也還沒有明確的治療方法。但如果詩織女士住院過一次並痊癒，表示她的情況，有某些有效的治療方法吧。

不過如果生病是眞的，爲何省吾先生不肯告訴我詩織女士在哪裡住院？

自從聽到詩織女士的病名以後，原本一掃而空的疑雲又再次籠罩心頭。

那天我確實聽到敲牆壁的聲音了。

既然不是省吾先生敲的，表示很可能是詩織女士敲的。

如果他謊稱詩織女士住院，其實把人囚禁在家裡的話……

當然也就說不出是哪家醫院了。可是，剛認識詩織女士的那天，雖然我嚇到落荒而逃，但隔天我又去拜訪四〇二號室，按了好幾次門鈴，不停地叫詩織女士的名字。如果害怕省吾先生而求救的詩織女士在屋子裡，她不應該不出來應門。之所以沒有出來應門，是不是因爲她處在出不來的狀況下？就像我在夢裡看到的，她被剝奪了自由，遭到監禁之類的。沒有回應門鈴，也沒有聽到她的呼救聲，也許是因爲她被堵住了嘴巴。

我忍不住把耳朵貼在四〇二號室那一側的牆上，集中全副神經，但只隱約聽到廁所沖水聲和電視聲等省吾先生日常生活的聲音，沒有任何異狀，我反省毫無根據地懷疑他實在太武斷了，然而生性膽小的我，耳底又響起了那句詛咒：

要是我死了，就是妳害的……

4

隔天早上我拜訪鄰家，打開一條縫的門內露出浮腫的臉。沉重的眼皮讓他看起來判若兩人，即使如此仍散發出某種男性魅力，我重新體認到省吾先生一定很有女人緣，覺得鼻腔深處又冒出昨晚聞到的廉價香水味。

我把裝了能解宿醉的蛤蜊味噌湯和梅乾魩仔魚粥的兩個保溫盒遞過去，問：「你還好嗎？」省吾先生滿臉反省，說昨晚喝太多了。

「你打電話去醫院了嗎？」

「電話時間還沒有到，我九點再打過去看看。」

「詩織女士真的不在家吧？」

我說，只是想要探頭看一下裡面而已，省吾先生卻過度反應，立刻作勢要關門。

「我得準備出門了，再見。」

「請等一下。那個，我想去探望詩織女士……」

「啊，還有，一直以來造成妳的負擔，真不好意思，以後請不用再替我準備吃的了。之前真的謝謝妳了。」

省吾先生單方面地說完，「砰」地關上了門。

我茫茫然地返回住處，等他出門上班，隔著牆壁叫詩織女士：如果妳在那裡，請像昨天那樣敲一下牆壁。

但不管再怎麼等，都沒有動靜。詩織女士果然不是被監禁在家嗎？那麼牆壁到底是誰敲的？或者詩織女士真的被監禁了，但現在被綁得更緊，連敲牆壁都沒辦法了？

省吾先生明顯不自然的態度讓我的不安更加滋長，但這個星期我連和他說話的機會都沒有。因爲他連一次都沒有在正常的時間回到家。他都等到我睡著的深夜兩三點才回家，而我起床的時候，他好像已經出門上班了，我實在無法不揣測，他如此千方百計躲避我，一定是因爲不想被我打聽詩織女士的事。

然後，星期天清早，我聽見隔壁玄關門打開的聲音，從貓眼看出去，發現打扮休閒的省吾先生拿著以前當飯菜回禮送我的馬卡龍紙袋，和開著可愛花朵的送禮用小盆栽，正走下階梯。

花和甜點……是探病的典型禮物。

他一定是要去探望詩織女士。念頭一起，我也立刻抓起大衣，衝出門外。因爲我覺得只要知道詩織女士真的住院，就不必爲她擔心受怕，或是懷疑省吾先生了……不，這當然是理由之一，但我想我是爲了自己而行動。我想擺脫拋棄詩織女士的罪惡感。

我急忙追趕省吾先生，我當然沒有跟蹤別人的經驗，要不被走向車站的他發現，困難重重。幸好外面天色陰暗，但這樣一大清早的，街上沒什麼行人，容易被注意到。

不出所料，走到一半，省吾先生便開始留意後方，每次我都躲到電線桿或店招牌後方，但看見車站的時候，他便突然拔腿前奔，衝向驗票口。可能是發現急忙想要跟上去的我，他在驗票口前突然改變方向，跳上停在圓環的計程車。這要是電視劇，我應該也會跳上別台計程車，叫司機追趕前面的車子，但現實中任憑我怎麼等，都沒有別台計程車出現，結果載著省吾先生的車揚長而去，我無從得知他去了哪裡。

我唯一知道的，就只有他甩掉了我。換言之，他不想被知道他去了哪裡。我不知道他是去詩織女士住院的醫院還是別的地方，但花和甜點，也是拜訪女生家的典型伴手禮，考慮到探病不能送帶土的植物，我覺得後者的可能性更高。

我無奈地回到公寓，又來到四〇二號室前按鈴，呼叫詩織女士。因爲我無法割捨詩織女士或許遭到監禁的疑心。

「詩織女士，妳還好嗎？妳是不是在裡面？」

一如前幾次，沒有任何反應，正當我死了心要回家時，門打開來了。不過不是四〇二號室，而是四〇三號室的門……

探頭查看的是個年約四十的女子，詢問「怎麼了？」的眼神裡，有著好奇的神色。

我立刻自介是四〇一號室的住戶，向她打聽四〇二號室夫妻的事。

「哦，我知道。隔壁太太是這年頭很少見的黑直長髮，個子嬌小對吧？」

「對對對。」

「有一次寄給她的同學會通知單不小心丟進我家信箱裡。」

我記得詩織女士也說過一樣的事。

「妳也記得她先生嗎？」

「她先生？」

「我聽說妳們一起搭過幾次電梯。」

「啊……沒錯，有幾次。」

「那妳應該也記得她先生的長相吧？」

「長相？長相喔……」她瞪著半空中尋思了片刻，最後搖了搖頭：「不行，我想不起來。」

老實說，我很吃驚。她記得樸素的詩織女士，居然不記得丰采迷人的省吾先生。

「不、不過，要是看到他本人，妳認得出來吧？認得出是不是四〇二的男主人。」

「我不太有自信。對了，妳爲什麼要問這個？」

爲了請對方協助，我簡單說明至今的經緯，拜託她如果省吾先生回來，請她幫忙確定是不是詩織女士的先生。只要能弄清楚這一點，就不必再為隔壁的事心煩意亂了。可是，四〇三號室的女人說她這天也要出差，一小時後就要出發飛去南美洲了。甩掉我不知道跑去哪裡的省吾先生實在不可能一小時內就回來，我洩氣極了。聽到她兩個月後才回國，我心想要是手上有省吾先生的照片就好了，為自己的疏忽懊恨不已。

「我想，我會不記得四〇二號室的男主人，是因為他沒什麼特徵吧。」

四〇三的女人突然說了這種令人意外的話，我大吃一驚。

「我依稀有印象，當時覺得他這人好平凡沒特色。所以很驚訝這麼其貌不揚的人，也會被老婆趕出去陽台。」

「被老婆趕出去陽台？」

我不解其意地反問，她說約兩個星期前，她出差回來從馬路上仰望公寓，看見有個男的站在四〇二號室的陽台，正在敲落地窗。

「一開始我以為是小偷，急忙衝回家，從我家陽台察看，結果那個男人向屋裡的人拜託放他進去。然後隔壁戶傳出太太的罵聲：『不是答應我絕對不再拈花惹草了嗎！』所以我恍然：啊，原來是夫妻吵架。要是後來還有再遇到他，不管長得再怎麼沒特色，我應該還是會記住那張臉吧。」

我無法想像省吾先生那種窩囊的樣子，詢問那個人的體型，但對方說被陽台的隔板阻隔，沒看到男主人的身影。

不過居然說長得那麼帥俊的省吾先生沒特色，甚至是其貌不揚，我實在無法相信。對同樣一個人，我們的印象卻有著天壤之別，這是不是顯示，灰原省吾有兩個人？就像詩織女士說的，我見到的男人不是灰原省吾，另有一個長相平凡、其貌不揚的男子，那個人才是正牌的灰原省吾——是不是這樣？

「那天晚上很冷，但四〇二的男主人好像被關在陽台很久，我也很意外看起來那麼溫柔婉約的太太，生起氣來會那麼恐怖。」

關於這一點，我也完全同意。我的腦中烙印著害怕省吾先生、驚恐萬狀的詩織女士，所以相反的情況也就罷了，但無法想像她制裁丈夫。因此我更強烈地相信還有另一個我不知道的正牌灰原省吾，是詩織女士可以怒吼、趕出陽台的灰原省吾了。

「唔，我想她應該也經歷過許多吧。像她這種如假包換的千金小姐居然會住在這種地方，我也很意外。八成累積了很多壓力吧。」

「如假包換的千金小姐……妳說詩織女士嗎？」

她說寄給詩織女士的同學會通知，是日本屈指可數的千金小姐學校。

「其實我曾經考上那所高中，但因爲我爸公司倒閉，讀不起了。我送同學會通知過去的時候，她說她從幼稚園到女子大學都讀那裡，所以她家應該很有錢。而且她身上的衣物都是名牌貨。」

我搬來的那天，詩織女士穿得很休閒，是普通的白T和牛仔褲配拖鞋，但四〇三的住戶說，她身上平凡無奇的白T，也全是要價好幾萬日幣的高檔名牌貨。

「我是做服飾業的，所以看得出來。」

這麼說來，四〇二號室的家具擺飾時尚雅致，充滿高級感。

「這棟公寓雖然也不差，不過配不上眞正的千金小姐，所以我猜想應該是婚事遭到父母反對，小倆口年輕不懂事，私奔了。沒想到這個不起眼的丈夫居然在外面胡搞，會發飆也是當然吧。」

確實，住處裡擺飾的婚禮照片，全是詩織女士和省吾先生的合照，沒有任何一張有家人或朋友入鏡，樓上住戶的老婦人聽到的摔餐具的聲音，八成也是夫妻吵架製造的。從那些幸福的照片無法想像，但如果丈夫外遇導致夫妻關係惡劣到這種地步，那麼詩織女士的疾病，或許也是壓力引發的。

可是，把詩織女士逼出病來的丈夫，眞的是我知道的那個灰原省吾嗎？

隔天早上，睡夢中的我被隔壁聲響吵醒了。

黎明時分，天色依舊昏暗，但我火速梳洗整裝，走出門外，手裡拎著垃圾袋正要走向電梯的省吾先生驚嚇地停住了腳步。他表情扭曲，就像在說「糟了」，想要折回住處，我立刻端出番茄燉羔羊肉的鍋子。是爲省吾先生準備的、他最愛的一道菜。

「啊，不用了，我不能再麻煩妳了……」

「省吾先生，你昨天去哪裡了？甚至甩掉我，神祕兮兮的。」

省吾先生裝蒜說他沒有，說完全沒想到我跟著他。即使心知肚明不可能，但被他這麼一口咬定，我也沒有證據。他說他當然是去醫院探望妻子，但我問是哪家醫院，他又一樣含糊其辭。

「內人的治療很順利，已經不用擔心了。」

「詩織女士眞的住院了嗎？」

「妳、妳怎麼這麼問？當然了。」

「我之前也說過，我這人愛操心，又膽小，所以請原諒我問這麼粗魯的問題。你跟詩織女士吵過架嗎？」

「咦？這……唔，也不是沒有。」

「聽說你外遇被抓包，被趕出陽台，眞的有這件事嗎？」

我虎視眈眈地看著他，不放過他聽到這個問題時的任何反應和表情變化，然而我的目光卻從他的臉上被引開，吸到屋內去了。

因爲我的話還沒說完，屋內就傳出「鏘！」的一聲，有什麼東西倒下來了。

「詩織女士？詩織女士果然在家對吧？」

「不，她不在這裡！我窗戶開著，有東西被風吹倒而已……」

「詩織女士！」

我朝屋內大喊，卻沒有回應，我正準備進屋，然而回過神時，卻整個人跌坐在玄關前的空地。我悟出是被推倒了，腦袋一片空白。扭打的時候，從鍋中濺出來的燉湯潑到身上，弄髒了衣物，如果我端來的是熱鍋，早就嚴重燙傷了，然而他不僅沒有扶我起身，反而惡狠狠地瞪我，粗魯地關上了門。

那眼神就像在警告我，要是我再繼續打探詩織女士的事，他不會手下留情。

如果詩織女士不在屋內，明明讓我進去一探究竟就沒事了，但他這番行動，讓我對他的觀感差到不能再差，但與此同時，遭到暴力對待，也讓膽小的我整個嚇壞了。

儘管害怕得不得了，但我覺得那道「鏘」的聲響，是求救的詩織女士拚命用遭捆綁的身體弄倒東西製造出來的聲音……如果他眞的是詩織女士的跟蹤狂，不快點救出詩織女士，不曉得她會有什麼下場。

我猶豫著該不該報警，但我清楚若非有決定性的證據，否則警方不會行動。遺憾的是，警方有多無能、多冷漠，我在以前住的公寓就已經切實領教過了。

擁有那樣俊帥的外表，即使不搞什麼監禁，絕大多數的女性都會爲他傾心，而且他相中的是相貌平凡的詩織女士，這也有些令人費解，但每個人的喜好、好女人和好男人的定義都不同。

再說，如果就像四〇三號室的住戶說的，詩織女士是有錢人家的女兒，目的也有可能是爲了錢。因爲倘若詩織女士沒有親人朋友的事是眞的，那麼當她過世的時候，她的遺產全都會落入配偶手中。

如果他不是灰原省吾，那麼眞的灰原省吾現在在哪裡、又怎麼了？他都沒有回家，難道——？

雞皮疙瘩爬了滿身。

如果能夠，我再也不想跟他有任何瓜葛。可是，詩織女士最後那句話不斷地在耳底縈迴不去。

要是我死了，就是妳害的……

那個時候我萬萬沒料到會演變成這種狀況，但詩織女士或許早有某些預感。

如果詩織女士最後眞的慘遭毒手，那麼確實是我害的吧。因爲我把拚命求助的她，交給了她矢口否認是丈夫的男人。

即使不和他直接有所牽扯，是不是還有其他可以做的事？

想到這一點，我立刻拿著手機外出，躲到對面公寓的籬笆後面。很快地，一身西裝的他出現在公寓玄關，頻頻回頭，往外走來。我心想他之前果然發現我在跟蹤，但因爲他只注意背後，我輕輕鬆鬆便從籬笆後面拍到他的照片了。

我已經向四〇三號室的住戶要了聯絡方式，因此只要把他的照片傳給身在南美洲的她，應該就能知道這個人是不是她見過的灰原省吾了。她說她已經不記得了，但只要看到他英俊的相貌，必定會想起來的。如果想不起來，就表示她沒有見過這個人，也就是說，這個人不是灰原省吾。

我立刻付諸行動，但不曉得是不是很忙，遲遲沒有收到她的回音。我心急如焚地等著，等得受不了，決定去公寓一樓的「綿羊軒」。因爲早上拍他的照片時看到這家店的招牌，想起他曾經對這裡的餐點讚不絕口。

我立刻把他的照片拿給來點單的店員看，但店員說沒印象，我問了其他店員，結果也一樣，我很失望，疑惑他相貌如此出眾，店員再怎麼忙，也應該會記得才對。可是綿羊軒的餐點美味遠遠超出預期，我忍不住向出來和其他客人寒暄的主廚表達感謝。主廚不可能向我透露祕方，但我不抱希望地亮出他的照片，那名女主廚居然說她記得光臨這裡的自稱灰原省吾的男子。

「他一個人嗎？還是跟太太一起？」

「和一位小姐一起來的。兩人似乎感情很好，我以為是女朋友，但也許是太太。」

隨和的主廚直爽地回答。

「看起來感情很好，具體來說是怎麼樣？」

「那個女生一直喊著『阿省、阿省』，纏著他不放，兩人打得火熱呢。」

「女生」這樣的說法讓我覺得不太對勁。詩織女士雖然稱不上老，但看上去比實際年齡成熟，如果和自稱省吾的那個人在一起，被當成姊弟也不奇怪。再說，我也無法想像詩織女士在廣庭大眾和他打情罵俏。因此我確認地問：是黑長直髮的嬌小女士對吧？

結果主廚當下搖頭，說：

是個短髮高個子的女生。

我馬上想到，或許是外遇對象。可是，居然把外遇對象帶到和妻子共同生活的公寓一樓餐廳吃飯，他神經到底是有多大條？

還有，對方叫他「阿省」，表示他的名字真的是灰原省吾嗎？

我問他是什麼時候來的，主廚說的那一天，正是省吾先生喝得爛醉，深夜一點多才回家的日子。他騙我是工作應酬，原來在這裡和外遇對象享受約會。想到他都把女人帶來這裡吃飯了，卻沒有帶回家，果然是因爲詩織女士人在四〇二號室，那大他身上散發出的酒味和廉價香水味又重回腦海，讓我一陣噁心。

5

隔天，我終於收到引頸翹盼的四〇三號室住戶回信了。

但即使看到我傳過去、自認爲拍得很清楚的自稱灰原省吾男子的照片，她的回答也非常含糊，說看起來像隔壁男主人，但也覺得好像不是，我眞是失望透頂。

因爲我私下決定，如果她能肯定照片上的男子，就是和灰原詩織女士一起搭電梯的隔壁男主人，我就再也不插手這件事了。雖然對詩織女士過意不去，但老實說，我已經被搞得精疲力盡了。

儘管如此，這天我外出辦事的地方，剛好在他上班的不動產公司附近，看見高掛公司名的辦公大樓瞬間，我就像被看不見的力量牽引般，走向了那裡。

仔細想想，他是不是灰原省吾本人，問他同事不就知道了嗎？其中或許也有認識詩織女士的朋友，而且外遇容易發生在公司，搞不好還可以看到那個短髮年輕小姐。

我鼓舞自己，踏進他的公司，卻不知道該找業務部的誰才好，只好問櫃檯小姐認不認識業務部的灰原省吾。

櫃檯小姐有些納悶地側了側頭，說「請稍等」，面帶笑容地打電話到業務部。幾分鐘後，擔心萬一本人跑出來的話，該說什麼才好的我，得到了意外的答覆：

「很抱歉，敝公司業務部沒有姓灰原的員工。」

我驚訝地請她查一下其他部門，但沒有任何一個員工叫灰原省吾。我難以置信，亮出他的照片，結果還是一樣，櫃檯小姐抱歉地行禮說她沒有印象。

省吾先生居然謊報職場，這件事讓我震驚極了。

如果是我們的關係破裂之後，我才聽說他在哪裡上班，那麼我完全不會驚訝，但他是在我們認識不久，我會送飯菜給工作晚歸的他那時候，告訴我他的工作的，因此我大感受傷：啊，他果然從一開始就在騙我。

我的心中或許還有一絲想要相信自稱省吾的男子的念頭吧。但這件事一清二楚地揭露他的謊言是計畫性的，對詩織女士安危的憂慮愈發高漲了。

我搖搖晃晃地走進電車，但似乎震驚到魂不守舍，差點坐過站。車門關上的前一刻，我慌忙跳出月台，驚訝地倒抽了一口氣。

令人驚訝的是，熟悉的背影正穿過驗票口。我連忙跟上去，自稱灰原省吾的男子正走進車站另一側的家居賣場。

失敗過一次，這次我更小心謹慎地尾隨，但這次的跟蹤很快失敗收場。不，不是跟蹤露了餡，而是看到他放進購物籃裡的東西，我嚴重作嘔，直接衝進廁所。

他買的東西——是電鋸和大量的垃圾袋。

我在廁所吐到胃整個都空了，回到公寓的時候，四〇二號室的窗戶亮著燈。我提心吊膽地按門鈴，但一如先前，無人應門，住戶假裝不在。

詩織女士平安無事嗎？還是已經……

不好的想像無止盡地膨脹，但沒有任何發生犯罪的證據，因此就算現在報警，警察應該也沒辦法進入四〇二號室。可是萬一發生什麼狀況，比方說聽見詩織女士的慘叫聲的話，我就要立刻報警——我緊握著手機心想。

這天，我原本打算徹夜不眠地監視，但也許是累了，我手中握著手機，靠在四〇一號室那一側的牆上，不小心打起盹來了。

覺得好像聽見詩織女士的聲音，猛地驚醒，心想「啊，又是作夢嗎？」，結果真的有聲音。隔壁傳來男女小聲交談的話聲。

啊，詩織女士平安無事。她還活著。這時我真的開心極了。然而就在我把耳朵貼上牆壁，試圖聽清楚兩人在說什麼的瞬間，傳來一道幾乎震動整棟建築物的女人慘叫。

我嚇到全身都僵硬了。

隔壁一定出了什麼可怕的事。得報警才行——我心想，但直到剛才都還握在手裡的手機，在打盹的時候不知道掉到哪裡去了，我急得不得了。

總之得阻止慘劇才行！我衝出家門，提心吊膽地按隔壁門鈴。

「詩織女士？詩織女士？妳在裡面吧？妳還好嗎？出了什麼事？」

我敲門、叫喚，但就像平常那樣，毫無反應，明明慘叫那麼大聲，卻沒有半個其他住戶趕來查看狀況。

我沒辦法，放棄玄關，繞到陽台探身看隔壁，結果發現平常總是拉得緊緊的厚窗簾打開來，掛著蕾絲窗簾的落地窗透出燈光！爲了挽救詩織女士的性命，我翻越扶手，千辛萬苦地爬到隔壁家的陽台。

隔著蕾絲窗簾看到的客廳裡，放著好幾袋半透明的垃圾袋。難道這些是……爲時已晚嗎？我正這麼想，注意到從客廳通往走廊的玻璃門另一側，是疑似省吾先生的男子背影。

落地窗沒上鎖。我小心不發出聲音，把窗戶推開一條縫，聽見了驚人的對話。

「阿省，你殺得有夠爛的耶。」

有些激動的女聲讓我屏住了呼吸。

因爲那不是詩織女士的聲音。他的背影另一側，一顆褐色短髮的頭若隱若現，省吾先生氣喘吁吁，肩膀起伏。

他俯視的走廊上有人倒在那裡嗎？被兩人背影遮擋，從陽台看不見，但不用看也知道。

得快逃才行。要不然連我都會被做掉。

在半開的落地窗前動彈不得的我，反射性地想要後退，卻絆到背後不知道什麼東西，發出了巨大的聲響。嚇得尖叫的褐色短髮女子比我想像得更年輕，而驚呼「是誰！」並回頭的省吾先生表情猙獰。

「你殺了她……」

我忍不住喃喃，省吾先生朝我衝了過來，我慌忙轉身撲向陽台扶手。我想逃回自己的住處，但看見省吾先生跑出陽台，急得不小心腳底一滑……我心中一涼，但抓住扶手，重新站好，只差一步就可以回到自家陽台時，他的手伸向我的背——

我就這樣從四樓摔下去了。

6

睜開眼皮時，我身在白色的空間，因此我相信自己已經死了。

但周圍馬上就吵鬧起來，許多穿白衣的人跑來，我發現這裡是病房。

雖然我從四樓陽台跌落，但幸好中間被樹枝擋住緩衝，因此雖然滿身擦傷挫傷，但奇蹟似地保住了一命。

我從醫生那裡聽到叫救護車的是隔壁住戶叫灰原省吾的人，大吃一驚。

「醫生，就是那個灰原省吾把我推下去的。」

「把妳推下去的人不可能會幫忙叫救護車，還陪妳到醫院。他說他伸手想要拉住腳滑的妳，卻來不及，後悔應該更快伸手的。」

看來醫生完全被他的外表騙了，對他的話深信不疑。而且醫生還像個驗屍官似地，說什麼從撞傷的部位和狀態來看，我不是從背後被推，而是自己腳滑，後仰掉落。

可是，我確實不懂他怎麼會叫救護車。他不怕我發現他殺死詩織女士的事嗎？

我膽戰心驚地移動身體站起來，發現自己勉強可以走動，便溜出醫院，搭計程車回到羊丘華廈。然後我來到四〇二號室前，沒有按門鈴，而是靜靜地轉動門把。令人驚訝的是，門把順暢地轉開來，我提心吊膽地開門入內——

裡面沒有詩織女士的遺體。

不，不只是遺體，先前讓我吃驚的婚禮照片、不知道裝了什麼的半透明垃圾袋、家具和家電，全都不見了，整個住處空空如也。

我立刻報警說明狀況，說詩織女士一定是在這裡被自稱灰原省吾的男人和他的姘頭殺害了，請立刻去找出他們。

我以爲警方立刻就會行動，然而警方說沒有屍體，無法偵查。

「妳看到灰原詩織的屍體了嗎？」

如果警方問我的時候，我撒謊說看到了，或許就能讓他們行動了。但我不小心老實回答「不，沒有」。

「我沒有看到，可是那是被省吾先生的背影擋住，看不到而已。」

我確實親耳聽見姘頭的年輕女子，對氣喘吁吁地俯視著走廊的省吾先生說「阿省，你殺得有夠爛的耶」，所以詩織女士一定就倒在走廊上，那裡還有或許她被電鋸分屍的浴室等地方，應該會有血跡反應。我鍥而不捨地如此申訴，但調查四〇二號室的警察說，室內沒有任何一處驗出血跡反應，也沒有特別可疑之處。

如果這是眞的，那麼或許他們是用勒斃等不會見血的手法殺害詩織女士。雖然準備了電鋸，但沒有把人分屍，而是載去某處棄屍了。

我不肯罷休，主張如果他們沒做虧心事，不應該會像跑路似地消失不見，但警方說他們向房仲查證，房仲說灰原家從約兩星期前就提出退租，並如同預定搬走了，我聽了大吃一驚。這一定是搞錯了。因爲我從來沒聽省吾先生提到他要搬家。

儘管完全無法信服，但不管我如何申訴狀況不對勁，都無法說動警方。

從此以後，我再也無法安眠。

因爲只要入睡，詩織女士就會出現在我面前。

有時是敲打我住處的門向我求救，有時是抓住我的手叫我跟她去，把我拖進她們家，有時則是倒在走廊的詩織女士雙眼暴睜著，爬向杵在陽台的我的腳邊。

然後任何一種情況，最後都以相同的一句話撕裂我的心：

要是我死了，就是妳害的……

我尖叫著從睡夢中驚醒，全身冷汗淋漓，明知道是夢，卻顫抖不止，就這樣再也無法入睡，迎接早晨，這樣的日子眞是說不出的痛苦……

是罪惡感讓我作這樣的惡夢——一開始我這麼想，但夜復一夜的惡夢，讓我漸漸轉向另一種想法。

我覺得，是不是詩織女士在向我求救？

如果她已經過世，她應該死不瞑目，所以託夢向我傾訴，要我找到她，而如果她還活著……

這或許是我樂觀的希望，但我就是覺得詩織女士可能還活在某處，正在向我求救，所以她強烈的祈求才會化成夢境，反覆出現。

在當時那種狀況下，我以爲她一定遇害了，但就像警方說的，沒有任何詩織女士遇害的證據。確實，我聽到姘頭說「阿省，你殺得有夠爛的」，但那時候應該正在下手的途中，詩織女士還沒有斷氣吧。如果接著省吾先生發現陽台上的我，中止殺人，然後找推下樓，那麼他們也有可能覺得在這樣的騷動中殺人太危險，暫時像原來那樣把詩織女士囚禁起來，然後帶去別的地方。

我就像逃難一樣搬到羊丘華廈來，而詩織女士對這樣的我既親切又溫柔。對於精神疲憊到極點的我來說，她的親切不曉得讓我有多麼地開心、感激……那天我任意編織起美夢，想像和詩織女士結爲好友，一起吃飯、看戲的快樂未來。然而那天晚上我卻無法相信她的話，不僅如此，還覺得她是個可怕的瘋女人，拋下了她。

如果我沒有那樣做，沒有丟下矢口否認那是她丈夫的詩織女士，一個人逃跑，或許她現在仍在我的身邊文靜地微笑……

所以我想要知道。我想知道她現在在哪裡、又是怎麼了。

如果能確定詩織女士平安無事，就是我最大的欣喜。

只要能知道她安好，我別無所求。

因爲如果她現在仍健康幸福地生活，我就能擺脫罪惡感，總算可以安眠了。

7

工藤偵探事務所　加藤康則先生：

感謝您寄來的報告書。

我沒想到居然能這麼快就查到水落石出，相當驚訝。

不愧是專業人士。

委託加藤先生調查，眞是做對了。

我驚訝的當然不只如此。

報告書上的內容，眞的都是千眞萬確的事實吧？我可以這麼相信吧？

抱歉問這麼失禮的問題。

可是讀了報告書，我整個人不知所措，忍不住當場虛脫坐下，混亂不已：這是眞的嗎？我以顫抖的手指滑過文字，反覆重讀，最後熱淚湧上了眼眶。

詩織女士居然還活著……

對於打定主意，不管任何結果都要接受並贖罪的我來說，不可能有比這更令人開心的報告了。

詩織女士得了卡普格拉症候群，正在住院治療也是眞的，這樣的調查結果也讓我打從心底佩服不已。但是這樣的話，我就不懂了：爲什麼省吾先生要那樣極力隱瞞詩織女士住在哪家醫院？

不懂的事還有許多。

如果詩織女士沒有被監禁在四〇二號室，那麼外遇對象的年輕女子說的「阿省，你殺得有夠爛的」，到底是在說誰？難道他們兩個是在打電動嗎？可是當時他們站在走廊，也沒看到他們拿著遊戲機或搖桿之類的東西……

再說，省吾先生爲什麼要對我謊報他上班的地點？

都已經申請退租了，卻不肯告訴我要搬家，也令我不解。

啊，不過電鋸和大量的垃圾袋，或許是買來處理搬家不要的東西的。然而我卻懷疑省吾先生可能殺害了詩織女士，自驚自嚇，甚至跟蹤人家，這全是愚蠢的我在一頭熱呢。眞是太丟臉了。

確實還有許多謎團，但您提出的後續調查，就不需要了。

因爲我只想知道詩織女士是否平安，既然已經知道她平安無事，就已經足夠了。

而且承蒙您告知克服疾病出院的詩織女士，就在不遠處的公寓和丈夫省吾先生和睦生活，我眞是不知道有多麼地安心、如釋重負……

對於加藤先生迅速精確的調查成果，我的感謝無以言喻。

但您的報告書上只有一點錯誤。

就是關於灰原省吾先生。

調查出詩織女士因爲卡普格拉症候群住院的您，是否在這個階段，就深信她的丈夫就是灰原省吾，絕不會錯？

不管詩織女士如何傾訴那不是她丈夫，都認定是疾病的關係。

其實我從很久以前就發現了。

發現他並不是灰原省吾。

所以詩織女士識破他不是自己的丈夫，她的眼光是正確的。

換句話說，她應該不是卡普格拉症候群，即使是醫師，也是會誤診的吧。

不管怎麼樣，只要詩織女士現在過得幸福，那就夠了。

眞的謝謝您的幫忙。

最後，敬祝加藤先生及工藤偵探事務所的各位安康如意。

火石藺子

8

「喂，加藤，你過來一下！」

加藤剛結束通宵跟監調查，一回到事務所，立刻就被所長工藤大聲叫去。

「所長對不起，我膀胱快爆了，請等……」

「誰管你膀胱要不要爆炸，馬上滾過來！」

這是權勢騷擾——加藤口中嘀咕著，無奈地走過去，正坐在沙發探出上身看電視的工藤，有些激動地盯著螢幕問：

「灰原詩織是你負責的委託的調查對象吧？」

「咦？……對，沒錯。」

工藤看得兩眼發直的，是晨間新聞節目。女主播手持麥克風，站在拉上封鎖線的公寓前。那棟眼熟的建築物讓加藤升起不祥的預感，但現在還是尿意更勝一籌。

「……灰原詩織怎麼了嗎？」

「被殺了。」

「咦？被……被殺了？」

「好像在住家，臉被揍到稀巴爛。」

瞬間，尿意和睡意全飛到九霄雲外去了。

「被、被誰殺的？」

「老公吧。」

「老公？灰原省吾嗎？殺死自己的老婆？」

「她還有別的老公嗎？老公人好像失蹤了，應該是打死老婆跑路了吧。你的委託人不是在懷疑那個老公嗎？」

「對，可是……」

「啊，可是不知道爲何也在那裡的他妹妹好像也死了。」

「……妹妹？」

「對，老公好像有個年紀相差很多、讀高中的妹妹。怎麼會連據說感情很好的妹妹都給殺了呢？啊，不是，那個妹妹好像不是被打死的，解剖結果還沒有公開，但聽說死因是毒死……嗯？那是這樣嗎？搞不好殺死妹妹的是老婆？然後老公抓狂，把老婆活活……喂，你在聽嗎，加藤？你發什麼呆啊？」

「眞的是老公……是灰原省吾殺了詩織的嗎？」

「啊？你在說什麼？不就變成你的委託人擔心的下場了嗎？」

「是的，可是那個委託人火石小姐在感謝信裡提到奇怪的內容。」

「什麼奇怪的內容？」

「她說我的報告書只有一件事搞錯了。她說她很早就發現他不是灰原省吾了。」

「嗯？什麼？等等、慢著慢著，根據你的調查，丈夫就是灰原省吾沒錯吧？你沒忘了確認對象長相吧？」

「怎麼可能？當然確認了啊。」

工藤說的是核對調查對象的外貌，確定是否爲本人的步驟。

這次加藤事先從委託人那裡收到用手機拍的灰原省吾照片，因此查到他的新住址後，確定從公寓走出來的男人就是照片上的人，跟蹤查出了他的職場。

因爲也聽說詩織宣稱那不是她丈夫，因此在調查她的住院記錄時，加藤也查了兩人的戶籍，確認那個人毫無疑問就是灰原省吾。

「那，和灰原詩織同住的丈夫就是灰原省吾本人，這一點千眞萬確了不是嗎？」

「對，所以我也好奇起來，重新調查了一下，不過搞不好……」

加藤不知道該如何措詞才好，沉思下去，工藤面露不耐：

「喂，什麼啦？快點說啦。你不是想去撇條？」

「我在想，委託人火石繭子是不是把灰原省吾當成了柊優……」

「柊優？那誰啊？」

「一個演員。」

「嗄？我可沒聽說過什麼叫柊優的演員。」

「他是舞台劇演員，聽說在舞台劇戲迷間很有名，精湛的演技極受肯定，但好像在重要表演前突然下落不明……」

「跟導演起衝突，還是有什麼問題，丟下工作跑了嗎？演員這種人自尊心特別高嘛。」

「不……」加藤無力地搖搖頭。「他的風評很好，說他工作認眞，人好相處又老實，不是會不負責任地丟下表演工作的人。」

「那怎麼會搞什麼失蹤？」

「我覺得他是被逼到了不得不這麼做的狀況。」

加藤大大地嘆了一口氣，對工藤娓娓道來：

柊優有個狂熱粉絲，爲他的表演痴迷，只要公演開始，就幾乎天天去看他的舞台劇。柊優很重視支持者，所以對粉絲也很溫柔，也許是這樣的態度讓那名粉絲誤會了。

那名女粉絲跟蹤柊優，查出他住的公寓，租了那裡的房間搬了進去。然後等待柊優回家，幾乎天天奉上親手做的飯菜，甚至在他不知道的狀況下，任意送出了結婚登記書。柊說自己並未同意，要求解除婚姻關係，但女人活在扭曲的妄想世界裡，不管說什麼都無法溝通。

由於已經登記，要修正戶籍，只能上法院，但這段期間，柊也一直被那個有病的女子糾纏，他日漸精神耗弱，壓力過大而搞壞了身體，沒辦法登台表演了。然後也許是爲了逃離女子而搞失蹤，柊優就此下落不明了。

「慢、慢著慢著慢著，難不成你要說，那個有病的粉絲，就是這次的委託人？」

加藤怯怯地點點頭，工藤抱住了腦袋：

「加藤，你不是說委託人是個文靜有氣質的小姐嗎？」

「看起來是這樣……」

刺耳的咂舌頭聲音，在別無他人的事務所內迴響。

「所以才說你沒用。我不是總說嗎？沒有看人的眼光，是要怎麼在這一行混下去？要是我當時也在事務所，一眼就可以看穿那女人到底有沒有問題了。那，那個叫柊優的演員和灰原省吾長得那麼像嗎？」

「不，我看過照片，一點都不像。」

「既然如此，那是你搞錯了吧？明明不像，她怎麼可能把他當成柊優？」

「雖然五官不像，但如果說氣質像，確實是很相近。怎麼說，兩人都長得白白淨淨，眼睛細長，五官平淡，沒有什麼突出的特徵，火石繭子小姐一直不停地強調灰原省吾長得有多帥，所以我第一眼看到灰原的照片時，覺得很意外，不過我猜那種長相的臉，就是她的天菜吧。據說柊優這名演員，就是能活用那張沒有特色的臉，以出類拔萃的演技力，徹底化身不同的角色。」

「呃，這還是你想太多了吧？」

「可是我問過灰原省吾的同事。同事說他會搬家，一方面是因爲太太生病，但主要還是受不了腦袋不正常的鄰居把他當成柊優，糾纏不休。他對羊肉過敏，那個女人卻好像不停煮柊優愛吃的羊肉料理送給他……火石繭子小姐在信上說，她不懂爲何灰原要對她謊報上班地點，默默搬家，但我覺得那是爲了逃離她。不告訴她太太住院的地方，好像也是因爲太太害怕她……啊，對了，火石小姐在陽台聽到說『阿省，你殺得有夠爛』的短髮年輕女孩，也不是外遇對象，是灰原的妹妹，灰原當時殺的應該是蟑螂……那棟公寓一樓有一家叫綿羊軒的餐廳，所以聽說連冬天都有蟑螂出沒。啊，而且火石小姐在搬到羊丘華廈前，好像也搞出過一樣的事來。」

「媽啊，你說一樣的事，是什麼事？」

「她以前住的公寓一樓是超商，她把那裡的白淨小生店員當成是變裝的柊優，追著人家跑，最後甚至想要拿扳手毆打人家女友，但是在眞的打到之前被制伏，最後她的父母拿出一筆錢跟對方和解了。家人本來要讓她住院，但好像被她跑了……我在想，如果委託人去看醫生，很有可能會被診斷爲妄想性錯認症候群。不是卡普格拉症候群，而是把陌生人認定是柊優變裝的佛列哥利症候群。」

「這樣的話，殺死灰原詩織和妹妹的，就不是灰原省吾，而是那個……？」

「……火石繭子，可能是她。」

「可是，灰原省吾跑路了耶。」

「會不會……不是跑路？搞不好……」

工藤伸手打斷加藤的話，直盯著他的眼睛深處說：

「加藤，這事你跟誰說過嗎？」

「沒有，所長是第一個。」

「……不許告訴任何人。」

「咦？可是……」

「是我們查到地址，告訴那種危險的女人，才會害死了兩個人。要是這件事曝光，咱們會變成眾矢之的。」

「要是只死了兩個人就好了……可能還會再多一個。」

「喂，少在那裡烏鴉嘴。不可能吧？因爲如果你說的是對的，那麼對那個女人來說，灰原省吾就不是灰原省吾，而是變裝成灰原省吾的柊優啊。」

狹量之羊

1

這是個暴風雪肆虐、寒冷徹骨的夜晚。

咚咚——好像有人敲了小屋的門，老人猛地抬頭。

老人耳朵重聽，以爲是聽錯了，但敲門聲暴躁地持續著，最後發出「咚！」的撞門聲，門板震動。

到底搞什麼？老人驚訝地把臉湊近霧白的窗戶。

小屋前站著一名男子。

黑色毛線帽、墨鏡、一身黑色風衣。是個陌生的年輕人。

老人躲在窗簾後面靜觀其變，期待年輕人放棄離開，結果年輕人踩著虛浮的腳步，挖開積雪，找出一顆手掌大的石頭。看見年輕人高舉手中那玩意兒，老人才慌忙把門打開一條縫。因爲他可不想被砸破窗戶。

男子發現門開了，停下動作，隨即搖搖晃晃、一把抱上來似地靠近老人。老人反射性地要關門，男子把手塞進門縫裡，用惹人同情的聲音懇求：

「救、救救我。我不是可疑人物。」

黑帽墨鏡黑大衣，手中握著大石塊的男子，怎麼看都十足可疑，但他注意到老人的視線，連忙丟掉石頭，傾訴他在這場暴風雪中不停地爬上山來，已經快凍死了。

被老人高舉的油燈照亮的男子的臉確實精疲力竭，臉頰上有擦傷，也許是跌倒了。

「車呢？」

老人只低沉地問一句，男子起勁地探出上半身，就像在等他提出這個問題：

「山路途中發生土石崩塌，把路堵住了，車子卡在上面動彈不得，我只好棄車走上山來。」

異於那副外貌，男子的語氣很有禮貌，老人放下心來，按住門板的手稍微放鬆了些。男子沒有放過機會，用身體把門擠開，鑽進小屋裡來了。

「不好意思，可以稍微讓我烤個火嗎？手腳都失去感覺了，搞不好就快凍傷了。」

趁著老人還呆在原地，男子一面拍掉身上的雪，一面厚臉皮地進了屋，不待同意，逕自在暖爐前坐了下來。

「啊……好溫暖。我在雪地裡跌倒了好幾次，有一次趴倒的時候從雪地往下滑，伸手撈到樹枝，好不容易停下來，結果站起來回頭一看，差點沒把我嚇死。因爲腳下沒有地面。那裡已經是斷崖，要是繼續滑下去，我毫無疑問已經沒命了。」

怎麼不摔下去算了？老人心中這麼想，但也不能把占據暖爐前方、意外厚臉皮的男子踢出大雪天外，因此站在稍遠處觀望著。

「可是，就算沒有摔落懸崖，要是老先生沒有放我進小屋，我也已經凍死了呢。附近連一戶民宅都沒有，你真的救了我一命。你是我的救命恩人。」

這個男的真的很聒噪。是原本就是這種個性，或是與死亡擦身而過的體驗，讓他處於極度興奮的狀態，又或是有某些心虛之處，所以表現得過度開朗？老人拿捏不定。不過男子進入屋內，卻仍不摘下墨鏡，繼續戴著帽子烤火，那模樣看在老人眼中，顯得相當奇異。

「老先生一個人住在這嗎？」

男子問著，環顧簡陋的小屋內部。老人戒心大起，防備起來。但男子只是喋喋不休：「好棒的房子。會用油燈，難道是因為沒有牽電線？咦，好厲害喔。外面那是田地吧？難道你在這裡過著類似自給自足的生活嗎？哇，簡直就像艾美許人（註）。即使上了年紀，仍然繼續過著富有生產力的生活，這真的很棒。如果像老先生這樣的長者增加，這個國家也會變得不一樣吧。對了，我可以向你借個車嗎？」

「車？」

「是的，這要求很厚臉皮，真是很不好意思。」

老人默默地看男子。因為他雖然知道男子想要借車，但不明白他的目的。

「咦？難道老先生在懷疑我？唉唷，我不會開著你的車跑掉啦。我是要回去自己的車子那裡，很快就會把車還回來了。」

「爲什麼？」

「咦？」

「去你的車那裡做什麼？」

「啊，哦，也難怪你要問。其實我有東西忘在車子那裡，想要回去拿。」

老人忍不住望向窗外。在這樣的暴風雪中回去拿東西？應該是疑問寫在臉上了，男子驚慌地補充說：

「就是，留在車上的東西萬一搞丟了會很麻煩。」

老人問他車子在哪裡，男子說在一棵大杉樹旁邊。那裡剛好是連接山腳的羊丘町和這棟小屋的山路中間地點。

這種暴風雪的夜晚，不可能有人經過那裡。若是發生土石崩塌，更是不可能有人通過。等到雪停了再去拿應該也沒問題，反倒是在這麼糟糕的天氣開車走那條山路，摔下山崖的危險性更高。

老人儘管這麼想，卻默默地從抽屜裡取出車鑰匙，扔給男子。

「啊，謝謝。」

接下車鑰匙的男子臉上漾起安心的笑容，但很快地，那變成唇角揚起的下流笑容。

註：基督新教重洗派門諾會中的一個信徒分支，以拒絕汽車及電力等現代設施，過著簡樸的生活而聞名。

男子到底把什麼東西忘在車上，老人有點好奇，但他認爲應該不會有機會知道答案。因爲不熟悉這條山路的男子，要在暴風雪夜開車回到那個地點，完全是自殺行爲。即使他摔下懸崖斃命，自己的損失也只有一輛車。這比男子賴在這裡不走更要划算。

老人靜靜地微笑，告訴男子車子在隔壁車庫。

「眞是太謝謝老先生的幫忙了。啊，不過我很快就會回來了。」

看見男子冷笑的眼睛，老人認爲他在撒謊。男子壓根不打算回來這裡，應該是準備開車逃去別處。不管是要回到來時的路，還是翻越山頭開往另一邊，男子都不會回來這裡，更有可能再也無法回到任何地方，但是對老人來說都無所謂。

然而，他的猜測落空，男子很快就回來了。

因爲開門才走出沒幾步路，感覺整個人就快被更加肆虐的暴風雪給颳走，男子又驚慌失措地逃回小屋裡了。

男子對默默看著自己窩囊模樣的老人虛張聲勢，說現在正値暴風雪的巔峰，要等一下再動身，又一屁股坐到暖爐前了。

「我可以要點酒嗎？我想要最烈的。剛才出去那一下，身體又整個涼掉了。」

男子還是一樣，語氣有禮，但態度開始滲透出威逼的氛圍。

「這裡沒有酒。」老人應道。

要是有酒，眞想把他灌個爛醉再送上車，但偏偏他毫無準備。

即使是單耳失聰的老人，也聽見了男子微微咂舌頭的聲音。

「那，可以給我一些能暖和身子的食物嗎？」

老人去廚房熱湯了。腦中思忖著把男子弄成連石頭都拿不動的狀態，再丟出暴風雪的屋外，會怎麼樣？

2

男子目送離去的駝背背影，心想：

這老頭眞夠離譜的。

在這樣的暴風雪中，如果看到有人迫不得已丟下車子，徒步爬上山來，身爲一個人，理應要慰勞說「天吶，眞是太辛苦了」，然後親切款待說「請進來烤個火，暖和身子吧！雖然屋裡很髒，眞不好意思。我馬上去準備一點熱食」，這樣才對吧？然而那個老頭卻小氣到家，一副非要他開口懇求，否則甚至拒絕讓他進屋。

不只是離譜、心眼狹窄，那個老頭還教人發毛。個頭嬌小，乍看懦弱，但面無表情底下，有種不知道在想什麼的詭異。再說，居然一個人在這種偏僻的地方離群索居，一定是跟家人親戚處不好，遭到排擠被放逐的怪人。

雖然很想立刻離開這種鬼地方，但被暴風雪絆在這裡，也無計可施。即使想要得知天氣預報，這裡也沒有手機訊號，別說電腦了，連電視都沒有。男子摘下墨鏡，環顧室內一圈，期待至少會有台收音機。

屋內比想像中更大，設有暖爐的客廳空間深處有張餐桌，右側拉門似乎通往廚房。前面還有另一道門，是老頭的臥室嗎？因爲只有老人一個人獨居，屋內有股臭酸味，但廚房傳來的湯香味蓋過了那股臭味，刺激著男子的食慾。

「不過老頭子煮的東西，味道無法期待吧。」

男子嘀咕著，在打開來尋找收音機的櫃子深處發現一個深藍色背包。繫著可愛天鵝吊飾的背包，是女高中生上學用的書包款式，不像老人的東西。

「那老頭那副德行，居然是這種品味？不不不，不可能吧。」

男子想要打開背包查看，這時聽見老人的腳步聲，連忙放回背包，悄悄關上櫃門。

他若無其事地接過端來的熱騰騰餐碗，喝了一口熱湯。才啜飲一口，他登時睜圓了眼睛，忍不住大呼：「好喝！」

盛在貌似手工的樸素木碗裡的蔬菜肉湯美味無比。

「咦？怎麼會，這湯超好喝的。我從沒喝過這麼好喝的湯。這裡面放了什麼？」

男子激動地問，老人小聲答道是自家種的新鮮蔬菜和羊肉，但埋頭喝湯的男子明明是自己發問，卻心不在焉。他續了三碗，連最後一滴都喝得一乾二淨，總算喘了一口氣，這時想起了剛才看到的女生書包。

「啊，這麼說來，老先生的女兒也住這裡嗎？」

瞬間，一直面無表情的老人的臉，首次浮現緊繃的神色。

老人的目光驚慌游移，問他爲什麼這麼問，那模樣刺激了他遙遠的記憶。

「咦？老先生，我們是不是在哪裡見過？」

刻滿深紋的老人的臉不知爲何掠過怯意，更讓男子覺得眼熟了。

老人別開目光，默默地搖頭，顯然惶惶不安。感覺不可能有共通點的艾美許老人和自己的人生，到底是在哪裡交會過？男子想要繼續追問，但老人逃避似地端著空碗進去屋內了。目不轉睛地盯著他的背影，正在回溯記憶的男子耳中聽見了聲音。

「爹爹不要緊嗎？」

「噓！別說話！」

是悄聲細語般的女聲。

男子起身，走向聲音的方向，站到另一道門前。老人察覺，厲聲喊道：「住手！」

但男子已經把門打開一條縫了。

倉皇跑來的老人想要把男子從門前拉開。

「這裡是羊舍，只有羊而已。」
「爲什麼要撒謊？哪裡有羊？」
男子已經看到了。
他看到並排著床鋪的房間角落，佇立著幾個一臉不安的女人……
「老先生，這房間裡的不是羊，是你的女兒們吧？」
男子說著，把房門整個打開來，三名女子吃驚屏息，瞪大了眼睛。
沒想到居然有三個女人，男子也嚇了一跳。三個全都脂粉不施，穿著沒有裝飾的樸素衣物，各有特色。
站在前面、就像在保護其他兩人的女子年紀最大──大概和男子一樣三十五左右──她應該是長女。身形清瘦，氣質高冷，但頭頂紮髻的髮型醞釀出知性的氛圍。
旁邊女子一頭烏亮的頭髮剪成前長後短的鮑伯頭，有些陰沉神經質，應該是次女。
而綁雙馬尾，與其說年輕，不如說幼稚的女子應是三女──男子如此推測。他覺得又不是小女生了，居然綁雙馬尾，到底是什麼品味，然而奇妙的是，看上去並不突兀。
注視著男子的六隻眼睛裡，有著驚訝與怯意。
總不可能沒見過父親以外的男人，但這三個看上去未經世故的女子，搞不好從未出過社會，一直和父親在這裡生活。

看在男子眼中，三人都有著一種死心認命的順從。她們散發出即使提出無理的要求，也不敢頂嘴，而會默默屈從的模樣。男子理想中的女人形象，是會雙手扶地，跪著恭迎一家之主，走路時跟在三步後方的傳統嫻淑女子，就像日本女性的代名詞「大和撫子」。現在幾乎看不到那種溫室無菌培養的女人了，但男子在眼前的三個女人身上嗅到了那種氣味。

也許他的想法寫在臉上，老人粗魯拉扯男子的手，「砰」地關上女人們的房門。

「不許靠近她們。做不到的話，現在馬上滾出去！」

恫嚇地威脅男子的老人凶相畢露，判若兩人，那猙獰的表情就像蘊含著瘋狂。

3

男子被老人的凶相逼回暖爐前，但老人對他撒謊的事，讓他非常生氣。

隨便開門是他不對，但何必撒那種可笑的謊？撒謊是不正義的。正義感強烈的男子，生來無法原諒謊言。

「爲什麼要騙我？你以爲我會對小姐們亂來？我自己有以結婚爲前提交往的對象。我看起來像是會做出那種寡廉鮮恥事的人嗎？」

男子逼問老人，但老人徹底忽略男子，在房間角落開始磨起刀。

那無禮的態度讓男子怒火中燒。剛見面他就覺得這老人很離譜，但他這麼有禮貌地請教，老人卻甚至不肯正眼瞧人，怎麼會有這種人？就算他是長者，違反道義的事，還是必須指正才行。男子緊握住拳頭，正要開口，這時傳來刺耳的一道「鏘！」。

老人跳起來似地起身，打開廚房拉門，刺骨的寒風立時灌進屋內。從暖爐前看不見，但強風似乎吹破了廚房的窗戶。男子想要追上驚慌地衝進廚房的老人，卻被老人大喝：「你不要來！」拉門「砰」一聲關上了。

人家是好意想幫忙！男子更加生氣了，趁老人不在，靠近女子們的房間。他敲門後開門，女人們就站在眼前，和剛才一樣屏著呼吸看著他。

「啊，抱歉嚇到妳們了。我不是可疑人物，請放心。我是……」

「呃，那個……」

髮髻女驚恐地望向男子身後。男子立刻看出她是在擔心老人。

「啊，剛才風好像吹破窗戶了，妳們父親去修理了。」

「沒事嗎？」

「我本來想要幫忙，但他說一個人就行了。所以我來告訴妳們不用擔心。」

「原來是這樣。謝謝您的好意。」

髮髻女畢恭畢敬的口吻讓男子很滿意，他說明自己來到此地的經緯。

「突然在晚上上門打擾，眞是抱歉。其實我的車子在這場暴風雪中……」

女人們嚴肅地聆聽男子的說明。

「在這麼糟的天氣，從大杉樹走到這裡，一定非常辛苦。您平安無事，太好了。」

髮髻女眞誠慰勞，及擔心地望著他的鮑伯頭和雙馬尾的眼神，讓男子心滿意足。

「謝謝妳們。剛才我本來想借妳們父親的車，開回我自己的車那裡，但暴風雪變得更強了，所以請他讓我在這裡等一會兒。」

「咦？風雪這麼大，您居然要回去大杉樹那裡嗎？」

「因爲我得回去拿樣東西……」

「會死掉的……」

「咦……？」

男子看著三姊妹說話，卻不知道是誰打斷他而陷入混亂。因爲沒有任何人動口。

「會死掉的，對吧？媽媽。」

女子們背後的棉被蠕動起來，躺在床上的小女孩探出頭來。

「沒、沒妳的事，妳、妳睡吧。」

鮑伯頭連忙爲女孩蓋上被子，就像要從男子的目光藏起女孩一般。

「我沒發現有小孩。抱歉把妳吵醒了，妳叫什麼名字？」

男子出聲，女孩睏倦地揉著眼睛回答：

「里眞。」

「里眞啊。好可愛的名字。妳剛才說『會死掉』？」

里眞只從被窩裡露出兩隻眼睛點點頭，仰望髮髻女說：

「下雪天不可以出去，對不對，母親？會掉下懸崖死掉，對不對？」

原來里眞是髮髻女的女兒？男子感到意外。因爲他覺得印象高冷的髮髻女，最缺少已婚女子特有的女人味，或者說氣質。

「謝謝妳擔心我，里眞。里眞還是小朋友，所以下雪天最好不要出去，可是大人沒問題的。」

聽到男子的話，不只是里眞，連鮑伯頭和雙馬尾都猛烈地搖頭。

髮髻女說這一帶的道路護欄並不完善，因此經常發生墜谷事故，在下雪天開車，形同自殺行爲。聽到這話，男子又火冒三丈起來。老人明知道這一點，卻沒有挽留他，而是把車鑰匙交給他，這讓他再次升起熊熊怒意。男子勉力壓抑怒火，裝出沒轍的表情：

「那麼，只能等到雪停了嗎？要是能知道這惡劣的天氣要持續到何時就好了。」

「里眞知道！」

里眞說著跳起來，從床下取出小收音機，用小手開始操作。好像要轉天氣預報給他聽。

然而伴隨著刺耳的雜音傳來的卻是當地新聞：當地某家老人安養院有住民連續橫死，結果發現是一名護理師在高齡男住民的點滴摻入消毒水，目前已經逃亡。

「接著是剛剛收到的訊息。本日下午四點左右，羊丘女學院附近的路上，發生了一起女高中生遭人擄走的案件。歹徒似乎開車逃往羊山方向。車種是……」

播報新聞的女播報員的聲音說到一半中斷了。

站在門口的男子推開反抗的女人們，從里眞手中搶過收音機，粗魯地關掉了。

「爲什麼要關掉？羊山就是這裡呢！」

里眞驚叫，想要搶回收音機，女人們也一陣緊張。緊繃的寂靜支配了塞滿了床鋪的狹小空間。

「還給我！那是里眞的收音機！」

三名女子沉默著，略低著頭盯著男子手中的黑色盒子。

女人們什麼都不說，里眞焦急起來，粗魯地拉扯鮑伯頭的衣服喊媽媽。

「媽媽，我叫妳啦！叔叔搶走了里眞的收音機啦！」

「抱歉抱歉。」男子總算對里眞擠出笑容。「不是搶，只是我想知道雪什麼時候會停，所以想轉到天氣預報。」

「那你幹麼關掉？」

「不小心的啦。這台收音機跟我的不一樣，不小心按錯了。」

男子牽動臉頰肌肉，擠出不自然的笑容，里眞定定地看著他，開口說：

「……難道是叔叔幹的？」

「什麼？」

「剛才新聞說的，抓走女高中生姊姊的人……就是叔叔嗎？」

「妳、妳在說什麼啊？當然不是啊！叔叔怎麼可能做這種事？我不是說了嗎，我只是想聽天氣預報而已！」

男子吼著里眞，顫抖地打開收音機，轉動頻道，但好像沒有任何一台在播氣象。男子深深地吁了一口氣，關掉收音機。

「沒播氣象，這台收音機再借我一下。」

男子刻意裝出開朗的聲音，但默默看著他的里眞，臉上一清二楚地寫著不信任。

「里眞，妳還在懷疑我？又沒有證據證明是我幹的。」

「叔叔想要回去自己的車，是因爲姊姊在車子裡面吧？」

「沒禮貌，里眞！」髮髻女斥責里眞。「我不是總是提醒妳嗎？老愛一口咬定事情怎麼樣，是妳的壞毛病。」

髮髻女想要打圓場，但她自己的表情也很僵硬，悄悄和鮑伯頭還有雙馬尾交換眼神。男子認爲，里眞會變得這麼頑拗，是因爲察覺到她們微妙的態度。

男子想要將這討厭的氛圍一掃而空，擺出笑容叫里眞：

「我剛才不小心關錯收音機，可是里眞妳也搞錯了吧？」

里眞瞪男子，尖著嗓子說：「里眞哪有搞錯什麼？」

「咦，不可以撒謊喔。我都聽到了。妳剛才叫她『媽媽』對吧？」

男子指著鮑伯頭說，里眞點點頭，露出「這怎麼了？」的表情。

「她是妳媽媽嗎？」

「對呀。」

「那，是那之前叫錯了嗎？」

「那之前？」

「喏，妳剛才叫她『媽媽』。」

男子以眼神示意髮髻女，里眞用力搖頭：

「才沒有，里眞才沒有這樣說。」

「妳說了，妳是不小心叫錯了吧？」

「里眞才沒有叫錯！」

男子只是想要當成笑話，化解尷尬的氣氛，里眞卻噘著嘴巴矢口否認。

「咦，我記得妳明明有叫她媽媽啊。」

「才沒有，里眞沒有叫錯，里眞明明就是叫『母親』。」

「咦？咦？什麼跟什麼？明明就叫錯了嘛。因爲她又不是妳母親。」

「不是，她是我母親。」

「可是，剛剛妳叫那個鮑伯頭媽媽……」

也許是受不了追問不休的男子，里眞鼓起腮幫子，仰望雙馬尾：

「媽咪，這個叔叔一直講莫名其妙的話！」

「咦？媽咪？」

怎麼回事？里眞叫髮髻女「母親」、叫鮑伯頭「媽媽」、叫雙馬尾「媽咪」……是這樣嗎？男子陷入混亂，用一種「這孩子在胡說八道欸」的眼神看女人們，但三個女人都回以「這怎麼了嗎？」的反應。

疑似違反時代、在遠離塵囂的這種地方過著近似自給自足生活的她們，果然還是跟一般人不同嗎？感覺如果問里眞是誰的孩子，會得到「上帝的孩子」這種答案，很恐怖。男子感到彷彿誤闖可疑新興宗教團體地盤的可怕，有些畏縮。

但女人們似乎也一樣害怕，髮髻女有些客氣地問：

「抱歉問個私人問題，請問您是來這裡做什麼的？」是在刺探男子和剛才廣播的案子是否有關吧。男子裝出最親切的笑容，說他來羊丘辦事。

「辦事……辦什麼事呢？」

「這……啊，哦，其實我是維護當地治安的義工，參加巡守隊，因爲接到讓人有些擔心的消息，所以過來確定一下。就是有個凶惡案件的犯人出獄了，現在住在羊丘。」

「凶惡案件的犯人？」

雙馬尾露出害怕的模樣，男子點點頭：

「歹徒當時未成年，所以沒有公布姓名，不過他是個很離譜的監禁犯，自稱『監禁王』，妳們有印象嗎？他監禁女高中生，被關進少年院，但很快就被放出來，再度犯下監禁案，殺死他第二個抓走的女高中生，非常凶殘。那個監禁王已經出獄——啊，他本來關在醫療少年院，所以不叫出獄，是出院嗎？雖然我實在無法原諒自己的稅金，被拿去浪費在治療矯正這種社會敗類上……總之那個垃圾出院以後，就住在羊丘。那麼可怕的傢伙就住在這麼近的地方，很讓人驚訝吧？」

女人們一臉驚恐地對望點頭，鮑伯頭用雙手摀住里眞的耳朵。

「他家似乎很有錢，他好像住在一棟豪宅裡，優雅地生活。網路上說他開高級進口車，這也是眞的，停車場停了一輛招搖的進口車，我守在外面，看本人會不會出來，卻等不到人，所以很晚才打道回府，想說翻越羊山，是回去國道的捷徑，沒想到暴風雪變大，落得投奔這裡的下場……」

說到一半，男子「啊！」地大叫：

「我怎麼都沒想到？剛才新聞說抓走女高中生的歹徒，一定就是監禁王啊！」

「這是……眞的嗎？」

里眞問，但女孩的眼睛不是看著男子，而是看著試圖摀住她耳朵的鮑伯頭。

「媽媽，這個叔叔是不是在撒謊？車子裡的人沒事嗎？問問看是不是還活著。」

「所以說，不管妳怎麼問，答案都一樣。因爲我並沒有撒謊。」

「不是。我不是叫媽媽問叔叔，是問神。」

「啊？妳在說什麼？說這種話，妳媽媽也不能怎麼樣吧？」

男子露出客套的笑容說，但鮑伯頭不理他，當場跪下，雙手交握，閉上眼睛。

男子俯視著口中開始喃喃念誦起來的女子，不禁傻住了。果然整家人都是宗教狂熱信徒嗎？他覺得詭異，而且感覺老人差不多要回來了，這也讓他提心吊膽。

「你覺得很蠢？」

被雙馬尾女子在耳邊細語，男子一驚：不小心寫在臉上了嗎？

「『媽媽』很厲害的。她眞的能跟神交談。一直以來都是，田裡的蔬菜快要乾死的時候，她好幾次讓天上下雨。」

乞雨嗎？

「這是眞的嗎？」

男子不是問說話口氣像小孩的雙馬尾，而是髮髻女，髮髻女以充滿慈愛的表情肅穆地點頭說「對」。

「既然如此，可以讓大雪立刻停下來嗎？」

男子壓根不相信乞雨這種不科學的事，但只要能讓這場暴風雪停歇，他連一根稻草，甚至是蜘蛛絲都想抓。口中喃喃念誦個不停的鮑伯頭忽然回頭仰望男子，明確地說：「沒、沒問題。」

「咦？眞的嗎？雪已經停了嗎？」

男子跑到窗邊看戶外，但風雪顯然比剛才更激烈了。雪到底什麼時候才會停啦？男子埋怨道，鮑伯頭以面具般的臉搖了搖頭，說她不是在祈禱這個。

「那，妳剛才怎麼說沒問題？」

「我、我是說你忘記的東西。車、車子裡的東西。」

據說能與神對話的女子這話，讓男子的背脊凍結了。

「那傢伙還……」

活著嗎？——男子慌忙吞下後半段。

「果然……果然就是這個人幹的！」

如此大喊的里眞，童稚的眼睛盪漾著恐懼的神色。

「你說忘在車上的東西，就是你抓走的高中生姊姊對吧？」

「不是、不是、不是，我眞的沒做那種事！」

「騙子！」里眞大叫，慢慢後退，和男子拉開距離，離開房間時，她對男子說：

「我要跟爹爹告狀！」

爹爹？

爹爹是誰？這棟小屋裡，還有里眞的父親嗎？

「爹爹非常非常厲害的！」

里眞恐嚇地瞪男子，說個不停。

「爹爹力大無窮。他在田裡種好多好多菜，重得要命的地薯什麼的，他都可以一個人搬。還有，就連一整頭羊，也可以嘿咻一聲扛起來。」

男子腦中逐漸形成一個健壯如職業摔角選手的里眞父親形象。

「叔叔才打不過爹爹！」

「里、里眞，等一下……」

里眞不聽男子辯解，跑到廚房去了。

4

男子求助地回頭，看見三名女子又彼此交換不安的眼神。

「那個，我不知道什麼神，可是我眞的沒有綁架女高中生。」

髮髻女和雙馬尾徵詢地看鮑伯頭，鮑伯頭一語不發，不帶感情的視線定定地望著男子。男子有種內心被看透的如坐針氈感，改變話題：

「呃，那個，里眞的爸爸是怎樣的人？」

「咦？」雙馬尾和髮髻女同時大吃一驚。

「啊，不是，因爲她剛才說要跟爹爹告狀，跑掉了……」

「哦，爹爹嗎？怎樣的人……你剛剛才見過他，已經忘記了嗎？」

雙馬尾納悶地歪頭看男子說。

「咦？剛才……剛才那個？」

男子腦中肌肉虯結的肉體一眨眼便萎縮變小，凜然精悍的面容深處，冒出不知道在想什麼的皺巴巴面無表情臉龐。

里眞說的爹爹，就是剛才那老頭嗎？

不是叫他爺爺或阿公，而是爹爹，表示老人不是里眞的祖父，而是父親？

這個家的家庭結構到底是怎麼回事？

如果里眞是老頭的女兒……表示以爲是老頭女兒的三個女人，其一是老頭妻子。

「呃，我還以爲里眞是老先生的外孫女，妳們三位是他的女兒……」

雙馬尾和髮髻女對望：

「你以爲爹爹是安的爸爸？我們彼此又沒有血緣關係。」

雙馬尾好笑地說，髮髻女制止「安」，同時男子也驚叫出聲：

「咦！妳們沒有血緣關係，卻在這麼不方便的地方一起生活嗎？老先生跟妳們是什麼關係……」

「窗、窗戶。」鮑伯頭突然插嘴，打斷男子的問題。

「咦？」

「得去窗戶才行。」

這是神諭嗎？鮑伯頭離開房間，髮髻女也跟上去，說：

「似乎修理得太久了，我也過去看看。」

「啊，那我也去。」

「不，不必麻煩。客人請留在這裡。」

髮髻女嚴厲地回絕男子的要求，用眼神叫來自稱「安」的雙馬尾，走出房間。男子不安起來，抓住想要跟上去的雙馬尾的手臂，食指豎在嘴唇前「噓！」了一聲。

「不是的。」

「咦？」

「妳們都在懷疑我吧？」

「什麼跟什麼？」

「呃，就是……」

「哦，懷疑你是不是擄走女高中生的歹徒？」

「我眞的沒幹那種事。或許妳們不相信，但我最痛恨撒謊。我絕對不會撒謊。」

男子大力主張，雙馬尾用力搖頭，微笑說：「安相信你。」

「咦？」

「安相信你不是歹徒。」

「咦？眞的嗎？」

「因爲你沒有做吧？」

「我沒有。絕對沒有。啊，就是，如果妳相信我的話，可以幫我跟她們說嗎？說不是我幹的。」

「嗯，好。」

「太好了。啊，不好意思突然攔住妳。」

男子放開原本用力抓住的雙馬尾的細手腕，忽然大吃一驚。因爲袖子捲起的白色肌膚上，布滿了無數鞭打般的傷疤。

「喂，這是什麼！怎麼搞的？」

雙馬尾慌忙放下袖子，遮住舊傷，想要逃走，但男子不放她走，把女子推倒在床上。他撩起寬鬆的棉料洋裝裙襬，不出所料，大腿上也有無數傷疤。

「是誰幹的？那個老頭嗎？」

「可惡，我絕不放過他。爲什麼？」

雙馬尾面露懼色，不停地搖頭，那模樣再次激起男子心中對老人的憤怒。

「……咦？」

「爲什麼妳要任由那種老頭虐待？爲什麼不逃離這裡？」

「呃……」

「不，妳怎麼會跑來這種地方？明明跟他沒有血緣關係。」

雙馬尾別開目光不肯看男子，什麼都不回答。男子抓住她纖細的下巴，硬是把她的臉扳向自己。害怕的雙馬尾正準備開口說話，隔壁房間傳來髮髻女尖銳的聲音：

「安！妳在做什麼？快點過來！」

雙馬尾的肩膀猛地一顫，離開男子。

「妳叫安是嗎？」

逃離男子，正要離開房間的雙馬尾聽到這話，停住腳步：

「呃……那個，最一開始，我們是被強抓來的。」

「被強抓來？」

安點了一下頭，跑去隔壁房間了。

「等一下，妳說被強抓來，意思是被綁架來的？」

不曉得是不是沒聽到男子的問題，她再也沒有回頭。

5

女人們果然是被那個老頭抓來的嗎？

正義感強烈的男子，心中對老人湧出滾滾沸騰的怒意。

明明是個老頭，居然讓比自己年輕兩輪——不，搞不好還年輕了近三輪的女人懷孕生子，不僅如此，還另外養了兩個女人，生而爲人，這絕不能原諒。

這麼說來，男子小時候住的集合住宅，也發生過那種噁心的犯罪。

一名男子綁架了四名年幼的女童，監禁了長達二十年之久，直到成年。他以洗腦和暴力支配女童們，讓她們相信自己是被囚禁在塔裡的不幸王子。他自己完全不事生產，以暴力榨取老父的收入，在狹窄的集合住宅空間裡打造出來的虛構世界裡，讓女人服侍他，爽快度日。

案子曝光，記得是七年前左右的事，不過當時男子已經搬走，不住在那裡了，但因爲與遭到綁架的女子們年齡相近，他對歹徒——對，記得歹徒叫大路一浩——那自私且卑劣到了極點的犯罪，感到強烈的憤怒。

大路的照片也帶給他極大的震撼。由於大路是個繭居族，網路上流傳的都是學生時代的照片，不過照片上的大路，是個樸素不起眼、看起來很陰險的臭肥宅。

男子拜訪當時住在那棟黃鶯集合住宅的朋友，到處打聽大路一浩的事，將大路和他家人的個人資訊公開在網路上。因爲難以置信的是，網路上居然有一大堆蘿莉控變態男崇拜大路，說監禁才是男人的浪漫。男子爲了避免相同的犯罪再次發生，在網路上徹底攻擊大路一浩和他父親，然而他的努力卻是白費，出現了將監禁王子當成神崇拜的監禁王這種人渣。監禁王毫不諱言他就是受到高塔監禁案的啓發，監禁、凌辱了兩名女高中生，其中一人遇害，另一人雖然被救出，但據說飽受創傷壓力症候群所苦，到現在仍然無法過著正常的社會生活。

可是，容貌可以說毫無半點魅力的大路一浩，怎麼會有人把他當成神崇拜？想到這裡，男子猛地倒抽一口氣。

因爲他在腦中想起的照片中的大路一浩的臉，和被問到家裡是不是有女兒、大受動搖時的老人的臉，重疊在一起了。

很像——

如果照片上穿著學生服的大路變老，是不是就會變成那種頹喪老頭？

大路一浩當時應該四十歲左右，事件後過了七年，所以是四十七歲前後，但以四十七歲來說，再怎麼說也太老了……

不，不對。

那個老頭不可能是監禁王子。

大路一浩不可能在這裡。

因爲案發當時，那傢伙已經死了。沒錯，他被自己綁架的女人們殺死了。

她們不是出於憎恨而殺害王子，而是爲了替遭到惡魔附身的王子驅魔，把他按進浴缸的水裡，結果害他溺死。

雖然確定不是大路一浩，但那個老頭長得很像他。剛才會有似曾相識之感，也是這個緣故。為何當時沒有想到？男子對自己感到氣憤。

「請問……」

男子沉浸在思緒中，沒發現髮髻女何時站在門口。

「什、什麼事？妳從什麼時候就站在那裡的？」

「我本來想出聲，但看您一臉嚴肅地在想事情，所以不好意思打擾您。」

「啊，哦，不，這不重要，倒是窗戶沒事嗎？」

「是的，謝謝您擔心。打破的窗戶勉強封起來了，但雪甚至吹進地下室了，所以正在處理散落的玻璃碎片和雪。」

「那我也去幫忙。」

「太不好意思了！應該很快就好，不能麻煩客人做這種事。不過感謝您的好意。」

「那個……那位安小姐有跟妳說了嗎？就是……」

「是的，她告訴我們了。我們也不認為您是綁架年輕小姐的歹徒。讓您不舒服了，里眞我們也好好罵過她了，還請您寬宏大量，當作小孩子的童言童語，原諒她吧。」

「啊，不，只要妳們了解不是我幹的就好了。」

「感謝您大人大量。我想您應該也累了，在暖爐旁邊鋪好了床，請您先休息吧。」

「啊，不，比起休息，我有事想說。」

「是，什麼事呢？」

「妳也是被那個男的抓來的吧？」

「那個男的？」

「當然是那個老先生啊。妳知道他是誰嗎？妳聽說過他的名字嗎？」

「咦？爲什麼要問這種問題？」

「我知道一個跟他非常像的人。妳聽到一定會嚇一跳。」

男子探頭確定廚房門關著，把臉湊近髮髻女，細語道：

「就是綁架了四名年幼女童，把她們監禁了近二十年的歹徒，大路一浩。」

聽到這個名字的瞬間，女人原本就白皙的臉失去血色，變得像紙一樣蒼白。

「那起事件很有名，看來妳知道呢。既然如此，那就好說了。大路一浩被他綁架的女人們殺死了，所以老先生不是他本人，但八成是他的親戚，流著一樣恐怖的血。所以也在這裡犯下一樣的罪行……」

「請等一下。我不懂您在說什麼。我們來到這裡，並不是受到任何人的強制，遑論綁架，您誤會大了。」

「爲什麼要隱瞞？我聽那個叫安的女生說了。她說她是第一個被強抓過來的……」

苦澀掠過髮髻女的臉頰，但很快就被哀憐所取代。

「您和她談過的話，應該也發現了，那孩子比實際年齡更幼稚許多。我想她是爲了引起別人的關心，才撒了那樣的謊。請原諒她。」

「的確，她說話的口氣有些幼稚，但看起來並不像在撒謊。」

「如果我們是遭到綁架，被迫帶到這裡，看到您的時候，不是應該要立刻向您求救才對嗎？再說，這棟小屋有任何用來監禁我們的工具或機關嗎？我們隨時都可以自由外出，實際上也每天去庭院幫忙農活，或是散步。」

「即使不用工具或機關，還是可以束縛妳們……以恐懼的力量。」

「恐懼……？」

髮髻女的臉頰緊繃，男子凌厲地說：

「妳們遭到那個男人暴力對待、洗腦，對吧？」

「……沒有這種事。他眞的對我們很好。您似乎有所誤解，但我們並沒有被綁架，也沒有被監禁。」

「長期遭到監禁的被害者，經常會像那樣替加害者說話。」

「怎麼會……？」

「妳聽說過斯德哥爾摩症候群嗎？」

男子滔滔雄辯地說，在如同這棟小屋的封閉空間裡，長期共同經歷非日常的體驗，被害者就會陷入對歹徒產生好感的心理狀態。

「您懂得眞多，眞是博學。」

髮髻女語中帶刺，但男子沒有察覺，覺得十分受用，笑著說個不停：

「我對心理學很有興趣，尤其是犯罪心理學。因爲我必須保護這個國家免於危害社會的害蟲摧殘。啊，有種現象跟我剛才說的斯德哥爾摩症候群相反，是監禁犯對被害者感到親近或共鳴這類特別的感情，妳知道嗎？」

女子默默搖頭，男子得意洋洋地說：

「這叫做利馬症候群。妳的話，應該記得日本駐秘魯大使館人質危機吧？恐怖分子和包括二十四名日本人在內的人質相處在一起，漸漸從他們身上學到異國文化與生活習慣，當秘魯軍方的特種部隊攻堅時，恐怖分子竟下不了手射擊人質，因爲他們已經把人質視爲老師般尊敬了。這起事件發生在秘魯首都利馬，所以被稱爲利馬症候群。」

「我了解您有極深的犯罪心理學造詣了……」

「啊，抱歉，我有些離題了。」

「爲什麼要告訴我這些？」

「因爲……」

男子目不轉睛地看著女人的眼睛，回答：

「我想拯救妳們。」

男子以誠懇的態度說，女子的表情變了：

「拯救我們？」

男子露出寬大的笑容，用力點點頭。

「呃、不，我們過得很好，您沒有必要救我們。」

「是嗎？但是看在我眼裡，妳們的生活相當不自然。像妳這樣的人，應該還有更適合妳的生活方式。」

「不，我對這裡的生活很滿足。」

「妳撒謊。像妳這樣知性聰明的女子，居然在這種地方淪爲老人的玩物，這太沒天理了。即使遭到老先生洗腦，聰明的妳應該也心知肚明，這棟小屋就像監禁王子打造的高塔一樣，是被看不見的牢籠所封閉的異常世界。」

女子睜大的眼睛裡，看似恍惚與懼色交織激盪。

「我會救妳。把妳從這座老害的瘋狂城堡救出來。」

男子說，抓起女子的手，女子倒抽一口氣，身體一顫，整個僵硬了。

「交給我就行了。妳從他那裡偷來可以當成武器的東西交給我吧。他剛才磨的菜刀，還有斧頭和鐮刀都是。還有，我想請妳找出可以證明老先生身分的物品。」

「要做什麼？」

「我覺得我的猜測不會錯，但還是想確定老人和大路一浩的關係。」

「確定這件事要做什麼？」

男子愉快地嗤笑了一下，宣言：

「對他揮下正義的鐵鎚。」

「您該不會要殺了他吧？」

「不必直接動手，只要把他趕出這棟小屋，明天早上應該就會凍成冰棒了。」

「怎麼這樣……」

「什麼冰棒？」

聽到童稚的聲音回頭一看，里眞站在門口。她睏倦地揉著眼睛，問髮髻女：

「母親，什麼冰棒？」

「里、里眞，已經整理好了嗎？」

「還沒有，可是有人叫里眞，所以里眞才過來。」

「沒有人叫妳啊。」

「騙人，你們剛剛在說里眞的事對吧？這個叔叔叫了里眞的名字。」

「咦？沒有啊……啊，利馬症候群啊（註）。那不是里眞的名字，是地名，跟妳沒有

註：里眞的日文發音RIMA和利馬相同。

關係喔。」

也許是不解其意，女孩愣愣地站在那裡，髮髻女溫柔地撫摸她的頭說：

「里眞，沒事的。妳睏了吧？先生，這孩子要在這裡休息，不好意思，可以請您到隔壁房間等我嗎？」

髮髻女行禮催促男子離開，男子對她耳語交代「讓她睡了就立刻過來」，走出床鋪並排的房間。

6

如同髮髻女所說，暖爐旁邊已經爲男子準備好床鋪了。一看到床，疲勞便一口氣湧上來，他有股想要直接倒下的衝動，但得先收拾掉監禁老頭才行。

男子躡手躡腳靠近，稍微打開拉門，探頭看廚房，看見破掉的窗玻璃用膠合板、紙板和藍色塑膠布等封起來了，但地板被融雪搞到淹水，玻璃碎片散落一地，鮑伯頭和雙馬尾正拚命擦拭清理。沒看見老人，但廚房地板的上掀式地窖門開著，底下透出燈光。那裡就是據說雪吹進去的地下室，老人應該在清理那裡。

男子估計老人應該還得費點時間，回到暖爐所在的客廳，接連打開抽屜和櫃子，尋找可以證明老人身分的物品。由於物品不多，可以藏東西的地方也不多，卻完全找不到記載有老人姓名的駕照或健保卡。櫃子裡有剛來到這裡的時候發現的女生書包，但一定是三個女人之一的，不可能裝著老人的物品。不過爲了愼重起見，男子還是打開背包翻揀，在內袋找到了學生證。

「羊丘女學院　2年A班　白鳥美月」。

羊丘女學院，記得是……

聽到動靜，男子嚇了一跳，抬起頭來。提著水桶從廚房走出來的鮑伯頭正盯著男子手中的背包和學生證。女子默默無語地就要折回廚房，男子衝上去摀住她的嘴巴。他就這樣抱起女子，把她按倒在暖爐旁邊的鋪蓋上，在她耳邊低語：

「不許出聲，安靜聽我說。那個老頭除了妳們以外，還抓了別的女人。羊丘女學院就是剛才廣播新聞提到的校名。在高中旁邊的馬路擄走女高中生的，就是那個老頭。」

被男子摀住嘴巴的鮑伯頭眼睛驚懼地張大著。

「錯不了。鐵證就在這裡。妳也是被那個老頭綁架，抓來這裡的吧？妳有沒有看見他把女高中生帶進這裡？」

被按住的女子一臉欲泣地左右搖頭。

「一定藏在哪裡。老頭現在在地下吧？他現在有什麼可以當成武器的東西嗎？」

掙扎的女子眼睛搖晃著，就像在傾訴什麼。男子要她保證絕對不會大喊大叫，放開摀住嘴巴的手。

「妳叫什麼?」

「惠、惠利香。」

「聽著，惠利香，不要吵鬧。要是吵鬧，小心吃苦頭。」

自稱惠利香的女子頻頻點頭，顫抖地說：「他、他有菜刀……」

「剛才磨的菜刀嗎?」男子咂舌頭，命令女子設法把菜刀弄過來。

「妳的話，老頭不會提防。這裡每個人隨時都可能被那個老頭用菜刀宰了。」

「他、他不可能這麼做。」

「妳在說什麼啊?妳也是斯德哥爾摩症候群嗎?他是個超級危險的老頭好嗎?他跟綁架監禁四名女童的歹徒大路一浩長得一模一樣。那傢伙八成是監禁王子的父親。監禁王子的父親也一起被逮捕了，但應該已經出獄了，而且父親的話，年齡也完全符合。」

男子說的話，逐漸剝奪了他按住的鮑伯頭臉上的表情。

「教人不敢相信的是，那個父親也一起住在案發的集合住宅裡——跟他的兒子，還有他兒子擄來的四個女童。他害怕被兒子揍，將近二十年都對那些女童見死不救，簡直畜牲不如，那個父親就是這裡的那個老頭。那傢伙出獄以後，就跟兒子一樣抓女人回家監禁……不，等等，或許是……」

男子沒注意到鮑伯頭失了魂般的表情，想了一下，放低了聲音繼續說：

「……會不會之前的事件，歹徒其實也不是兒子，而是父親？如果他把自己的罪行全部賴到兒子身上，又故技重施的話，那個老頭才是眞正的惡魔……」

「不、不可能！」

鮑伯頭語氣強硬地打斷男子的話。

「喂，叫妳小聲點。妳們只是被那個老頭洗腦，誤信了他。其實妳們很想逃離這裡，但因爲太害怕老頭了，不敢行動對吧？」

「不、不對，不對，不對！」

鮑伯頭激烈地搖頭，男子嘖了一聲，催促她快點去弄來菜刀。

「得在老頭從地下室出來之前全副武裝，否則被宰掉的會是我們。」

「不、不可能那樣的。」

「妳這女人也太不懂事了。既然妳能跟神對話，就直接問老天爺啊？問祂老頭是個多危險的傢伙。」

「危、危險的是、是你。」

「怎麼會？我不是說了，擄走女高中生的不是我，是老頭。」

「那、那你呢？你、你是做了什麼，才會逃到這裡來？」

鮑伯頭的話讓男子的神情僵住。就在目不轉睛地看著他的鮑伯頭準備開口時，廚房傳來「嘰、嘰」的鈍重聲響。

男子急忙跑到牆後，偷看廚房。老人嘰呀踩著階梯，從地下室上來。嗆鼻的臭氣撲面而來。見到現身的老人，男子倒抽了一口氣。老人右手抓著菜刀，全身血淋淋。

這駭人的一幕讓男子瞬間愣在原地，但他立刻回神，心想這樣下去會被殺，環顧房間尋找武器。他看見靠放在暖爐旁邊的撥火棒，伸手要拿，瞬間身子一個搖晃。似乎是疲勞瀕臨極限了。然而血腥味和腳步聲從背後節節逼近。男子粗魯地甩了甩頭，一把抓起撥火棒，朝老人跑去。渾身血跡的老人注意到男子，將血污淋漓的菜刀轉向他。男子朝老人的頭頂高高舉起撥火棒——

然而他無法揮下棒子。

一樣東西重重地撞上他的腰部，男子往前栽倒。

他立起膝蓋想要起身，卻突然被難以抵擋的睡魔襲擊，再次當場跪地倒下。

7

風聲消失了。

直到上一刻都還在狂暴敲打著窗戶的風似乎止息了。

雖然睜開了眼睛，卻一片漆黑，什麼都看不見。

這裡是哪裡？

他冷得一陣哆嗦。

難道自己是作了夢？

自己仍憑藉著隱約的燈光，在大雪天的山路行走，途中力盡倒地睡著了嗎？

不，雖然寒意侵人，但這裡不是戶外。

戶外的話，應該不會像這樣惡臭沉澱停滯。但這令人欲嘔的臭味，他有印象。

沒錯，這不是夢。因爲緊握住揮起的撥火棒觸感，從背後被不明物體撞擊腰部的疼痛，身體都記得一清二楚。

漸漸熟悉黑暗的眼睛，捕捉到開在天上的方形洞穴。

那是什麼？

是強風吹破了部分屋頂嗎？

男子想要伸手，才發現自己被綁住了。手腳都被細繩般的物體綁了起來。

昏沉的腦袋一口氣清醒過來，恐懼將男子拉回了現實。

是那個老頭。一定是那個監禁老頭指使女人們把他綁起來了。

虧他一番好意要救她們，那群女人簡直蠢到無可救藥。

不，也許是他把斯德哥爾摩症想得太簡單了。

該怎麼做才能逃出這個困境？男子全速動腦。

被腦袋有病的老頭綁住，這狀況讓他不得不做好死亡的心理準備，但他認爲還有勝算。簡而言之，就看怎麼利用那些女人們。

男子一面想，一面掙扎著試圖解開綁縛，這時天花板的方形洞穴冒出一張臉來。

「是誰？」

「看來您醒了。」

在朦朧的燈光照耀下，洞穴中浮現髮髻女的臉。剛才還有的梯子被拿掉了，但這裡應該是廚房的……

「……地下室嗎？」

「不，是羊舍。」

「羊舍？」

男子不明白，東張西望，但這裡不管怎麼看都是地下室。

「可惡，妳爲什麼……幹出這種事？」

男子忍不住咒罵，但他強自按捺湧上心頭的怒意，柔聲問道：

「老頭……不，老先生在那裡嗎？」

「沒有，他現在不在。」

男子鬆了一口氣，懇求說：

「他不在的話，立刻鬆開我手腳的繩子，放我離開這裡。」

「很抱歉，礙難從命。」

「爲什麼？我不是說要救妳們嗎？而且不是跟妳們解釋過那個老先生有多危險了嗎？妳們自己也朝不保夕啊！」

「不勞您擔心。我剛才也說過，那是您誤會了。」

「所以說，誤會的是妳們。另外兩個呢？跟老頭在一起嗎？」

「不，她們在這裡。」

雙馬尾和鮑伯頭的臉也伸進方形洞穴裡。

「啊，妳！剛才抱住我的腰，害我摔倒的就是妳吧？要是我那時候敲破老頭的腦門，妳們早就全部得救了，都是妳多事……」

男子向鮑伯頭抗議，卻遭到反駁：「他、他是個好人。」

都到這步田地，仍完全不理解狀況嚴重性的女人們，讓男子不耐煩起來：

「妳們也看到了吧！從地下室走出來的老頭渾身是血啊！再說，一個好人會折磨女人嗎？我看到雙馬尾的手臂跟大腿有無數傷疤，那是被鞭打的痕跡吧？另外兩個也被他折磨了吧?」

髮髻女和鮑伯頭同時搖頭。

「別撒謊了。難道那個老頭只打雙馬尾嗎?」

「安也沒有被爹爹打。」

「就叫妳們別撒謊了。我都親眼看到了。要不然妳們當場脫衣服給我看。」

「我們是有被鞭打的傷疤,但那不是爹爹打的。」

「妳們幹麼那樣包庇那老頭?我剛才不是告訴妳們了,監禁事件的被害者會對歹徒萌生好感,這種心理叫做斯德哥爾摩症候群。妳們不肯承認老頭犯罪,完全就是這種心理。妳們要冷靜下來,回想老頭對妳們做了什麼。啊,等等,先把我放出去再想。趁老頭回來之前,快點……」

「請放心。他出門去了,一時半刻不會回來。」

「出門去了?真的嗎?」

男子放下心來。

「啊,可是不是在下雪嗎?」

「六小時前停了。」

「六小時?這麼久?我昏迷了這麼久嗎?」

男子回想起失去意識時的狀況，覺得不太對勁。又沒有撞到頭，他卻爬不起來。當時他感覺到的，比起疼痛，更是強烈的睡意。

「藥……？我被下藥了嗎？是誰……」

來到這裡之後，男子吃到的就只有老人端給他的湯。

「那好喝得要命的湯裡面摻了安眠藥是吧？」

「你一直沒有睡著，爹爹很驚訝。」

男子瞪向滿不在乎地這麼說的雙馬尾，湧上心頭的怒意讓他的聲音顫抖：

「那個死老頭，果然打從一開始就想殺了我。」

「不，絕對沒有這樣的事。爹爹只是想讓您休息，絲毫沒有危害您的念頭。」

「就叫妳們不要替他說話了！世上有哪個正常人會對辛苦爬上大雪天的山路，奄奄一息找到這裡的客人下藥！老頭是不想被人發現他把妳們監禁在這裡。發現眞相的人，一定都像我一樣被下了藥，變成田裡的肥料了。」

「我明白您生氣的心情，但請您冷靜下來。他會對您下藥，不是爲了自己，而是爲了保護我們。」

「什麼？意思是如果我醒著，就會對妳們做什麼嗎？」

「爲了保護我們平靜的生活，爹爹覺得這樣做比較好吧。」

「妳應該是個聰明人，怎麼會做出這麼蠢的事？就算知道那老頭是監禁王子的父親，妳還是要包庇他嗎？」

不只是髮髻女，其他兩人也不作聲。「喂，」男子對女人們喊道，說出新提議：「順利的話，這可以讓妳們大賺一筆喔。我會告訴妳們怎麼做，總之先在他回來前放我自由。」

「要、要是解開繩索，你又、又會去殺他。」

鮑伯頭搖頭說，男子保證他絕對不會殺老頭。

「我不會殺他，而是要活捉他。」

「活、活捉？」

「要是知道監禁老頭是監禁王子的父親，媒體應該會像鯊魚一樣撲上來。要開價多少錢都不是問題。不僅可以對他做出正義的制裁，我們也可以大撈一筆。」

「您要把爹爹賣給媒體嗎？」

「對，我這人就算遇到逆境，也絕對要從中撈一把。順利的話，妳們也能分杯羹。不過我想要錢，並不是利慾薰心，而是要拿來做爲掃除社會人渣的軍資……」

「不管拿到再多的錢，也不可能有好日子過！」

髮髻女突然情緒性地大叫，男子傻眼地看她。

「妳生什麼氣啊？妳們是被害者，大可以理直氣壯，媒體會抨擊的就只有監禁妳們的老頭。」

「如果您眞的這麼想，很抱歉，您眞是太膚淺了。」

「妳說我膚淺？」

「如果您以爲只有加害者會遭到撻伐，那麼您眞的完全搞不清楚狀況。被害者也一樣會遭到媒體攻擊、屠殺。不只是媒體，還有出於好奇而瞎攪和的冷血之徒。」

「說得太誇張了吧，妳又知道了？又還沒眞的向媒體兜售。啊，沒空講這些了。快點趁老頭回來前幫我解開繩索。」

「他還沒回來。」

「少在那裡隨口搪塞，安。老頭只是去家居賣場之類的地方買材料修破窗吧？買完東西，一定馬上就會回來了。現在立刻放我自由！」

「您何必慌成那樣？在手腳被綁住的狀態下那樣掙扎，會受傷的。」

「怕我受傷，就快點給我解開！」

「您是否理解遭到監禁的人的心情了？」

「啊？」

「我們只是想，這樣或許能讓您對我們萌生好感。」

「在這種狀況，妳在扯什麼鬼話？」

「咦？可是這不就是斯德哥爾摩症候群嗎？是您告訴我們的吧？」

「這是在幹什麼？是什麼實驗嗎？妳們不要鬧了！」

「沒人在胡鬧。」

「斯德哥爾摩症候群，是妳們包庇老頭的那種感情！」

「不，那不是斯德哥爾摩症候群。我說過很多次，我們沒有被大路靖男綁架或監禁。」

「什麼？妳說大路靖男？那是大路一浩的父親對吧？」

「是的，沒錯。」

「妳們知道老頭的名字，表示妳們早就知道那傢伙是監禁王子的父親了嗎？」

被油燈昏黃的燈光照亮的三張臉同時點頭的景象，映在男子眼中顯得無比詭異。

「既然如此，妳們怎麼會跟那種人住在這裡？啊……妳們也是監禁王子的親人？」

「要說親人，或許就類似親人吧。我們一起生活了很久。」

「卡蜜拉姊姊，說出來沒關係嗎？」

「沒關係的，安瑪麗。」

男子一驚，交互看著髮髻女和雙馬尾。

「咦？咦？卡蜜拉？安瑪麗？不會吧，妳們就是那起高塔監禁事件的被害者？」

那起事件的被害者們，都以監禁王子爲她們取的名字彼此稱呼。

卡蜜拉、約翰娜、伊妲、安瑪麗。

「那，鮑伯頭是……伊妲嗎？」

沒錯，伊妲的本名應該是飯田惠利香。她自稱惠利香的時候，自己怎麼沒想到？明明之前其他人就叫雙馬尾「安」了……。

不，他沒發現是當然的。到底有誰能料想到，那起事件的被害者們，居然會再次遭到監禁王子的父親監禁？

「等一下，大路靖男出獄後，找到妳們三個人，把妳們再次監禁起來嗎？那我的推理還是說中了嘛！高塔監禁事件的眞凶不是大路一浩，而是父親大路靖男，對吧？」

四方形洞穴上方，三名女子面面相覷，看似微微苦笑。

「哪有這種事？安們才沒有被老爺子綁架或監禁，卡蜜拉姊姊都說了那麼多次，你都沒有在聽嗎？眞的是比安還要笨。」

「囉唆！如果妳們不是被老頭子監禁起來，怎麼會……？」

「是相反。」

「相反？」

「不是老爺子監禁了我們，而是**我們監禁了老爺子**。」

8

瞬間，男子不解其意，慢了幾拍，發出錯愕的聲音：「啊？」

「監禁犯不是老爺子，而是我們三人。」

對著驚訝到嘴巴合不攏的男子，卡蜜拉，也就是神居蘭子說了起來：

「就像你猜到的，我們三人是高塔監禁事件的被害者。我們幼時便遭到大路一浩綁架監禁，相信黃鶯集合住宅五〇一號室是一座高塔，然後監禁我們的歹徒大路一浩是被囚禁在塔裡的不幸王子，服侍了他將近二十個年頭。」

「妳真的就是那個卡蜜拉？我沒想到居然能在這種地方見到本人。我不是說過嗎？我對那起高塔監禁事件瞭若指掌。我小時候就住在那棟妳們被監禁的黃鶯集合住宅。」

「原來是這樣。真是奇妙的緣分。」

「太驚訝了，居然是妳們監禁大路靖男。妳們為什麼這麼做？啊，不，我也不是無法理解。那個老頭才是真正的主犯吧？」

「不是。」

「那是為什麼？啊，就算不是，老頭也因為害怕挨揍，坐視自己的兒子監禁妳們，是個泯滅人性、喪盡天良的傢伙。畢竟要是他堅持正義，妳們就不必犧牲了。我是站在妳們這邊的，所以可以讓我幫忙一起制裁大路靖男嗎？妳們說他出門去了，是騙我的吧？老頭在哪裡？」

「您很喜歡制裁別人呢。明明這與您毫無瓜葛。」

「我並不喜歡制裁。可是如果沒有人替天行道，社會就會敗壞，所以只好由我來做罷了。在這件事情上，不管殺掉老頭幾千幾百萬回，正義都在妳們這一方。因爲妳們的一輩子都被毀了。尤其是卡蜜拉小姐，妳本來是好人家的千金小姐對吧？在當地是有名士之稱的名望人家。」

「您怎麼知道？」

「爲了讓網路公審監禁王子，我想知道他監禁了什麼樣的女人，所以也查了一下被害者的事。不過主要都是網路資訊。我記得網路論壇有人提到，妳在五歲的時候被稱爲神童。這樣一個寶貝女兒時隔二十年平安歸來，家人一定很開心吧？」

「是的，家父、家母、家兄舍妹還有家祖父母都淚流滿面，欣喜而溫暖地迎接我回家，說他們沒有一天不想我。」

「我想也是，漫長到連一個嬰兒都可以長大成人的時間裡，妳都被剝奪了自由嘛。可是被關了那麼久，妳應該還是有機會逃走吧？」

卡蜜拉重重地嘆了一口氣，開口道：

「自從重獲自由直到今天的這七年之間，我被問過無數次相同的問題，但不管如何費盡唇舌，都不可能讓別人理解無法逃脫的我們的心情。」

男子在那強烈的語氣中感覺到近似責難的感情，訝異地問：

「妳在生氣嗎？我只是想說妳那麼聰明，應該可以更早逃走才對。」

「不，我並沒有生氣。總比醉後露骨地質問『監禁王子對妳做了哪些事』的人要來得好多了。」

「我懂。到處都有這種人，講些離譜的話，做些離譜的事，眞的是社會敗類。要打造更好的社會，就得把這種垃圾消滅才行。當然，監禁犯、殺人犯，還有不事生產只會浪費稅金的蛆蟲也是。」

「那麼，我們也必須被消滅才行呢。」

「什麼？爲什麼妳們要被消滅？」

「因爲我們也殺過人。」

男子想起被監禁的女人們殺死了大路一浩的事。

「哦，那不一樣。妳們是遭到監禁、洗腦才會殺人，不是妳們的錯。是監禁王子咎由自取。」

「在法庭上，我們也沒有被判有罪，但即使情有可原，我們殺了人仍是千眞萬確的事實。有人在我家房子牆上塗鴉『殺人凶手』，這也是我必須承受的。」

「不，這太過分了。」

「那是狹小的鄉下小鎮，光是有殺過人的人住在附近，就讓鄰里人心惶惶，難以忍受吧。」

「日本人心胸狹窄嘛，沒辦法容許脫離自己的群體或規則的異端。即使是非自願的，也一定要大肆攻擊才肯罷休。」

「或許就像您說的。因爲後來網路上開始說，我之所以會殺人，是因爲幼時與家人的關係有問題，連我的家人都遭到攻擊了。」

「啊……這麼說來，我好像有瞄到。說什麼妳遭到父親和哥哥性虐待。」

「家父和家兄絕對不是這種人。那是毫無根據的誹謗中傷。」

「……啊，這樣啊。我也覺得應該不是……可是……」

男子想起自己也曾在網路撒播這種說法，但決定不告訴憤怒得咬唇發抖的卡蜜拉。

「雖然絕大多數都是那類無憑無據的胡說八道，但其中也有眞的內容……」

當時蘭子的祖父和多名女性有不恰當的關係，以及母親被祖母責備「都是妳沒有顧好，蘭子才會被拐走」，導致精神疾病，這些事實被冷嘲熱諷地大書特書，似乎對延續多代的家業也造成了不小的影響。

男子覺得，正因爲是有點財產、有點名望的人家，更容易成爲攻擊的箭靶。

「因爲這些風波，嫂嫂由於精神過度操勞而流產，原本就要和無可挑剔的如意郎君踏上紅毯的舍妹，也被單方面退婚。全家被搞到精神衰弱，這時祖母說了一句話：『要是蘭子沒有回來就好了。』隔天我就離家出走了。」

「妳做得對。不管遇到任何困難，家人都應該彼此扶助，既然放棄這樣的義務，家人就不能算是家人了。再說，我認爲妳們家難說是正常的家庭，而且實際上也對幼時的妳造成了不良的影響。」

男子肯定卡蜜拉的話，然而卡蜜拉不知爲何，瞬間橫眉豎目，以猙獰恐怖的表情瞪住男子。雖然她很快就死心似地別開目光，但好奇的男子忍不住說了討好的話：

「啊，不過怎麼說，比上不足比下有餘，總比那個蠢媽媽要好多了。喏，那個叫女兒穿暴露衣物的媽媽。把小孩打扮得像AV女優一樣，就算被拐走，也只能說是自作自受……」

「你、你是在說我、我媽媽？」

不帶感情的冰冷聲音響起，伊姮——飯田惠利香以冷若冰霜的眼神瞪住男子。男子忍不住對自己輕咂了一下舌頭，但隨即轉念，認定自己並沒有說錯，豁出去說：

「喏，妳會像那樣講話結巴，也是小時候的環境害的吧？」

但伊姐平靜地反駁說，她是被帶進塔裡以後，才開始口吃的。

「我、我媽媽是個很好的人，她、她很會做洋裁，幫、幫我做了很多印花和有滾邊的可、可愛衣服。」

母親喜歡為女兒穿上可愛的服裝，但惠利香要求穿卡通角色的造型款式，所以母親幫她做了露肚臍的迷你裙禮服。應該是心存惡意的某人把六歲惠利香穿著那件衣服的照片上傳到網路，引來對母親的炮火，說是讓小孩穿成那樣，才會勾起綁架犯的歹念。

「我、我無法理解怎、怎麼能對一個女、女兒被拐走的母親，做、做出這種事。」

男子覺得她結結巴巴的語氣是在責備自己，但他心想自己雖然確實是跟著罵了那個母親，但照片又不是他傳的，背過臉不看說個不停的伊姐。

由於伊姐的母親僱偵探找她，女孩們才被救出生天，母親比任何人都要高興，然而看見生還後仍一再遭到可怕的記憶侵襲，並飽受恐慌症折磨的女兒，母親自責不已。當時讀國中的弟弟則在學校遇到霸凌，不肯上學，甚至開始對家人施暴，母親連這都當成自己的責任，全部往身上扛。

「我、我弟弟會遇到霸凌，不、不是我媽的錯。全、全部都是我害的……」

對於正值敏感年紀的國中生來說，光是姊姊是高塔監禁事件的被害者，就足以成為霸凌的目標。

母親為了孩子們，竭盡一切努力，但因為責任心太強，反而把自己逼上絕路，在家一索子吊死了——伊妲結結巴巴，但淡淡地述說。

當時伊妲與為她治療記憶復發的實習醫生發展成戀愛關係，甚至論及婚嫁，但結果遭到男方父母大力反對而告吹。

伊妲說，就在她告訴母親這件事幾個小時後，母親上吊自殺了。

「……妳的神在做什麼？」

男子背著臉喃喃道，伊妲反過來問他：世上真的有神嗎？

「啥？可是妳不是說妳能跟神說話……」

「我、我有時候會聽到聲音。可、可是我不知道，那是神的聲、聲音，還是惡靈的細、細語，還、還是……其實我已經瘋了……」

男子驚訝地看伊妲，但她似乎並不是在向男子尋求答案，唐突地改變話題：

「我、我想殺了他。」

「什麼？」

伊妲說，當她得知老爺子，也就是大路靖男出獄的消息，便想要殺了他。

她覺得如果不殺了大路靖男，實在愧對母親。

就在她煩惱該怎麼做才能查到大路靖男的所在時，卡蜜拉聯絡了她。

離家出走的卡蜜拉想，也許無處容身的不只自己，調查了其他三人的現況。

「我在網路上搜尋，發現有人把年幼的里眞的照片上傳到網路上，非常驚訝、心痛。我立刻透過律師，聯絡了她們。」

也許是聽到卡蜜拉的話，想起了當時，安瑪麗，也就是安藤眞理開始吸鼻子：

「要不是卡蜜拉姊姊和伊妲姊姊救我，安和里眞大概已經死掉了。」

七年前，從監禁中被拯救出來的安，帶著里眞回到母親身邊，但當時是單親媽媽的安的母親，好像正和一個比女兒還年輕的男人同居。

「是媽媽的男友擅自把里眞照片傳到網路。說是監禁王子的女兒，超好笑。」

照片被瘋傳，引發熱議，安和里眞被陌生人追逐騷擾。安逼不得已，只好搬出母親家找工作，但連小學學歷都沒有的她能找的工作有限，最後只能踏入特種行業。店家拿安是高塔監禁事件被害者這件事當噱頭，藉此攬客，而安爲了扶養里眞，拚命工作，但工作內容導致創傷壓力症候群所引發的暈眩日漸嚴重，甚至臥床不起，最後她帶著里眞在各家庇護所輾轉流離。

男子心想，好不容易倖存生還，卻只能過著這種骯髒的生活，這個女人實在可悲。

他想起在網路上看到她女兒的照片時，留言說監禁王子的女兒將來一定也會犯罪，爲了社會著想，應該趁早將惡魔的血統斬草除根，結果引來排山倒海的唾罵，但他當然沒有說出這件事，聆聽卡蜜拉的話。

「我們見了面，互道近況，也爲伊妲的經歷心痛，安瑪麗和我都同意向老爺子復仇。」

只要拿得出錢，要僱人查到大路靖男的所在，並不是難事。

她們把寄住在老朋友公寓的大路靖男找出來，難以置信的是，大路靖男乖乖地聽從，三人把他帶來這棟小屋，予以監禁。

「我們把他像現在的你這樣，捆住手腳，告訴他我們從塔裡被放出來以後，仍是多麼痛苦不堪。我們向他控訴，說伊妲的母親也等於是他兒子殺的，結果大路靖男飲泣著，不停道歉說全是他害的……」

那悲痛的哭聲打動了女人們，但也不可能就這樣放過他，三人痛罵大路靖男。

「我們逼問他，你是唯一能阻止他的人，爲何要視而不見，不肯對我們伸出援手？結果老爺子聲音顫抖地說了起來。」

大路一浩拐來首位被害者卡蜜拉時，靖男驚愕無比，立刻說服一浩把孩子放回去。然而一浩完全不聽，對不肯罷休地執意說服的父親發飆，把他揍到連話都說不出來。

即使如此，靖男依然不放棄，他想趁著一浩睡覺的時候把女孩帶走交給警察，但女孩的腳被手銬銬在床腳上。靖男沒辦法，準備打電話報警，但察覺他的企圖的一浩用菜刀切斷電話線，還用那把菜刀刺了靖男的腳，讓他跑不掉以後，把他揍到失去意識。靖男被打到鼓膜破裂，單耳失聰，但恢復到能夠走動以後，便假裝出門上班，去了派出所。當然，他是要說出實情，請警方去救出女孩，然而警察外出巡邏不在。相反地，出現在派出所的是尾隨跟來的一浩，靖男又被打個半死。

也許是不停地承受暴力，鬥志被摧折殆盡，即使女孩哭泣，靖男也無動於衷了。明明是發生在眼前的事，卻彷彿是螢光幕裡的戲劇，距離遙遠，靖男無法將它視爲現實，失去了正常的判斷力，拒絕思考，只能每天上班，淡淡地處理工作，捱過每一天。

據說大路靖男跪地磕頭，道歉說：那時候我一定是瘋了，因爲我的軟弱，剝奪了妳們二十年的黃金歲月，這是無可彌補的罪過。

「他淚流滿面的模樣，深刻地傳達出他的痛苦，我和安都不禁同情起來，和他一起流淚。」

但只有一個人，伊妲，將準備好的刀子指向大路靖男。靖男對這樣的她拚命懇求：「我絲毫不認爲這樣做能彌補什麼，但如果能讓妳痛快一些，也爲了安慰令堂在天之靈，請殺了我吧！」

伊妲回顧說，靖男那眼神是認眞的。看見想要以死謝罪的靖男，她醒悟到老爺子對她們來說雖然是可恨的加害者，但同時也和她們一樣是被害者。

即使鬆綁，老爺子也沒有逃走，爲女人們耕田準備食物，粉身碎骨地工作。在鄉間長大的老爺子精通農務，在充滿自然風物的這片土地生活，也撫慰了她們的心，拯救了她們——卡蜜拉說。

「說穿了，就是妳們跟老頭共鳴了嘛。這才是利馬症候群吧？」

男子有些得意地說，卡蜜拉回應道：

「或許是吧。但有些事，是只有在黃鶯集合住宅五〇一號室生活過的我們才能明白的。那個時候，那一戶確實是高塔，一切都瘋狂了。不管是我們還是老爺子，都必須扼殺自己的心，否則沒辦法在那裡生存下去。」

卡蜜拉深切的一席話，似乎讓寂靜更深了一層。

9

「等、等一下，妳們好像想要把老頭講成好人，可是他擄走了一個女高中生！而且他剛才渾身是血地從地下室走出來……」

男子連忙申訴，卡蜜拉斬釘截鐵地說：

「不，那不是老爺子做的。」

「不是，可是暖爐房間的櫃子裡，有羊丘女學院女高中生的書包……」

「您剛才不是說出答案了嗎？抓來那個女高中生的，不是大路靖男也不是您……」

「咦？那是監禁王嗎？」

「沒錯。」

「等一下，連監禁王都在這裡？」

「我們會決定住在這裡，是因爲掌握到消息，說監禁王的父母在羊丘買了房子，準備等他出獄後接他到那裡生活。因爲我們認爲他又會故態復萌。」

「監禁王怎麼會把拐走的女高中生帶來這裡？他的目的是監禁吧？」

「因爲老爺子告訴他，會提供這個地方讓他監禁被害者。」

「妳說那老頭？」

「老爺子是監禁王崇拜的監禁王子的父親，因此他樂意回應老爺子的聯繫，並相信老爺子編造出來、說其實他也樂在監禁之中的謊言。」

「然後，監禁王把女高中生帶來這裡？然後怎麼了？他們兩個人呢？」

「那位女同學，我們當然馬上就放她回去了。您在前來這裡的路上，沒有和載著她的車子擦身而過嗎？」

「沒有……妳們救了女高中生？」

「她一被帶上車，就被用摻了藥物的布迷昏，帶來這裡，應該什麼事都不記得。但我們不小心忘了把她的書包放到車上，所以打算託詞撿到，晚點送還回去給她，但這次的事，讓我們打消了念頭。萬一警方檢查書包，查到您的指紋，事情就麻煩了。」

「我不懂。妳們把女學生放回去，那監禁王呢？他在哪裡？」

「那裡。」安天眞無邪地指著地下室說。

「咦！」

安筆直地指著男子，他驚嚇回頭，細看周圍的黑暗，卻什麼都看不見。

「不是啦，是那邊啦。」

「太暗了看不到啦！他眞的在這裡嗎？可是無聲無息的……」

「直到剛才他還在那裡……在那間羊舍。就和現在的你一樣和我們說話。」

「那他怎麼了？妳們……把他殺了？」

「我們對他執行了您所說的正義制裁。」

男子膽戰心驚地回頭看背後。原來令人作嘔的臭味是屍體嗎？

「我來幫妳們。」

「幫我們？什麼意思呢？」

「就收拾善後啊。因爲我認爲妳們的行爲是正義的。」

「謝謝您。但他開來的高級進口車在風雪變大之前，就被我們推下山崖了……啊，或許是它造成土石崩塌的？若是這樣，等於是給您造成了麻煩，眞是對不起。」

「那，屍體也和車子一起處理掉了吧？在哪一帶？我也很擔心自己的車子，我現在就過去看看。」

「您剛才撒了謊，對吧？明明您說您討厭謊言。」

「咦？」

「監禁王的父母買給他的高級進口車，在您過來這裡相當久以前就在羊山了。您說您去看他的住處應該是眞的，但應該不是今天去看的。」

「……啊，那時候我因爲必須證明自己的清白，只好撒點小謊……」

「那麼，您過來這裡，眞正的目的是什麼呢？」

「那是……可以讓我去我的車那裡嗎？這樣我才能解釋。我很快就回來了。」

「爲什麼必須回去車子？」

「我要去拿忘在車上的東西啊。」

「您忘記的，是您以結婚爲前提同居的女子嗎？您是想確定她是不是死了嗎？」

男子驚訝無語，卡蜜拉接著說：

「您的車那裡，老爺子已經去過了。因爲他似乎也很好奇您到底要去拿什麼。」

「……然、然後呢？」

「您果然還是會擔心呢。老爺子找到您的車子時，車子已經沒油，引擎熄火了，在徹骨的寒意中，暖氣也停了。咦？您怎麼一副鬆了一口氣的表情？是我多心了吧？請放心，老爺子說車子裡的小姐平安無事。」

「咦？」

「應該是老爺子找到不久前，車子的油才用完的吧。老爺子說萬一引擎沒有熄火就危險了。因爲積雪都積到排氣管的高度了，萬一廢氣倒流進車子裡，很有可能引發一氧化碳中毒。」

「她，呃……說了什麼嗎？」

「是的，她意識清醒，告訴我們許多事。擄走女高中生的不是您，但地區廣播新聞有另一則消息，疑似在安養院高齡長者的點滴裡摻進消毒水的護理師，就是您吧？」

男子情不自禁地發出咂舌聲。

「臭女人……」

「聽說您以相同的手法，殺害了三名長者。」

「這都是爲了正義。毫無生產力的老人必須汰除，否則這個國家會被拖垮。捨姥山才是正確的習俗。我是爲了讓這個習俗復活，才會從事正義的活動。」

「啊，眞是了不起。既然如此，當安養院連續可疑死亡事件的凶手就是您這件事曝光時，您大可不用逃跑，如此主張不就得了？被您吩咐開車去接您，被迫載您逃亡的女友眞是太可憐了。聽到您壯大的計畫，她大吃一驚，勸您自首，演變成爭吵，最後竟被您拋棄在暴雪風的車子裡……」

「我沒有拋棄她。離開車子太危險，我是想要去求救。」

「抱歉，那是我誤會了。因爲您來到這裡以後，完全沒有提過要求救，所以我完全沒想到這個可能性。但我們從一開始就發現您十分可疑了。」

「嗄？少扯了，我哪裡可疑了？」

「如果因爲車子動彈不得，想要求救的話，應該要下山，到山腳下的城鎮才對。然而您在這樣的暴風雪中登山而來。唯一的解釋，就是您有無法回去城鎮的理由。」

男子大大地嘆了一口氣：

「……隨便了啦。我不會逃也不會躲，把繩子解開吧。痛得要死。無所謂了，反正警察馬上就要來抓我了。」

「請放心，警察不會來這裡。」

「咦？難道妳們願意放我走？要是這樣的話，我願意做任何事，先把這繩子……」

「造成您的不便，眞是抱歉，但因爲一些緣故，希望您可以就這樣等到明天。」

「開什麼玩笑？不行啦。幹麼把我綁在這裡啦？」

「您似乎對高塔監禁事件瞭若指掌，那麼應該知道除了我們三人以外，還有另一位叫約翰娜的被害者吧？」

「……對，我記得是負責煮飯的。」

「是的，沒錯。只有廚藝精湛的約翰娜適應了新生活，現在在老家的餐廳綿羊軒發揮廚藝。據說許多人爲了一嘗她的廚藝，天天大排長龍，生意興旺。雖然約翰娜那麼忙，但她有時候還是會來看我們。您來到這裡之前她才剛回去，然後她因爲有事，今天沒辦法再來了。」

「這跟我有什麼關係？幹麼等約翰娜……」

「不，當然有關係。因爲會烹調羊隻的，就只有約翰娜而已。」

「嗄？」

「對廚藝比別人更講究、精益求精的約翰娜，十分執著於只有這裡才能得到的食材，您之前讚不絕口的湯品，也是約翰娜用這裡的羊烹調的。」

「這裡的羊？我沒看到羊……咦？咦咦？唬我的吧，難道是……監禁王？」

「才沒有唬你呢。剛才安就跟你說在那裡了。」

男子按住之前安指的肚子部位，弓起身體，當場吐出從胃部深處逆流而上的東西。

「請別在意，伊妲說她明天會打掃。那麼，我們先告辭了。」

頂蓋就要關上，男子渾身沾滿嘔吐物，慌忙懇求：

「喂，不要關！拜託，放我出去！我可以爲妳們派上用場！妳們需要羊的話，我可以幫妳們帶來不事生產、不值得活下去的傢伙們，要多少有多少！所以放過我吧！不要殺我！」

正要關門的卡蜜拉半途停手，男子發現她在聽，拚命說下去：

「我想把妳們的羊舍當成我的拾姥山。兩邊都是爲了社會、爲了人類、爲了國家，是值得讚揚的正義活動。所以讓我們一起爲了正義……」

卡蜜拉高雅的輕咳聲打斷了男子的滔滔不絕：

「或許對您有幫助，我可以告訴您一件事嗎？」

「啊，啊！當然好！什麼都儘管說。」

「您之前告訴過我利馬症候群。聽到這件事，其實我有些擔心——擔心我們可能會對您產生感情。可是，現在我親身體認到，利馬症候群並不會發生在任何人身上，關鍵還是要看被監禁的人的人品。監禁王亦是如此，現在像這樣聽到您求饒的話，遺憾的是，絲毫無法引起我的共鳴，也完全打動不了我的心。」

男子呆呆地張著嘴巴看著卡蜜拉，卡蜜拉繼續說道：

「您似乎對犯罪心理學很感興趣，希望供您參考。您還有親身體驗斯德哥爾摩症候群的可能性，所以請在那裡盡情享受遭到監禁的恐懼吧。那麼……再見。」

男子拚命懇求，卻是白費工夫，掀蓋「砰」一聲關上，地下室被封閉在黑暗中。

因果報應之羊

1

成爲都市傳說舞台的廢洋樓，散發出一股拒絕來者，卻又似在妖異地引君入彀般的詭異危險氛圍。

「這棟洋樓，和十七年前一點都沒變呢。就彷彿只有這裡的時間停止了。不覺得只要踏進一步，就能變回高中生那時候嗎？」

表情有些陶然地注視著洋樓的眞行寺說，黑瀨果步子瞪大眼睛看向她的側臉。

眞行寺比果步子大兩歲，今年應該三十五歲了，然而她的肌膚卻光澤水潤，彷彿從內側散發光芒。

她很幸福呢，果步子心想。

念頭一起，內心便隨之波濤起伏。

她已經忘了我們在這裡做過什麼了嗎？

「我作夢也沒想到，居然能以這種形式和黑瀨學妹重逢。也沒想到這棟洋樓是歸妳們公司管理。」

幾天前，在不動產公司上班的果步子，手機接到高中戲劇社學姊眞行寺的電話。

自從高一退出戲劇社以後，兩人就再也沒有往來，眞行寺不知道從哪裡打聽到她的事，時隔十七年聯絡她，把她嚇了一跳，但最讓她震驚的，還是眞行寺的目的。

我打電話來，是想請妳帶我去看羊丘的廢洋樓……

許多人說高中時期是充滿幸福回憶的青春歲月，但對於就讀距離這裡走路不到十五分鐘的羊丘女學院的果步子來說，那卻是一段黑暗時代。

都是因爲這棟洋樓和羊目女。

她一直以爲對眞行寺來說也是一樣的……

不知道究竟是怎樣的孽緣，果步子竟成了這棟再也不想有任何瓜葛的洋樓的負責人，直到赴約前一刻，她都在考慮裝病反悔今天的約會。然而不可能有其他員工願意代理這棟大有來頭的物件的看房業務，而且原本論及婚嫁的男友犯罪失蹤，現在果步子可不能丟了手上的飯碗。

再說，眞行寺爲什麼會想要來這裡看房，她多少感到好奇。

果步子背對眞行寺輕聲嘆氣，從皮包裡掏出鑰匙。但要打開的大門鎖早已毀壞。

「啊，又來了。」口中忍不住吐出嘆息。

「咦，眞過分。到底是誰幹的……？」

「不曉得……不久前來的時候鎖也被破壞了，才剛換過而已。」

她聽說羊目女的傳聞沉寂之後的這七年左右，大門鎖都完好無損，但最近又開始有人想要侵入洋樓，甚至不惜破壞門鎖。

果步子懷著沉鬱的心情打開大門，眞行寺毫不猶豫地踩進門內。

眞行寺一面前進，一面張望荒廢但廣大的庭院，果步子硬著頭皮跟上去。

「學姊，這裡的傳說，現在還在女高中生之間流傳嗎？」

眞行寺在電話裡說，她現在在母校執教。

「傳說？」

「就是喏，羊目女……」

「啊，對啊。雖然沒有過去那麼火熱，但沒辦法徹底撲滅。愈禁就傳得愈凶，尤其是那個年紀的女生，最喜歡這類恐怖傳說。」

果步子也是一進高中，立刻就聽到了這棟洋樓的傳說。

以前住在這棟大宅的美女姊妹互相殘殺、有著一雙羊眼睛的女子砍斷多名男子的腳，將他們監禁在地下牢房，然後當她得知這些淒慘的事件不單單是傳聞，而是眞的就發生在自己就讀的學校附近，她驚訝極了。

然後這些眞實事件的最後，大部分都會附上另一段可疑的說法。

羊目女現在依然棲息在洋樓中，渴望祭品。只要依照傳說，獨自進入六角形房間，說出三次想要殺死的對象的名字，那個人就會在一星期以內雙腳被砍斷殺死……

當然，起初果步子只當成都市傳說，完全沒有當眞。但是某一次的經驗，讓她體認到羊目女眞的存在。

要是懷著好玩的心態，說出看不順眼的人的名字，後果不堪設想。

該怎麼做，才能讓溜進這棟洋樓的人了解這件事？這樣下去，悲劇又會再次上演。

走在稍前方的眞行寺忽然在倉庫前停下腳步。

看著她的背影，果步子心想：眞行寺的話，是不是能讓學生明白？因爲她是教師。

不，或許眞行寺會來到這裡，從一開始就是爲了這個目的。

如果說她是聽到告密或流言，指出侵入洋樓的是羊丘女學院的學生，因爲擔心學生安全，而以教師身分來這裡查看，這遠比考慮買房而來看房更合理多了。

無法拿到業績雖然是一筆損失，但她更想把這塊土地和建築物盡快塞給某人，永遠擺脫它，不過要賣給認識的人，還是讓她良心不安。

正當果步子準備開口詢問時，眞行寺倏地回過頭來：

「這裡土地這麼大，地點又好，怎麼會一直以廢屋狀態丟在這裡呢？」

「因爲是學姊，所以我才老實跟妳說……」果步子預先聲明，回答她理所當然的疑問。「雖然也有蓋公寓的計畫，但只要想拆掉建築物就會出事，這裡死過很多人。就算找人來驅邪祭拜也沒有效果，搞到最後，沒有半個業者願意接這裡的工程……」

「這樣啊，眞不得了。」眞行寺有些冷淡地應話，眼神望著不相干的方向。果步子循著她的視線望至倉庫門，嚇了一跳。

不知道是怎麼破壞的，比大門鎖更大的鎖頭是打開的。連倉庫都被人侵入了。值錢的東西都已經搬走了，所以應該不是小偷。

倉庫深處有一道密門，通往羊目女切斷男人的腳並監禁的地下牢。也就是說，這間倉庫是這片土地裡最不祥的地點之一。

果步子完全無法理解怎麼會有人想看這種恐怖的地方，但渴望探訪凶案現場和靈異地點的好事之徒是前仆後繼。

既然注意到門鎖被打開，就必須檢查裡面，但果步子害怕得裹足不前。

幸好眞行寺似乎沒注意到鎖壞了，只瞥了一眼，隨即又把臉轉了回來：

「天色漸漸暗了，差不多可以帶我進去看裡面了嗎？」

眞行寺說，離開倉庫前，果步子連忙追上，告訴自己：倉庫的鎖就當沒看到好了。

「學姊，妳結婚了呢。」

果步子走向洋樓，同時提出一直在意的問題。眞行寺的左手無名指上，一只戒指閃耀著。「恭喜學姊。我戲劇社中途就退社了，畢業後和高中同學也幾乎沒有聯絡，所以完全不知道。」

坦白說，果步子覺得很意外。因爲在看到前來這裡的眞行寺的臉之前，她都私下認定眞行寺也跟她一樣，過著距離幸福遙遠的生活。

「謝謝。我先生妳也認識喔。」

「咦？」

腦中當下浮現一張臉，果步子連忙甩掉。但是對於沒有太多朋友的果步子來說，說到她和眞行寺都認識的男性，她只想得到一個人。

「難道是……芝辻老師？」

她提心吊膽地說出這個名字，立刻被否定「怎麼可能」，安心和罪惡感同時在果步子的心中擴散開來。

「妳還記得希斯嗎？西高的。」

「咦？！希斯是那個跟我們合演《咆哮山莊》的希斯克里夫嗎？」

「對對對，我跟他結婚了。」

太意外了，果步子啞然。

當時眞行寺應該正爲戲劇社顧問的年輕男老師芝辻痴迷，完全沒把希斯放在眼裡。直來直往的眞行寺沒有隱瞞自己的愛慕，直接向芝辻表白，對他死纏爛打，客套也稱不上美女的她的這些行動，惹來其他社員的訕笑。

芝辻老師好可憐。社長自以爲是老師的女朋友，可是她那樣根本就是跟蹤狂嘛——同樣三年級的英玲奈等人私下說眞行寺的壞話，但眼中只有芝辻的眞行寺，應該也充耳不聞吧。

眞行寺被選爲社長，也不是因爲受到愛戴，大家只是想把麻煩的雜務推給生性認眞的她而已。英玲奈和眞行寺不同，很受歡迎，有許多跟班，形同戲劇社最具權力的地下社長。

雖然沒能成功討好英玲奈的果步子，也和眞行寺一樣在社內格格不入……

「他成爲演員了。」

眞行寺眼睛閃閃發亮，得意地說。

「咦……眞的嗎？太厲害了！」

可是從來沒在電視或電影看過他，應該不紅吧。

不過當時他演出的《咆哮山莊》舞台劇，果步子現在也能歷歷在目地回想起來。平時毫無存在感的他，只要站上舞台，就會彷彿被附身似地變了一個人。大家都用綽號「希斯」叫他，因此果步子連他的本名都想不起來，但希斯克里夫那如利刃般的冷酷和近乎駭人的瘋狂演技，現在依然烙印在果步子的腦中，全未褪色。

當時果步子很想在同一場戲中飾演女主角凱薩琳，卻未能如願，因此也許留下更深嗎？

的遺憾。社長眞行寺也一樣強烈渴望飾演凱薩琳，所以是這段緣分讓他們兩人結婚了

「其實我先生現在就在附近。」

「啊，這樣嗎？是來工作還是什麼嗎？」

「嗯，差不多。」

眞行寺幸福地一笑，眼角便往下掉，凹陷的三白眼也變得不那麼明顯了，但依然帶有凶色，實在稱不上美。果步子忍不住在內心唾棄「明明能看的就只有皮膚」，接著陷入自我厭惡。

因爲她就是覺得，明明做過一樣的事，卻只有眞行寺得到幸福，太沒道理了。

心中浮現曾經在這裡聽到的話：

一切都是因果報應——

這麼告訴她的，是一名叫天宮的靈媒。

果步子會負責這棟洋樓，是因爲前任負責人死於意外，她被調到了業務部。

不只是那名前任負責人，公司裡連續發生不幸事故，雖然無法解釋與這棟大有來頭物件的因果關係，但還是讓人毛骨悚然，因此果步子請人來驅邪。

朋友介紹的天宮乍看之下是個平凡無奇的中年婦人，但果步子也看得出她能看到一

般人看不到的東西，驚駭不已。

就像帶天宮參觀那時候那樣，眞行寺從果步子打開的洋樓正門踏入玄關大廳。

在昏暗恐怖的走廊上前進，眞行寺喃喃：「好可怕呢。」

果步子吃驚地看向第一次吐露怯意的眞行寺，但眞行寺指的卻是到處腐朽脫落的走廊地板。

「這樣置之不理很危險。就算哪天鬧出重大意外也不奇怪吧？」

「啊……嗯，當然，老舊腐朽的建築物也有可能倒塌。」

眞行寺只是點點頭，繼續經過走廊，看到她那副模樣，果步子困惑起來。

十七年前來到這裡的時候，眞行寺應該更害怕才對。

她眞的是那個眞行寺學姊嗎？

不，她那張臉那麼有特色，實在不可能是別人，但眞行寺與自己對羊目女的恐懼的落差，還是讓她感到極不對勁，甚至讓她興起這種疑問。

在目不轉睛地觀察的果步子面前，果步子毫不猶豫地打開那個房間的門。

六角形房間……

進入房間的眞行寺，她的背影和靈媒天宮的背影重疊在一起了。

除靈前，果步子沒有提供任何這個房間的資訊，然而天宮卻彷彿受到引導一般，從玄關目不斜視地進入六角形房間，說：

「啊，這裡是餐廳呢。」

離廚房最遠的房間不可能是餐廳，果步子立刻說明這一點：

「記錄說這裡以前做過畫室，不過不是餐廳……」

天宮搖頭打斷果步子，說不是人類的餐廳。

「與其說是餐廳，更應該說是獵食區呢。這裡累積太多不好的東西了。」

「咦……？」

憎惡、怨恨、憤怒、嫉妒、乖僻、輕蔑、畏懼、執著、嫌惡、敵意、不信任、絕望——所有負面感情都盤踞在此，棲息在這棟屋子的惡靈就吃著這些東西存活——天宮這麼說。

她的話讓果步子狼狽不堪。

人們在六角形房間許願要求殺死某人，傾吐出來的感情，幾十年來就像看不見的污泥般堆積在此處，也是合情合理。果步子完全沒有提到這個房間，天宮卻一語道破，她果然看到了不好的東西。

回頭望向驚慌的果步子的天宮，眼睛深處帶有憐憫的神色。

她一定看到了。盤踞在房間的負面感情中，有果步子散發出來的「嫉妒」。

因爲天宮這麼說了：

一切都是因果報應……

「因果容易讓人解讀爲不幸的命運，因是『原因』，果是『結果』。以善行種下善因，就一定能得到善果；而惡行種下的惡因，就會招來惡報。常有人爲自己的不幸怨天尤人，但那也是自己種的果，一切都是自己行爲帶來的結果。」

天宮告訴果步子，曾在這六角形房間吐出要求殺人的惡意的人，一定會自食惡果。因爲羊目女能夠存活到今日，也都是因爲果步子這種人種下的惡因結果。

「惡行沒有辦法抵消嗎？」

果步子忍不住問，天宮毅然斷定說：

「沒辦法。」

「那，該怎麼辦才好？」

「累積善因吧。再小的善因都可以。」

天宮說完，深深點頭，焚香開始準備除靈。

天宮連六角形房間的每一個角落都仔細灑上淨鹽和聖水，誦起經文般的內容。儀式開始後，她的表情立刻變得嚴肅，房間裡的氣氛截然不同了。

站在門口的果步子也突然感到全身沉重，頭就像被緊緊地箍住一般發痛，跪了下來。天宮察覺，中斷儀式跑近果步子，看著她的眼睛誦經。然後她做出祓除什麼的動作，結果頭痛一下子就煙消霧散了。

「妳不能待在這裡。」

天宮在果步子的頭和身體灑鹽，命令她離開洋樓土地等待。果步子就要離開時，天宮叫住她。「妳要堅強起來。」她在果步子耳邊細語道。

因爲那東西會附在軟弱的心靈上……

2

現在，眞行寺站在六角形房間的中央。

她的腳邊，正盤旋著現在仍有人繼續排出的負面感情嗎？

不管再怎麼睜大眼睛，果步子什麼都看不見。雖然看不見，但她覺得她所吐出的嫉妒感情，現在仍滯留在此地。這讓她害怕得不得了。

這個房間果然很可怕。才剛走進來，她的心卻在吶喊著好想立刻衝出去，逃之夭夭。然而，爲何眞行寺可以那樣滿不在乎？

「學姊怎麼會打電話給我，說想看這棟洋樓？都已經過了十七年了。」

果步子把心中一直存有的疑問說出口來。「咦？」眞行寺回頭的臉上毫無緊張感。

「學姊怎麼能這麼冷靜？妳不怕這裡嗎？明明出過那種事……」

「那種事？」

「咦？學姊不可能忘了吧？十七年前的那件事啊。」

眞行寺歪頭納悶的模樣，讓果步子目瞪口呆。一直折磨著她的過去記憶，對這個人來說，竟是可以拋諸腦後、不算什麼的小事嗎？

「學姊，十七年前某夜，我們來過這裡吧？來到這個房間。爲了把那兩個人獻祭。」

眞行寺呆呆地看著這裡的反應，讓果步子背脊發涼。

「請別鬧了，學姊不可能忘記吧？芝辻老師和英玲奈學姊的事。」

連要在這個房間說出這兩個名字，都教人膽戰心驚，但果步子也看出來了，聽到名字的瞬間，眞行寺原本空洞的眼睛一口氣聚焦了。

「芝辻老師和英玲奈。」

「對啊，是眞行寺學姊找我來的啊。妳說：『欸，要不要把芝辻老師和英玲奈獻祭給羊目女？』」

那是在與西高聯合演出的舞台劇《咆哮山莊》選角時的事。

志願飾演女主角凱薩琳的，只有眞行寺、英玲奈和果步子三個人。

三人要在社員面前演出凱薩琳一角，至於要選擇誰擔綱，由顧問老師芝辻一樾定音。據說直到前一年，都是由全體社員投票決定選角，但戲劇社社員大半都是英玲奈的跟班，如果採用過去的做法，票會集中在英玲奈身上，因此眞行寺強行改掉這項慣例。

老實說，果步子胸有成竹。雖然自己才一年級，但被選上的機會很大。

長得漂亮、身材又好的英玲奈，確實具備引人注目的光采，但可惜演技幼稚，只有才藝表演水準；而眞行寺的演技雖然比英玲奈像話，但她那張臉實在上不了檯面。

相較之下，兒時就參加兒童劇團，國中也在戲劇社擔綱女主角的果步子，對自己的演技自信十足，而且各方面條件應該都很平衡。

說來天眞，當時她還夢想將來能成爲演員，認定那場《咆哮山莊》會是她嶄露頭角的契機。

最重要的是，她想要登上芝辻老師指導的舞台。

在只有女人的世界裡，年輕的芝辻老師那身黝黑的皮膚，襯著咧嘴笑時的潔白牙齒，實在是過度耀眼了。

沒錯，果步子也和眞行寺一樣，愛慕著芝辻老師。但不是像眞行寺那種單方面的愛慕，起初和芝辻像朋友的打鬧，漸漸變得如兄妹般的相處，最後發展成情侶般的親密關係，兩人甚至片刻不離身地佩帶著同款幸運繩環。她聽說在堂姊辦婚禮的馬爾地夫，當地人都會爲彼此戴上幸運繩環代替戒指，所以親自編了一條送給芝辻。

芝辻也樂於爲她單獨指導演技，對她讚不絕口，果步子確信芝辻不可能拔擢她以外的人擔綱女主角。

然而結果揭曉，芝辻選擇飾演凱薩琳的，竟是英玲奈。

果步子大受打擊，幾乎崩潰，這時眞行寺接近悶悶不樂的果步子，說：

英玲奈和芝辻在社辦擁抱接吻。

「英玲奈會被選上，是因爲她利用肉體，死乞白賴地逼迫、誘惑老師。他們兩個都一樣骯髒噁心。絕對不能原諒。」

果步子只和芝辻打情罵俏過，別說親吻了，甚至沒有被他擁抱過，這個事實帶給她幾乎天旋地轉的強烈打擊。

她不知道那個時候自己怎麼會一時衝動，和根本不親近的眞行寺一起到這棟洋樓。

她只知道自己實在太幼稚、太膚淺了。

芝辻不曉得是不是太想當萬人迷了，對每個人都陪笑臉，在對男人毫無免疫力的女校學生裡，還有許多像果步子和眞行寺這種會錯意的女生。事後她才知道這件事。

「我拿芝辻老師獻祭，妳說三次英玲奈的名字。」

眞行寺會找上果步子，是因爲她認爲自己一個人沒辦法同時將兩個人獻祭。

果步子不是被眞行寺強逼，百般不願地一起去的。當時果步子也惱羞成怒，認定那兩個人把她傷得這麼重，理當要受罰才對。她不認爲只是在六角形房間念出三次名字，羊目女就眞的會幫忙砍斷對方的腳，但她期待兩人會遇到某些不好的事。

果步子和眞行寺一起三更半夜溜進洋樓，在六角形房間遵照傳說內容，獻上了祭品。當時這棟洋樓也非常恐怖，但憤怒蒙蔽了她的理智，所以她才能付諸實行。只是在六角形房間念出名字的時候，明明沒有風，門卻自己打開，感覺有什麼東西走了進來，接下來果步子就嚇到連滾帶爬地逃回去……

然而後來好一陣子，芝辻和英玲奈都毫無變化，果步子雖然有些失望，覺得果然只是都市傳說，但一方面也放下心來，結果就在社長眞行寺目擊到社團活動結束時兩人在一起以後，芝辻和英玲奈就此人間蒸發。

一開始英玲奈的父母大吵大鬧，指控是芝辻拐走了英玲奈，鬧得沸沸揚揚，但是在知道英玲奈的強勢以及兩人關係的戲劇社社員之間，都認爲兩人是因爲遭到父母反對交往，所以私奔了。

但還是留下了爲何要在《咆哮山莊》聯合演出前消失這個謎團，果步子私下不安：難不成他們眞的成了羊目女的祭品？

幾天後，不安成眞了。

流經羊丘的河川下游處，找到了英玲奈的屍體。

公開的死因是溺死，但因爲時日已久，似乎難以斷定是犯罪、意外事故還是自殺。

當然，一起失蹤的芝辻被懷疑牽涉其中。但他的下落依舊不明。

英玲奈的死，對果步子造成了莫大的衝擊。

雖然腳沒有被砍斷，但英玲奈顯然是在她們將兩人獻祭給羊目女的一星期以內過世的，實在不可能沒有關係。如此一想，芝辻是不是很可能也已經死掉了？

驚惶不安的果步子這麼對眞行寺說，眞行寺卻不知爲何暴跳如雷，叫她不要烏鴉嘴。

她說：芝辻老師才不可能死掉。

果步子猶記她很傻眼：明明是眞行寺主動把芝辻獻祭的，她竟還對芝辻念念不忘？

至於英玲奈，眞行寺狠毒地說她死了是罪有應得，還說萬一眞的是她們讓英玲奈成了祭品，殺死英玲奈的也不是她們，而是羊目女，所以跟她們無關，沒絲毫罪惡感。

這樣的眞行寺讓果步子害怕，她退出戲劇社，剩下的高中生活，就在對羊目女的恐懼之中過去了。

一切都是因果報應……

殺人可以說是最嚴重的惡因吧。即使不是親自下手，希望他們死掉的果步子，高中畢業後的人生果然也是一連串的不幸，慘不忍睹。

唯一讓她感受到幸福的，就只有進入不動產公司後，和一見鍾情的前輩交往，但最後也被比自己小的後輩橫刀奪愛，兩人結婚後，果步子的精神狀態變得極不穩定，每天上班都讓她覺得宛如身處地獄般痛苦。

好不容易振作，和安養院的男護理師交往，結果對方居然在病患的點滴裡摻進異物，是連續不明死亡事件的凶手，果步子在不知情的情況下協助逃亡，還被拋棄在雪山中的車裡，差點丟了小命。自從那個大雪天後，男友就此失聯，也不知道他的下落。

如果把這些都當成是在這裡祈禱兩人死掉的惡因帶來的惡果，確實一切都說得通。

然而，犯下相同惡因的眞行寺，看起來卻比當時更要幸福太多了。果步子湧出一股衝動，想要打聽在她不知道的十七年間，眞行寺過著怎樣的生活？

但是叫出「眞行寺學姊」的瞬間，問出口的卻是不同的問題：

「妳覺得……芝辻老師還活在某處嗎？」

她應該是希望眞行寺點頭。

她希望這個人就像那時候一樣，說：芝辻老師才不可能死掉。

因爲即使曾在這裡吐露負面感情的過去不會改變，如果她們詛咒的對象沒有成爲犧牲者，感覺還有一絲救贖。

然而眞行寺靜靜地搖頭說：「老師……死掉了。」

「爲什麼妳會這麼想？那時候妳明明說他不可能死掉。」

「因爲當時我希望他活著。那時候我不想失去老師……」

眞行寺表情扭曲，低下頭去。

「……我詛咒做出那種事的自己。如果時光能夠倒流，我好想回到十七年前，阻止我自己。」

啊，這個人跟我一樣後悔，果步子心想。應該是不盡然幸福的這十七年間讓眞行寺有所成長，改變了她的思維吧。

用祈禱般的眼神看著六角形房間的眞行寺忽地開口：

「我決定了。我要買下這裡。」

瞬間，果步子沒意會過來，慢了幾拍後「咦？」了一聲。

「買下這裡？學姊，妳在說什麼？」

「說什麼？今天叫妳帶我看房，就是爲了買房子啊。」

「可是，這裡是羊目女的洋樓！」

「所以才要買。只要我住在這裡，就沒有人可以非法入侵，可以保護學生了。」

「學姊果然是這個打算。可是，爲什麼妳願意做到這種地步？」

「因爲我覺得這是我該做的事。」

凹陷的三白眼浮現堅決的神色。

也許眞行寺就是像這樣不斷地累積善因，才能得到今天的幸福。

「妳先生同意嗎？」

「對，他人很好，說我想要怎麼做就怎麼做。而且從土地房屋的大小來看，價格也低到難以置信。」

確實，考慮到各項條件，簡直是跳樓價，但便宜的東西，自有便宜的道理。

「學姊，妳剛才說要住在這裡？」

「對，我這麼打算。如果動手拆除就會出事，那就翻修，看看狀況。當然，在那之前我會先找人好好驅邪祭拜一番。」

居然考慮得這麼周詳，果步子相當吃驚。

如果能夠談成這場買賣，感覺就可以跟這棟不祥的屋子分道揚鑣，脫離不幸的輪迴，而且果步子在公司也會獲得肯定，百利而無一害。可是……

一切都是因果報應……

一番天人交戰後，果步子懷著斷腸的決心，選擇了種下善因的道路：

「學姊，我有話告訴妳。這棟房子歸我負責之後，我立刻請人來驅邪了，是一位姓天宮的靈媒……」

果步子告訴眞行寺，身爲靈媒擁有許多輝煌成績的天宮如何爲這裡除靈，處理得又是多麼棒。

「天宮女士說爲了安全起見，要我在房間除靈結束前在外面等待，總算接到結束的通知回來一看，天宮女士憔悴得判若兩人……」

天宮什麼也沒有說，但看見精疲力盡、身心交瘁的她，果步子可以理解她對付的是多麼可怕的東西，而且就算是門外漢，也清楚再繼續下去會鬧出人命。

聽說過去委託的神社神主們，不用一小時就完成建築物和土地整體的驅邪工作，但天宮一到洋樓前就眉頭深鎖，說要爲這棟建築物從除靈到淨靈，一天是不可能的。

倉庫的除靈，我想要一星期後再來。

天宮如此要求，果步子同意，與她道別了。

然後約好的當天，果步子在洋樓前面等天宮。

然而不管等上多久，信賴的靈媒都沒有現身。

打電話傳訊息都沒回應，束手無策的果步子請介紹人幫忙聯絡，這才得知天宮已經過世。聽到天宮爲洋樓除靈六天後，便因爲心臟衰竭而猝死，果步子止不住全身戰慄。

「說出這件事，眞行寺學姊應該就不會想要再買下這裡，但我覺得無論如何都必須讓妳知道。這裡眞的……」

這時忽然傳來腳步聲，果步子嚇了一跳，立刻收聲不語。

踩過走廊靠近的腳步聲，就停在了這個房間前。

3

果步子「噫」地倒抽一口氣，和眞行寺對望。

十七年前，果步子確實感受到了。明明沒有風，這個房間的門卻打開來，羊目女走了進來。雖然沒看見人影，但不斷逼近的拖行的腳步聲，至今仍烙印在耳底，揮之不去。

但現在果步子沒有說出任何人的名字，也沒有祈禱誰死去。

然而明明沒風，內開的門卻發出吱呀聲響，慢慢地打開來了。

果步子尖叫，忍不住逃向與門相反的牆壁，但是從門縫間露出來的臉，不是有著羊眼睛的女子，而是一名體態肥胖的中年男子。

那名其貌不揚的男子也張大嘴巴，盯著果步子和眞行寺。

「咦？還以爲是高中女生……」

進房間來的男子以更加不客氣的眼神打量兩人：

「妳們到底在這裡做什麼？」

「這、這是我要說的話！」

果步子總算振作起來回敬說。

「你才是，在這裡做什麼？你這是不折不扣的非法侵入民宅！」

得知果步子是管理這棟洋樓的不動產公司的人，男子點頭說「原來如此」，遞出名片——工藤偵探事務所所長，工藤正和。

「偵探事務所的所長？」

「其實有個失蹤的女高中生父母委託我幫忙找女兒，這裡或許有什麼線索，請讓我調查一下吧。」

工藤伸手擺出膜拜的動作，行禮懇求。

聽到失蹤，果步子的臉頰繃住。那名女高中生也在這個房間被某人獻祭了嗎？

「黑瀨學妹，幫幫他吧。我身為教師，也很擔心那名學生，而且我們會在這裡相逢，也不是偶然，必定有某些意義在裡面。」

即使沒有眞行寺幫腔，若是這種理由，果步子不可能拒絕。她同意工藤搜索屋內。

「謝謝妳，太好了。這位是老師對嗎？」

「對。失蹤的女高中生是哪間學校的？」

「個資不方便透露，我只能說是這附近的高中……」

「這附近的話，是羊丘女學院嗎？我們是那裡的畢業生……啊，眞行寺學姊是羊丘的老師。」

「眞的嗎？天吶，眞是太巧了，失蹤的就是那間羊丘女學院的學生。一年級的龜田靜香，她從兩個月前就下落不明，眞行寺老師知道這個學生嗎？」

「我知道，不過很可惜，我只聽過她的名字。」

「啊，這樣啊。我聽說校方也在幫忙向學生打聽，但她好像沒什麼要好的朋友。」

「好像……是這樣呢。」

「學姊，難道是因爲這樣嗎？」

果步子忍不住問，工藤聞言追問：「因爲怎樣？」

果步子以爲眞行寺決心買下這棟洋樓，是因爲她把龜田這名學生的失蹤，和芝辻及英玲奈的事件重疊在一起了。

「啊，難道眞行寺老師是來這裡找龜田靜香的？」

工藤不知道果步子和眞行寺過去犯下的罪行，這麼問道，但這樣說也不能算錯吧。

「……啊，不是，不只是爲了這件事，但這裡從以前就出過許多事……」

「哎呀，今天是假日，老師還特地爲了學生跑來，眞是太令人敬佩了。龜田同學的父母要是知道，也會很開心的。老實說，我一直覺得校方都袖手旁觀……啊，不該對老師說這種話呢。請當作沒聽到。」

「工藤先生怎麼會來這裡？」眞行寺問。

「其實我有些在意的事。」

工藤說著，在六角形房間裡走來走去。好像在找什麼東西。

「是不是因爲龜田同學來過這裡？把某人呃……」眞行寺說。

「當成供品獻祭？」

工藤眼睛繼續搜尋，反問眞行寺。

「我想應該不是。靜香同學的姑姑家就在這後面，我和她姑姑談過，她姑姑非常討厭怪力亂神，罵我說靜香不可能相信那種——羊目女是嗎？相信那種愚蠢的東西。聽說她姪女靜香比她更理性，反對靈異之說。」

「那，她是反過來被別人獻祭了嗎？」

「如果就像龜田靜香的姑姑說的，她完全不信靈異傳說的話，就算聽到有人拿她獻祭，應該也不在乎吧。」

男子悠哉的口吻讓果步子擔心起那名女高中生，忍不住插口：

「不管在不在乎，就是因爲羊目女找上她，她才會失蹤吧？」

男子停止找東西，一臉驚訝地看果步子：

「羊目女找上她？什麼意思？」

「因爲既然她失蹤了……」

「妳是說，她被那個什麼羊目女抓走了？」

偵探傻眼的口氣教人生氣，但很難讓同樣似乎不信怪力亂神的這名男子了解狀況。

「咦？難道妳們也相信有羊目女？我還以爲看到那種網路流言會當眞的，就只有女高中生以下的小女生……啊，抱歉。如果我言詞有所冒犯，還請見諒。」

「……我們就讀羊丘女學院的期間，實際上就發生了好幾起這類事件。」

果步子勉強反駁，但偵探似乎完全不感興趣，也沒追問，繼續找起東西來。

「你是不是在找這個？」

眞行寺從固定式的櫃子裡取出某樣東西向偵探出示。

「啊，對，就是那個。不愧是老師，謝謝妳。」

男子伸手走近眞行寺，但她沒有把東西交出去：「這是什麼？」

「呃，攝影機。」

「攝影機？這個？這麼小耶？」

果步子也和眞行寺一樣驚訝地問男子：「是隱藏式攝影機嗎？你在偷拍這個房間？」

「不是我。我查了龜田靜香的電腦紀錄，發現她買了跟這個一樣的監視攝影機，推測可能是裝在這棟洋樓，結果被我猜中了。這有可能是找到她的線索，請交給我。」

「等一下，這不一定就是龜田同學的東西，任意讓你帶走未免說不過去，對吧？黑瀨學妹？」

「呃，請等一下，我剛才不是解釋過了嗎？我想要和龜田靜香有關的線索。」

「在這裡可以看到裡面錄到什麼嗎？」

被眞行寺這麼問，偵探老大不甘願地從包包裡取出筆電打開，要不肯交出攝影機的眞行寺拔出ＳＤ卡。

「ＳＤ卡在哪裡？怎麼拔？」

「妳把攝影機給我嘛，電腦請老師幫我拿著。」

工藤把筆電交給眞行寺，從攝影機拔出ＳＤ卡，插進電腦裡。因爲沒有檯子可以放筆電，因此讓眞行寺拿著，他開始操作。

點開最早的檔案，畫面出現三人目前所在的六角形房間。

下落不明的女高中生，眞的偷拍了這個房間嗎？如果攝影機是她裝的，她到底想要錄到什麼？如果她不信怪力亂神，那應該不是想拍到羊目女……

盯著螢幕的果步子驚叫：「啊！」

螢幕右邊的門打開，兩名穿制服的女生現身。拿手電筒照亮房內確認的短髮瘦長女生背後，另一名嬌小的女生緊抓著她，提心吊膽地跟進來。

畫面難說鮮明，但似乎是附紅外線功能的夜視攝影機，在一片黑暗之中，也能看出制服和長相。

「是羊丘的制服。其中一個是你在找的女高中生嗎？」

仔細查看影片的工藤對果步子搖頭：

「不，兩個都不是。」

影片中，嬌小的女生不停地說「我好怕」，短髮女生安撫著她。

「這裡一定有什麼可怕的東西。太恐怖了。求求妳，一定要陪著我。小夢一個人沒辦法啦。」

「放心，小夢妳一定辦得到的。那，我在外面等妳。」

「騙人，妳要走了？不行不行不行，我怕我怕，我怕啦！」

「那就不要拖拖拉拉，速戰速決，趕快回去吧。還是就算了，直接回去？」

打消念頭，回去吧！果步子如此祈禱，盯著螢幕。兩名女高中生就好像十七年前的自己和眞行寺。然而她的祈禱落空，相同的對話反覆了幾次以後，短髮女生離開房間，只留下叫小夢的女生一個人。

女生用隨時都要哭出來的表情盯著門口，語速飛快地喃喃自語起來。

「羊目小姐，我是妳的祭品，請妳收下。」

說完三次時，門稍微開了條縫，女生「噫！」地尖叫。

雖然覺得是風，但畫面當中除了門以外，沒有任何物品移動。

女生表情緊繃，逃離逐漸逼近的看不見的東西。然後她突然想起來似地，重複說了三次「我的替身羔羊是狐塚眞弓」，連滾帶爬地跑出房間。

果步子的胸口幾乎快被不安壓垮，抬頭環顧六角形房間。

和自己那時候一樣。果然眞的有羊目女，並且現身在這裡了。

還有另一件令人介意的事。她覺得這個女高中生她見過……

「這是什麼儀式？」

工藤問，果步子爲他簡單說明羊目女的都市傳說。

「上網搜尋的時候我覺得莫名其妙，簡而言之，就是這個叫小夢的女高中生，向羊目女這個惡靈委託殺害狐塚眞弓，是嗎？」

工藤翻著不知道從哪裡弄來的羊丘女學院的學生名簿，尋找「夢」這個名字。

「夢、夢、夢……龜田同學的一年級裡，有個叫小朋夢香的學生，不過不同班，是C班。二年級……啊，有了，二年A班狐塚眞弓。一樣二年級，E班有個星野夢。」

「啊！星野夢……」

「妳認識嗎？」

「大概……請等一下。」

聽到全名，想到是誰的果步子立刻滑手機，播放肇逃事故的影片給兩人看。

「這是我們公司後輩拍到的車禍現場。被害者就叫星野夢，羊丘高中二年級生。」

「咦？眞的死掉了？」工藤驚叫。「嗯？可是這不奇怪嗎？怎麼會是拜託殺人的人自己死掉？」

他納悶著，自己也用手機搜尋，找到狐塚眞弓的部落格給兩人看。

「這、這個好像還活著，七分鐘前才上傳了自拍照。」

螢幕上的人影消失，短髮少女沒再回來。

4

雖然是在攝影機影像裡，但剛剛還活生生地行動說話的星野夢早已不在人世，這個事實讓果步子震撼極了。即使是死於交通意外，仍讓人感受到羊目女的意志。爲什麼她死了，成爲獻祭羔羊的女生卻還活著？難道是星野夢種下的惡因結果，這麼快就反諸自身了嗎？

來自背後的眼神讓果步子一陣心驚，她提心吊膽地回頭。

然而後方只有一片黑暗，並無人影。但是她強烈地感覺，門縫間和暗處的陰影中，羊的眼睛正在窺伺著她。

在這個獵食區的六角形房間觀看這種影像，不會把羊目女召喚出來嗎？不知不覺間，房間的空氣似乎也變得黏濁稠滯，彷彿貼附在肌膚上，果步子感到呼吸困難。

不知道是否完全無感，工藤已經點開監視攝影機的下一個檔案，眞行寺目不轉睛地盯著那影片。

就算要確認影像內容，也最好換個地方。趁著可怕的事發生之前……

正當果步子想要如此提議時，螢幕上出現穿著羊丘女學院制服的少女。是之前和星野夢一起來的、留著一頭少年般短髮的女高中生，但日期是三天後。

手裡拿著一支大手電筒，一臉緊張地入內的高個子少女，以清朗的聲音明確地說：

「羊目小姐，我是妳的祭品，請妳收下。」

說完三次後，明明沒有風，房門卻彷彿從外面被推開般，打開了一條縫。

這次的女生沒有像星野夢一樣害怕，或是逃躲，明確地說了三次：「我的替身羔羊是火石繭子。」

「火石繭子？」

工藤皺起眉頭，出聲複誦這個名字。

「你認識的人嗎？」果步子問，但偵探含糊其辭，指著螢幕。

短髮女生離開後，另一名新的女生準備進房間了。

兩人在走廊上親密地交談，因此應該是朋友。一樣穿著羊丘制服的那個女生，是個令人驚豔的美少女。她立下覺悟似地昂首，和剛才的女生一樣，重複說了三次「羊目小姐我是妳的祭品」。

門一樣自己打開一條縫，美少女露出嚇一跳的表情。

螢幕上什麼都看不到，然而美少女就像要逃離看不見的什麼東西般後退。顯然是在害怕逼近的物體。

十七年前，逼近果步子的詭異拖行腳步聲在耳底復甦，雞皮疙瘩爬滿了全身。螢幕中的美少女應該也和果步子一樣，是在逃離腳步聲。之前的短髮女生毫無反應，是只有敏感的人才能感覺得到嗎？

美少女後退著，但仍堅強地擠出聲音：

「我的替身羔羊……是灰原玖理子。」

說完三次名字後，她便逃之夭夭地離開了六角形房間。

「灰原……？」

工藤情不自禁地又說了替身羔羊的名字。他發現果步子和眞行寺在看他，就像要閃避質問般，說要打電話，拿著手機離開房間了。

「那個人很可疑呢。兩個被當成替身羔羊的人，他好像都認識。」

果步子注視著男子的背影說，眞行寺也同意說「是啊」。

「學姊沒有在學校教到星野夢同學和剛才那兩個女生嗎？像最後那個女生，在學校應該非常出鋒頭。」

「我在校內看過她，但可惜沒有上過她的課，不知道她叫什麼。可是短頭髮那個應該是灰原同學。」

「咦？灰原同學？難道是最後那個女生說要當成替身羔羊的灰原玖理子？」

看見垂著目光點頭的眞行寺，果步子感到苦澀的情感在胸中擴散開來。如果那個美少女希望一起來這棟洋樓的朋友死掉，那實在太令人難過了。

「她們也和星野夢同學一樣，是二年級生嗎？學姊現在是幾年級的導師？」

「我現在沒有帶班。」

「啊，這樣嗎？我記得學姊是教生物的吧？妳上幾年級的課……？」

「手機。」

「咦？」

「妳的手機在響。」

聽到眞行寺的話，果步子查看皮包內袋裡的手機，但沒有來電紀錄。

但果步子還是向眞行寺點了點頭，拿著手機出去走廊。六角形房間裡充斥著濃濃的羊目女的氣息，她強烈地感覺羊目女正躲在黑暗中，窺伺著用斧頭砍斷腳的時機，因此即使只是暫時也好，她想逃離這裡，吹吹外面的風。

不用回到玄關，朝走廊反方向前進，馬上就是後門，從那裡可以出去後院。後院有那個倉庫，沒看見人影，但傳來似乎躲在倉庫後面講電話的工藤聲音。

「就是火石繭子啊，你負責的委託人不是嗎？她幾歲？三十五左右？眞的假的，加藤？她沒有小孩吧？有沒有讀高中的妹妹？她是做了什麼會招女高中生怨恨的事嗎？……不是啊，因爲一個女高中生怎麼會想要殺年紀相差那麼多的女人？」

工藤果然知道名叫火石繭子的女人。似乎是其他員工承辦的偵探事務所委託人。

雖然不知道名字怎麼寫，但還是用拼音搜尋看看好了——果步子摸到皮包裡的手機瞬間，手機像生物般震動起來。

爲了避免被發現自己在偷聽，果步子連忙遠離倉庫，接聽電話。

「果步子，辛苦了，我鎖定了幾間新居的候補……啊，現在方便講電話嗎？」

打電話來的是高中時期爲數不多的朋友之一良美。她的婚事已經決定，果步子在幫她尋找新居。

「抱歉，我正在帶客人看屋。」

「啊，我才是不好意思，那妳方便的時候再聯絡我。」

「好。啊，其實那個客人良美也認識。」

「咦？誰？高中同學嗎？」

「也不是同學，是學姊，戲劇社的眞行寺學姊。」

「眞假！那個眞行寺學姊在找房子嗎？難道她要結婚了？不，不可能呢。」

「不，她說她已經結婚了。西高的希斯，妳還記得嗎？」

「咦？騙人的吧？什麼跟什麼？希斯不是柊優嗎？」

「他是叫這個名字嗎？我只記得他叫希斯。」

「不，柊優是藝名。咦？果步子，妳不知道柊優嗎？柊王子耶，柊王子！我沒跟妳說我去看舞台劇的事嗎？他一個人飾演哲基爾博士和海德先生，完全就是不一樣的兩個人，不敢相信是同一個演員演的。我才在奇怪最近柊王子怎麼都沒有演出舞台劇了，沒想到居然跟眞行寺學姊結婚了，眞不敢相信，羨慕死我了！」

「啊，這麼說來，她說她先生現在就在這附近。」

「妳們在哪裡？我也要去！」

「妳這麼迷他喔？」

「柊王子的演技力眞的不是蓋的。不只是舞台劇，他以後一定也會去演電影，好萊塢也會來挖角他。這樣的日本國寶，怎麼會跟眞行寺學姊那種人……」

「良美……」

「要去哪裡才能見到柊王子？……啊，我忘了等下要跟對方父母見面。好想看一眼活生生的柊王子啊！」

「抱歉，良美，我得走了。」

「對喔，妳還在工作，抱歉。我眞的太吃驚了。替我約學姊下次一起去喝酒，當然要帶著柊王子一起！」

雖然心想「我才不要，妳自己去說」，但說出來抬槓又要沒完沒了，因此果步子直接掛了電話，返回六角形房間。

半路又聽見工藤激動的聲音：「沒錯，那個女高中生可能是灰原玖理子，灰原省吾的妹妹。因爲她不是遇害了嗎？在她哥的公寓，跟她嫂嫂一起。」

果步子吃了一驚，腳下一滑，踩到樹枝之類的東西，發出刺耳的聲響。

講電話的聲音倏地打住，工藤的頭從倉庫後面冒了出來。

「啊……妳聽到了？」

果步子點點頭，工藤小聲對手機交代「發現那個叫火石的女人下落，立刻通知我」，掛了電話走過來。

「工藤先生，剛才那個短頭髮的女高中生被人殺了嗎？」

「還不確定是不是就是她……」

「那應該就是灰原玖理子同學。」

「咦？爲什麼？」

「因為學姊……啊，眞行寺老師這麼說。」

「啊，果然是。」

「她獻祭的對象，你也認識吧？」

「呃，不，我不認識。」

「不要騙我。你剛才不是在電話裡說了嗎？那是你們偵探事務所的客戶吧？」

「我沒有見過那個委託人。再說，透露委託人的私事，觸犯保密義務……」

這時，廢洋樓中傳來短促的慘叫聲。

「眞行寺學姊？」

工藤猛地衝向六角形房間，果步子也表情緊張地跟上去。

「老師，怎麼了？」

工藤呼喚，手裡拿著筆電的眞行寺回頭。

果步子原本擔心眞行寺是否遭到羊目女攻擊，看到她平安無事，鬆了一口氣，但眞行寺一臉蒼白地指著筆電螢幕：

「你們看這個。」

剛才的美少女抓住倒在地上的同齡女生手腕，在地上拖行。

頭部流血，似乎失去意識、任由美少女拖走的，是穿著毛茸茸白夾克的胖女生。

「這是什麼？」

果步子驚訝地問，眞行寺說她打開其他日期的檔案，就看到這幅影像。

「她們兩個一起走進六角形房間，一開始很普通地說話，可是最後……」

影片已經被工藤轉回去，從頭播放。

就像眞行寺說的，兩個女生在六角形房間說話。因爲是從一半開始錄，不知道前面發生了什麼事，但穿白夾克的女生說自己不信怪力亂神那一套，所以才不信什麼羊目女，對美少女語帶譏嘲。

「這個女生難道是……」

果步子喃喃道，工藤點點頭：「是龜田靜香。」

螢幕中的龜田靜香，傻眼地嘲笑宣稱看到羊目女的美少女。

緊接著的一幕，讓果步子忍不住尖叫。

因爲美少女用包包裡取出來的某樣東西，重毆了龜田靜香的頭部。

「那是手電筒？」

「不，不是一般的手電筒，是防身用的手電筒。被這玩意兒打到，是會重傷的。」

實際上被打到的龜田靜香就倒在地上，一動不動了。

「她死掉了嗎？」

工藤搖頭說不知道，反過來問果步子：

「爲什麼這個女生都來到這裡了，卻要親自下手，而不是拜託羊目女？」

果步子告訴工藤，傳說有個版本是必須親手殺掉替身羔羊。如果殺掉祭品，獻祭給羊目女，犯罪就不會曝光，但如果不獻上祭品，自己就會變成祭品，被羊目女殺掉。

「好像也有人如此深信，眞的殺掉在這裡說出名字的對象。」

果步子知道這只是流言。因爲她沒有殺害英玲奈學姊，卻好端端地活到現在。這個女生一定也是被那種流言所騙了。

望向螢幕，美少女拖著一動不動的龜田靜香，正要離開六角形房間。

「她要把人帶去哪裡？」

「是玄關的反方向，所以是後門，還是通往二樓的樓梯？」

「啊，剛才我聽到二樓有怪聲。」眞行寺害怕地看上面。「搞不好二樓有人。」

工藤沒聽到最後，衝出房間，立刻傳來跑上樓梯的聲響。果步子慶幸有他在這裡。即使是其貌不揚的胖子，但或許也練過柔道等武術，感覺十分可靠。

她立刻從皮包掏出手機想要打電話，手指卻顫抖到不聽使喚。

「黑瀨學妹，要我報警嗎？」

「啊，不，我要先聯絡公司。先請示上司，然後再報警。」

「這樣，那麻煩妳了。我去看看後門。後門出去是倉庫對吧？」

「咦？學姊，一個人行動很危險。」

果步子說著，想要叫出公司的號碼，手卻抖個不停，不小心按到剛好打來的電話接聽鍵了。

電話是良美打來的，她尖銳的聲音刺進耳朵。

「啊，良美，不好意思，我現在不太方便，等會我再回電給妳。」

果步子說完準備掛電話，但良美說「我這邊很緊急，妳先聽我說」，單方面地說了起來：

「……咦？等一下，良美，那是什麼意思？……咦？怎麼會這樣？……不可能吧？怎麼會？我不信，妳說的……是真的嗎？」

和良美說到一半，背後有什麼悄悄靠近，正要回頭的剎那，後腦吃了一記重毆。

布幕落下一般，視野被黑暗封閉，果步子倒了下來。

眞行寺刺破鼓膜般的尖叫聲喚回了果步子的意識，但她一時不辨身在何處。她想轉向聲音傳來的方向，身體卻動彈不得。後腦陣陣刺痛，視野仍一片模糊。這時傳來咚咚咚跑下樓的腳步聲，工藤的聲音響起：「怎麼了？」

「眞行寺老師，妳的額頭在流血！」

「我被剛才那個學生打了。別管我了，黑瀨學妹受了重傷……」

「咦？毆打龜田靜香的女生在這裡？」

果步子比吃驚的工藤還要吃驚。自己是被那個美少女毆打了嗎？

「她去哪裡了？」

「從後門出去，往倉庫那裡去了。」

「好，馬上叫救護車。」

「我來叫救護車，工藤先生請去追她吧。或許龜田同學在倉庫裡。」

果步子聽著逐漸遠離的工藤的腳步聲，也許是聽到眞行寺說會叫救護車，放下心來，意識也逐漸遠離了。

5

「……作啊。」

「……振作一點。」

好像有男人在叫她，果步子睜眼一看，發現自己躺在醫院病床上。近處模糊地看見戴口罩的護理師的臉。不是男性，是女性。

「妳醒了嗎?已經沒事了。頭部的傷也已經治療包紮好了，腦波也沒有異常。」

「謝、謝謝。請問，打了我的女高中生呢……?」

果步子詢問背對她更換點滴的護理師，護理師緩慢地回頭，摘下口罩。

口罩底下的臉，是用手電筒毆打龜田靜香的美麗女孩……

果步子輕呼一聲，驚醒過來，四下一片漆黑。

完全沒有護士服的美少女蹤跡。

原來是作夢了，果步子鬆了一口氣。

可是……這裡是哪裡?

她身上蓋了條像毯子的東西，但這裡顯然不是醫院。這裡冷得要命，還摻雜著潮濕的霉臭味，鐵鏽般的臭味刺鼻。

果步子想要撐起上半身，但後腦一陣劇痛，爬不起來。四下暗到看不清楚狀況，她以躺著的姿勢，膽戰心驚地伸手摸索周圍。她不是躺在床上，而是躺在類似草蓆的東西上。手再往前伸，她「噫」了一聲。因爲指尖摸到了躺在右邊的人體。

腦中浮現被毆打、拖行的龜田靜香。只碰到一下的皮膚，有著活人的體溫。

「誰？」

果步子盡量把身體往左邊擠，開口問道。

倒吸一口氣的氣息後，傳來女人呻吟般的聲音：

「……黑瀨……學妹？」

「眞行寺學姊？啊，幸好是學姊。這裡……是哪裡……？」

「我的頭……」

這麼說來，眞行寺說她也被那個美少女打了。

「頭會痛嗎？」

「嗯。這裡是……？」

「我也不知道。醒來的時候，就躺在這裡……。學姊，後來出了什麼事？」

「……倉庫……傳來工藤先生的慘叫……」

「咦？工藤先生怎麼了？」

「……我進去倉庫的時候，他已經倒在地上……」

眞行寺似乎想起了什麼，聲音開始發抖。

「倉庫……那個女生就在倉庫。她躲在黑暗裡，冷不防……就打了我……」

「是打昏且拖走龜田同學的那個女生?」

逐漸熟悉黑暗的眼睛,朦朧地映出按住頭蜷縮著的眞行寺。

「學姊,工藤先生呢?」

問出口的瞬間,反方向傳來巨大一聲「嘎!」。果步子查看黑暗,只見躺著一具肥胖圓滾的男人身體,被毯子蓋住。接著又傳來響亮的「嘎!」,似乎是在打鼾。

「太好了,學姊,工藤先生還活著。」

果步子鬆了一口氣,呼叫工藤:

「工藤先生!你沒事嗎?醒醒啊,工藤先生!」

果步子伸手想要搖晃工藤的身體,卻被眞行寺制止了:

「最好不要。」

「咦?」

「如果他也是被打到頭昏倒,頭部遭到重創之後打鼾,應該是很危險的徵兆。或許是腦部出現了某些障礙。」

「怎麼這樣……怎麼辦?啊,學姊,救護車呢?」

「對不起,我來不及叫。我正要打電話的時候,就聽到工藤先生的叫聲……」

果步子忍不住閉上眼睛。恐懼一點一滴地從腳底爬上來。

「這裡……是哪裡？」

眞行寺以欲泣的聲音喃喃說：「如果是那個女高中生把我們帶來這裡的，移動距離應該不遠，所以還在洋樓裡面吧？」

果步子也在腦中想到了眞行寺應該想到的地點，但怕到不敢說出來。

「學姊，妳身上有手機嗎？」

一陣摸索口袋般的衣物摩擦聲，但馬上就傳來悲痛地回答「沒有」的聲音。果步子的手機和皮包也不見了，無法對外求救。

「學姊，那個女高中生爲什麼要把我們帶來這裡？」

「……不知道，但或許她已經失常了。她的眼睛……」

「眼睛？」

「看起來不像人類的眼睛。」

「什麼意思？」

也許是可怕到無法形容，眞行寺沒有回應，以凹陷的三白眼直盯著果步子看。明明不願想像，腦中卻浮現那名美少女的漆黑大眼，變成又細又詭異的羊眼的模樣，背脊都凍結了。耳朵響起天宮的聲音：

妳要堅強。它會附身在軟弱的心靈……

如果，那個美少女被羊目女附身的話……
必須立刻逃離這裡才行。果步子焦急地想要起身，但只是稍微抬頭，地板和牆壁就開始旋轉，害她乾嘔。
「黑瀨學妹，妳還好吧？」
「好噁心……眩暈好嚴重……」
「不要勉強。我去找出口。」
眞行寺代替果步子站了起來，在黑暗中扶著牆壁摸索前進。
「沒問題嗎，學姊？小心點。」
一會兒後，傳來「啊！」的驚叫，果步子期待是找到出口了，問她是不是，卻沒有回應。
「學姊……？」
下一瞬間，一團昏暗的燈光亮起。
折回來的眞行寺手中，提著一盞老舊的油燈。
眞行寺舉起油燈，照亮室內，瞬間兩人同時屏住了呼吸。
整面牆壁都嵌著格子門。
是倉庫密門深處的地下牢房……

她們現在果然如同預想，身在最糟糕的地方。

果步子回頭，尋找有無逃脫之路，看見延伸至上方的梯子。

格子門的深處似乎是牢房，而她們就被放在前面。這裡的話，只要爬上梯子，打開密門，就可以去到倉庫，從那裡離開才對。頭暈到爬不起來的果步子沒辦法爬上這道梯子，但只要有人能夠離開，就可以去求救。

「學姊！那裡有梯子！」

果步子叫道，但眞行寺沒有回頭，直盯著牢房裡看。

「怎麼了，學姊？只要爬上這道梯子，應該就可以出去……」

發現眞行寺在看什麼，果步子也忍不住驚叫起來。

格子門深處，燈光照不到的牢房角落，一團黑影動了起來。

果步子戒備著對方是不是那個美少女，但似乎是個男人。

儘管驚恐萬狀，果步子還是聲音發顫地問：「你是誰？」但沒有回應。

眞行寺提著油燈，走近格子門。

「學姊，危險！」

果步子制止，眞行寺不聽，把臉貼近格子門，舉起油燈。

男子以雙臂掩住了臉，像要躲避燈光，身體縮得更小了。

這時，果步子忽然心念一動，覺得自己好像忘了某些重要的事。

她回溯記憶，卻抓不到任何頭緒，陷在危險的焦慮之中。

「怎麼會？」

眞行寺的聲音嚇了果步子一跳，回過神來，但眞行寺不是在看果步子，而是看著牢房裡的男子。難道，把她們帶到這裡來的不是那個美少女，而是這個男人？然而——疑似牢房門口的格子門上，從外面掛著一個巨大的鎖頭。而且如果男子一直在這裡，他應該也目睹了果步子等人被帶來的經緯。眞行寺是想要問這件事嗎？

然而她說出口的話，完全出人意表。

「你怎麼會在這裡？」

「……咦？學姊認識的人嗎？」

眞行寺回頭，盯著果步子的眼睛說：

「他是我先生。」

「咦？咦咦？妳先生怎麼會在這裡？」

「我才想問。欸，親愛的，到底出了什麼事？」

牢房裡的男子沒有回話，似乎正在微微發抖。

「學姊，妳說他是妳先生，那他是希斯……？」

「對啊。親愛的，啱，你記得吧？她是羊丘女學院戲劇社學妹，黑瀨果步子。」

男子似乎從摀住臉的指縫間窺看果步子。果步子看得到的，只有宛如幼童般驚懼到極點的眼睛，完全無法將十七年前的希斯相貌重疊上去。

然而果步子卻感到心胸被緊緊地勒住，就好像心臟直接被指甲刨抓一般。她果然忘了某些絕對不能忘記的重要的事。雖然想不起來，卻只有那令人心焦的感覺在體內猛烈掙扎，讓果步子不安到了極點。

「親愛的，你是擔心我，才跑來找我對吧？結果被那個女高中生發現，關進了這裡吧？牢房的鑰匙在哪裡？」

眞行寺一邊對丈夫說著，一邊尋找鑰匙，但男子完全不回話，因此看起來就像眞行寺一個人在唱獨角戲。果步子也問希斯怎麼會在這裡，他卻完全不開口。眞的是那個美少女把他關進這裡的嗎？

「這麼說來，黑瀨學妹，妳剛才是不是要跟我說什麼？」

「咦？啊，對了，那邊不是有一把梯子嗎？從那道梯子爬上去，應該就可以出去外面了。所以應該要去求救……」

雖然在意希斯的事，但求救才是當務之急。必須趁那個美少女回來之前求救才行。

「好，我來試試。」

「拜託學姊了，要是我能去就好了……」

「沒事的，我很快就會叫人來。」

眞行寺向果步子點點頭，一手提著油燈，爬上梯子。

爬上梯子後，便再也看不見她的身影，但聽見疑似密門的沉重拉門打開來，果步子放心地嘆了一口氣。

失去燈光，四下再次被黑暗籠罩，但果步子的心裡已經亮起了希望之燈。

6

落入漆黑的空間裡，只有工藤的鼾聲作響。

「工藤先生，你要撐下去。學姊去求救了，救護車應該馬上就來了。」

果步子呼喚，工藤卻仍睡個不停。也許他的狀況相當危險。

「啊，這個人是偵探……」果步子向希斯說明，但一樣沒有得到回應，黑暗中瀰漫著尷尬的氣氛。

希斯的反應不管怎麼想都不對勁。

雖然不知道他遭遇了多可怕的事，但看到妻子居然不向她求救，也不說明。再說，剛才良美說他是人氣舞台劇演員，然而男子身上絲毫看不出那樣的風采……良美？對了，被抓來這裡之前，在六角形房間接到良美的電話，就是在說希斯的事……

「……我……」

男子沙啞的聲音打斷思考，果步子猛地抬頭。

雖然聽不見他說了什麼，但聲音是從牢房深處傳來的。希斯是這樣的聲音嗎？可是，這聲音感覺有印象。

「救我……救救我……」

微弱的聲音不安地顫抖著，但這次明確地傳進了果步子的耳中。

這是她在這裡醒來之前，在夢中聽到的聲音。

難道那時候也是他在求救……？

爲什麼不是向妻子眞行寺求救，而是向果步子求救？

難道眞行寺說她和希斯結婚，是騙人的……？

「聽說眞行寺學姊跟希斯，也就是柊優結婚的事是眞的。」

良美的聲音忽地在耳底復甦。

「因爲鈴木學姊說，她莫名其妙被塡進結婚登記證人欄裡。」

這是剛才良美在打來的電話裡提到的事。

接著後腦遭到重擊，導致挨打前的記憶消失了。

良美的話還沒有完。

「可是跟眞行寺學姊結婚後，柊王子立刻就失蹤了。接下來主演的舞台劇工作也全部取消，失望的粉絲間，還傳出他私下在好萊塢活躍，甚至已經死亡的說法。」

在舞台上燃燒熱情，獲得極高讚譽的年輕演員，在結婚的同時突然銷聲匿跡了。甚至丟下已經決定的公演，實在難以想像他會是憑自己的意志失蹤。

「把你監禁在這裡的……難道是……」

果步子提心吊膽地問，黑暗中傳來虛弱沙啞的聲音：

「就是那女人，剛才那女人……」

他痛苦呻吟的啜泣聲在黑暗中迴響。

眞行寺親手把丈夫關在這種地方……？

「你從什麼時候就被關在這裡了？你不是和學姊結婚，過著幸福的日子嗎……？」

「結婚？我才沒有跟她結婚！誰會跟那種女人……」

「咦……？可是她一清二楚地說她跟你結婚了……」

「那個女人瘋了。她有病，活在自己編造出來的妄想中。」

眞行寺看起來那麼幸福，原來全都是她打造出來的妄想世界的童話故事嗎？

「那個女的不可能去求救。求求妳，出去外面報警吧！」

如果能走，果步子也想要盡快逃離這種鬼地方，但她只要試著直起身體，就一樣被劇烈的眩暈所襲擊，根本站不起來。

怎麼辦？正當果步子抱頭苦思，工藤格外響亮的一道鼾聲打破了黑暗。

「工藤先生……」

果步子搖晃工藤的身體。雖然擔心他或許顱內出血了，但她沒有別人可以依靠了。

「工藤先生，起來啊！」

果步子抓住他的手臂，粗魯地搖晃身體，結果持續不斷的鼾聲陡地收住了。

「嗯？」

「工藤先生，你沒事嗎？」

「這裡是哪裡？咦？妳是不動產的？」

「對，我是黑瀨。你的頭會痛嗎？」

「頭？」

「你被打了對吧？」

工藤沒有呻吟頭痛，意外正常地說著話。眞行寺說他被打，原來也是假的嗎？

「對了！我被打了！被那個女老師！搞什麼東西，那女人跑去哪裡了？」

「眞行寺學姊打了工藤先生……？」

果步子原本還無法完全相信希斯的話，但傷害工藤的果然也是眞行寺。

「她突然拿扳手朝我打來。」

「扳手？你沒事嗎？剛才打鼾打得好厲害呢。」

「哦，我學生時期是玩摔角的，用頭錘鍛鍊過腦袋。可是這要是一般人，就算被那一記當場打死也不奇怪。那女人眞的是老師？」

這句話讓果步子再次想起了良美的話：

「眞行寺學姊是在羊丘高中教過生物沒錯，可是聽說鬧出問題，被學校開除了。」

說完柊優下落不明的事以後，良美接著這麼說。

「她好像跟蹤超商店員，糾纏不休，甚至用扳手攻擊人家的女友，被警察抓走，所以才被校方解聘，可是後來卻繼續去學校，想要上課。眞的是瘋了。她眞的很恐怖，我覺得妳最好不要跟她扯上關係，所以才急著打電話警告妳。妳最好現在馬上逃走。」

良美好意忠告，果步子卻沒能逃走。因爲電話剛講到這裡，果步子八成也被眞行寺用扳手毆打，陷入了昏迷。

可是，明明把希斯監禁在這裡，卻對超商店員跟蹤騷擾，到底是怎麼一回事？

「喂，那裡有人。」

是眞行寺回來了嗎？果步子一陣恐慌，但視力漸漸熟悉黑暗的工藤看到的對象，是牢房裡的希斯。

「啊，他說他也是被眞行寺學姊監禁在這裡。」

「什麼？」

「學姊說那是她的先生，可是這好像也是妄想。」

「出於妄想監禁的丈夫也是妄想出來的，這太恐怖了吧。」

「那個恐怖的學姊剛剛去外面了，如果工藤先生能行動，希望你去求救。」

「好！」工藤氣勢十足地應答，然而一坐起上半身，就按住頭皺起眉頭。

「啊，果然會痛嗎？」

「嗯……總覺得天花板和牆壁轉個不停。」

如果是和果步子相同的症狀，應該沒辦法爬上那道梯子。

「不，給我一點時間。我覺得休息一下就能走了。」

工藤說，再次躺了下來。

「拜託你。」希斯以欲泣的聲音向工藤懇求。「請救救我。我只有你能指望了。」

「沒問題，交給我。你也太慘了吶。呃，你是……」

「啊，他是希斯……不對，是柊先生，演員柊優先生。」

「咦！」工藤驚呼。「你是那個舞台劇演員柊優？」

工藤居然知道柊，果步子很意外。如果工藤的興趣是摔角，感覺想當然耳，但他看起來實在不像會看舞台劇的人。

「對，工藤先生喜歡舞台劇？」

「啊，不是，因爲不久前我才聽說有個超厲害的演技派演員柊優，沒想到會在這裡見到……」

「不是……」

「咦？」

「那女人也用這個名字叫我，可是我不是柊優，也不是演員。」

他的話比起工藤，更讓果步子驚訝。眞行寺說他是希斯，這也是妄想嗎？

「可以讓我看看你的臉嗎？」

衣物摩擦聲後，聽得出希斯挪近過來，抓住了格子門。

果步子定睛細看那片黑暗。剛才希斯縮在牢房角落，所以只看到眼睛，但現在他的臉朦朧浮現在格子門之間。

「……不對，你不是希斯。」

男子面龐完全看不到在舞台上演出《咆哮山莊》的他的影子。若說和記憶中的希斯的臉有任何共通之處，那就是兩人都是沒什麼特色、不會留下印象的臉。

「你是誰？」

牢房裡的男子還沒有回答，工藤已經搶先喃喃：

「難道……你是灰原省吾？」

「……你怎麼知道我的名字？」

儘管猜中了，工藤卻重重地大嘆一口氣，抱住了頭：

「怎麼會在這種地方連在一起？」

工藤苦澀的喃喃自語勉強傳進了果步子的耳中。

牢裡的男子對抱頭沉默的工藤傾訴：

「我是灰原省吾。那個女人殺了我的妻子……大概也殺了我妹妹。」

果步子驚嚇到連聲音都發不出來，灰原省吾對她娓娓道來：為了逃避搬到隔壁的眞行寺跟蹤狂行為，他跑路似地閃電搬家，然而眞行寺不知怎地查到了他們的新住址，甚至出現在新家，打死了妻子。她雖然否定毒殺了妹妹，但那一定也是她幹的。

果步子感覺到，聽到他的告白，在旁邊抱著頭的工藤身體猛地一震。

果步子也在報紙和電視上看到這起命案。由於丈夫行蹤不明，一開始許多報導認為是丈夫爲了擺脫生病的妻子而痛下毒手，但沒想到失蹤的丈夫灰原省吾被監禁在這裡，眞凶是眞行寺……

眞行寺雖然是個不懂得察言觀色的怪人，但高中時代的她認眞過度、熱情過頭，凡事都狂熱到讓周圍的人退避三舍，是個純粹的女孩。

到底是什麼害她瘋成這樣，甚至做出如此殘忍的暴行？

眞行寺似乎深信灰原省吾就是柊優，但高中時期，她爲之痴迷的對象不是希斯，而是芝辻老師。

果然是那時候來到這棟洋樓，害她瘋狂了嗎？確實，從此以後她就變了。所以果步子也開始躲避眞行寺，退出戲劇社。

十七年前來到洋樓的那個夜晚，應該就是一切開端。

種下這麼多惡因的眞行寺，到底會有多淒慘的報應降臨在她身上？

「喂，」工藤呼叫，果步子赫然回神。「眞行寺是那個女人的本名嗎？」

「咦？這、啊……」果步子說到一半，這才想到了。如果她結婚的話，可能變成夫姓了。

「妳叫她眞行寺學姊，眞行寺是她的舊姓吧？」

「對。」

「那，她的名字是不是『繭子』？」

「啊……這麼說來……」

「果然。」工藤又沉默下去，果步子催問他這「果然」是什麼意思？

「我之前查過，柊優的本名叫火石優，火焰的火，石頭的石，『火石』。」

「那，如果學姊眞的和他結婚了，現在的名字應該是火石繭子？咦！火石繭子，不是剛才的短髮女高中生說出來的名字嗎？」

「那個女生是灰原玖理子，他的妹妹。」

工藤壓低聲音說完後，在驚訝的果步子旁邊用力撐起上半身。緊接著腦袋一晃，伸手撐住頹倒的身體，但發出丹田十足的一聲：「好！」

「爬上那道梯子就行了吧？」

「那裡應該能從密門通往倉庫，可是你還在頭暈吧？」

「只能靠氣勢撐過去了。我今天會來到這裡，一定就是爲了救他。」

工藤爲自己打氣說，但似乎不打算說出背後隱情。

「……一切都是因果報應。」

果步子忍不住喃喃說，工藤驚訝地看她，似乎咧嘴笑了一下：

「咱們偵探就是靠別人的不幸混飯吃，遲早要有報應的。」

工藤用雙手拍了拍臉頰，鼓舞自己，正準備站起來的這一刻，黑暗中響起了掌聲。

7

梯子上濛濛地亮了起來，接著那道光緩緩地降下梯子。

燈光中出現提著油燈的眞行寺。

「第一幕完，辛苦了。」

眞行寺皮笑肉不笑的詭異笑容讓果步子背脊凍結。她似乎一直在上面看著。

「老實說，眞的好無趣。柊王子，你果然不行了，明明以前也很擅長即興劇的，現在是怎麼了？居然演得比門外漢的偵探先生還要糟，我太失望了。」

「妳在胡說什麼？」

眞行寺走近格子門，批評灰原省吾說，工藤對她吼道：

工藤瞪著眞行寺想要站起來，但果然只是撐起上半身就踉蹌，果步子連忙扶住他，要他躺下。

「黑瀨學妹也是，以前演得比較好。感覺得出中間的空白時期，太可惜了。」

「學姊……妳爲什麼要做出這種事？」

「柊王子不曉得是不是遇到撞牆期，沒辦法演得那麼好了。所以我想要給他一點刺激，請你們過來這裡相互激盪一下。虧我用心安排機會，卻端出這麼一齣蹩腳戲給我看，我太失望了。以前的柊王子眞的好棒呢……啊，我眞是的，學妹也看過嘛，他演的《咆哮山莊》。我第一次看到那樣震撼人心的舞台劇。那時候我就明白了，舞台上的他是在對我傾訴。那個時候我就立下決心了，要把我這輩子都奉獻給他。」

「學姊，妳看仔細啊，他不是希斯！」

「咦？黑瀨學妹，妳已經自己開始第二幕了？」

「不是的，學姊把希斯——把火石優藏到哪裡去了？」

「藏到哪裡？他不就在這裡嗎？對吧，柊王子？」

對灰原微笑的那張臉不像在撒謊。這個人眞的活在自己一手打造的恐怖妄想屋裡，眼中只看到自己想看的景色。

「既然這樣，爲什麼要把柊王子——要把妳珍愛的丈夫關在這種地方？一起帶他回家吧！」

「黑瀨學妹，是他主動說要來這裡的。他想要在沒有手機也沒有網路，不會受到任何人打擾的地方，專心思考演戲，所以我想到這個完美無缺的地方，把他帶來。」

即使她說的是眞的，說這話的也不是灰原省吾，而是火石優吧。

「神經病，世上有哪個女人會把自己的丈夫關進牢裡？」

工藤咒罵，果步子制止他，討好眞行寺地說：「可是，妳先生看起來好像不太舒服。這裡環境實在不能說是衛生，我覺得帶他去醫院比較好。我可以……」

「沒這個必要。這裡很安全。」

「什麼？」

「我把他留在這裡，是爲了保護他，不讓他受到外界一切邪惡的侵擾。做爲回報，他會在這裡只爲我一個人演戲。」

眼前歷歷在目地浮現火石優在這座牢籠裡飾演希斯克里夫的場景。火石優是不是也和灰原省吾一樣，被囚禁在這裡，被迫只爲她一個人演戲？那會是多麼殘忍而可悲的舞台劇啊！

火石優死了嗎？宛如燦星般的才華，就這樣被一名女子的瘋狂葬送了？

「龜田靜香也在這裡嗎？」

工藤問，眞行寺應道「啊，她在那裡」，高舉油燈。然而她指示的地方只有一片泥土，根本沒看到龜田靜香。剎那之間，瞥見房間角落並排著好幾個像水槽的東西，但眞行寺立刻就放下油燈，燈光照不到了。

「沒人啊？龜田靜香也被妳殺了？」

「沒有的事。你們也看到剛才的影片了吧？那個女高中生好像被拖到倉庫丟下來，搞得毫無關係的我得幫忙埋屍體。」

啊，龜田靜香果然也死了。

「牢房的鑰匙在妳手上？」

「對，在這裡。」

眞行寺輕按長套裝的口袋說。

「可以打開牢房嗎？」

「爲什麼？」

「妳剛才抱怨那個人演得很爛，可是我看他就是被關在那狹小得要命的牢裡，才沒辦法盡情施展吧？」

「或許是吧。」

「我覺得讓他到寬闊點的地方，就可以像以前那樣演出最棒的《化身博士》了。」

「咦，你也看過他演的《化身博士》？」

「我還沒看過，所以可以讓他試試看嗎？在那道梯子下面演之類的。」

「好。可是梯子下面很窄，把埋著龜田的地方當成舞台好了。」

工藤目送興沖沖地去開牢房的眞行寺的背影，望向果步子。果步子察覺是在使眼色叫她支援灰原逃亡，點了點頭。比起讓頭暈到連路都走不穩的工藤或果步子，讓灰原去爬梯子，兩人聯手壓制眞行寺，勝算更高。如果是自稱學生時代練過摔角的工藤，一定可以牽制眞行寺，讓灰原省吾逃生。

牢房的鎖打開了。

工藤和果步子注視著灰原，相信他能領會兩人的計畫。

然而他也許是太害怕眞行寺了，窺看著眞行寺的臉色，遲遲不肯出來。

「快點出來表演啊。」

眞行寺看著灰原，背對著這裡。工藤在她身後偷偷對灰原指示梯子。

灰原抓住格子門跪地，膽戰心驚地挪向出口。爬出牢房出口後，他仍不知爲何沒有站起來，而是避開眞行寺似地繞了一大圈，拚命爬向工藤和果步子。

發現他爲何不站起來的理由，果步子忍不住失聲尖叫。

灰原不是不肯站起來，而是沒辦法站起來。

他暴露在燈光裡的長褲褲腳下，看不到任何應該要有的東西。沒有腳踝、腳背、腳跟、腳心、腳趾、腳爪，什麼都沒有。

兩隻腳都從腳踝以下空無一物，就彷彿被羊目女砍斷了似的……

「……是那女人幹的？」

工藤聲音顫抖著問，灰原咬唇，一再點頭。

「你在做什麼?快點過來這裡表演《化身博士》!」

眞行寺命令灰原,提著油燈,一下子走到舞台去,工藤發飆了:

「妳爲什麼幹出這種事!他不是妳心愛的人嗎!」

「他當然是我心愛的人,所以我才要拿掉他的腳。因爲他想要逃走。每一個都是。只要他們不逃,我也不想做這種事好嗎?」

「居然說得好像是他們的錯……咦?每一個都是?妳說每一個?到底是在說誰?」

一下子就走到舞台的眞行寺把燈擱到正中央,瞬間,原本陰暗的房間角落也被燈光照亮,剛才只瞥見一眼的牆邊四只水槽被照得通明。

「呃……喂,那是什麼!」

就連剛毅的工藤也禁不住狼狽慘叫。

水槽裡裝的不是金魚、大肚魚、熱帶魚、烏龜、蛇或蠶蜥,而是人類的腳。

被砍斷的人腳——腳踝以下的部分——四只水槽各一對,應該是泡在福馬林裡面。

果步子嚇到整個人都凍結了,她拚命克制反胃的衝動。

同樣的水槽,爲何會多達四個?其中之一裝的,很遺憾的一定是灰原省吾的腳,但其他三個呢?

明明根本不想看,目光卻被不小心被水槽吸去,視野一隅有什麼吸引了目光。

只有最左邊水槽的腳，腳踝繫著像繩索的東西。

熟悉而懷念的東西，讓果步子的背脊一陣戰慄。

「……我不信，芝辻老師也……？」

果步子聲音顫抖地喃喃說，眞行寺的表情倏地明亮起來：

「妳居然認得出來，黑瀨學妹！看腳就知道是芝辻老師，妳太厲害了。」

雖然已經褪色了，但那果然是果步子親手編織、送給芝辻的幸運繩環。

「妳把老師也殺了？妳明明跟我說老師不可能死掉！」

當時說這話的眞行寺，看起來就像肺腑之言……

「我沒有殺他。我跟妳說老師不可能死掉，是因爲那時候我這麼希望。因爲我第一次砍人的腳，所以不熟練，芝辻老師發了高燒。我讓他吃了治療感染的藥，拚命照顧他，想要治好他。可是老師卻拋下我走了。」

「難道，英玲奈學姊也是妳殺的……？」

「英玲奈？哦……」

在以福馬林水槽爲背景的恐怖舞台上，眞行寺眼神遙望，開始唱起獨角戲來。

「那天放學我看到芝辻老師和英玲奈在一起，就跟蹤他們，結果看見他們一起進了芝辻老師的公寓。我也去過好幾次，當然知道老師住在哪一戶。每次我煮飯送過去，想要跟老師一起吃，老師都一臉難過地請我回去，說不能讓高中生進家裡，可是英玲奈居然進去了。我覺得老師一定很困擾。可是英玲奈這個人不是很強勢很霸道嗎？老師那麼溫柔，被她一直磨，一定就拒絕不了了。那次選角的結果，一定也是厚臉皮的英玲奈利用了老師的溫柔。我呢，很後悔跑來這裡把老師獻祭。當時我一時氣憤，說了老師的名字，可是芝辻老師並沒有錯。因爲一定全都是英玲奈搞的鬼。所以我看到英玲奈整個人偎上去，用自己的大奶去頂老師的手臂，走進門內的瞬間，我就下定決心了。我要把老師從那個下賤淫蕩卑鄙邪惡的女人手中救出來。」

「所以，妳把英玲奈學姊推進河裡……？」

「對，我把她從橋上推下去，免得她再繼續害老師困擾了。可是就算英玲奈死掉，也還不能放心，爲了保護好芝辻老師，我請他過來這裡。我說我知道英玲奈在哪裡，老師就輕易跟過來了，但沒想到最後卻以遺憾的結果收場……」

眞行寺一廂情願的認定和瘋狂的暴走，讓果步子啞口無言。不管說什麼，應該都是徒勞吧。無論費盡千言萬語，應該都不可能跟這個人彼此理解。

往旁邊一看，和正要撐起上身的工藤四目相接了。工藤發現灰原無法依靠，想要自己去求救。他眼中強烈的意志光芒，讓人感覺到對生命的執著。

「老師死去的世界，比失去燈光的這個房間更要黑暗，我覺得我的人生也結束了。

可是柊王子，他的舞台在我的心中點燃了新的火光。」

「那裡面也有希斯的腳對吧？」

因爲實在令人作嘔，果步子根本不想談論腳的事，但現在她能夠做的，就只有爭取時間讓工藤做好準備，以及轉移眞行寺的注意力。

「對。」眞行寺點點頭，微笑著指向水槽裡的腳。原本無法直視，低著頭的果步子也忍不住抬起頭來。因爲她指的是第三個水槽。如果在芝辻之後，她監禁了希斯，也就是火石優的話，他的腳不是應該裝在第二個水槽嗎？

啊——她想到了——可是對這個人來說，在這裡的灰原省吾也是希斯。

那麼，第四個水槽裡的腳到底是誰的……？

才剛這麼想，便傳來一道低沉的慘叫聲。

是工藤從壓低身體的姿勢站直，準備衝向梯子，卻無法站立，倒在地上了。想逃走的意圖曝光，眞行寺不知道會做出什麼事來，果步子正在警戒，但眞行寺看也不看工藤，不停地催促灰原快點上舞台。

果步子趁機伸手扶起工藤。

「快去吧，她眼裡只有灰原先生。」

果步子壓低聲音細語，卻只得到低沉乾啞的笑聲：

「……我不行了。」

「頭還是暈到站不起來嗎？」

「不是……」

循著工藤的視線望去，果步子倒抽了一口氣。原本蓋在身上的毯子捲起，他底下的腳就和灰原一樣，雙腳腳踝以下都消失了……

第四雙腳是工藤的腳……？

果步子一驚，也掀開自己的毯子。

底下自己的腳還在。看到那雙大腳丫、厚腳背、形狀醜而不適合穿高跟鞋、拇趾外翻、趾甲肥厚又香港腳，帶給她無窮煩惱、讓她痛恨得要命的雙腳還在那裡，果步子的淚水潰堤。

「不是哭的時候，快走。」

工藤附耳對果步子喃喃說，果步子抬起涕淚縱橫的臉。

「能走的就只有妳了，拜託。」

回頭望去，眞行寺只看著灰原，滔滔講述以前看到的《化身博士》多麼精采。

或許行得通。不，非成功不可。

如果眞行寺買下這棟洋樓，他們就會被豢養在這裡，直到死去。

果步子站起來想要跑，然而只是朝斜前方踉蹌了兩三步，馬上就倒地了。平衡感果然失常了。天花板和牆壁轉個不停，沒辦法睜著眼睛，強烈作嘔的感覺逼她摀住嘴巴。身體在要求她直接蹲下去求個輕鬆，但她硬是撐起這樣的身體，壓低姿勢，左右搖晃著拚命朝梯子走去。

「黑瀨學妹，妳要去哪裡？給我回來！」

眞行寺煩躁的聲音讓身體抖了一下。反射性地回頭一看，眞行寺手裡拿著東西，追了上來。發現她手中拿的不是扳手，而是斧頭，瞬間果步子全身被恐怖勒緊，再也動彈不得。

嚓、唰……

眞行寺靠近的腳步聲，讓她全身毛骨悚然。明明剛才都還正常行走的眞行寺，不知爲何拐著一隻腳。

還有她的眼睛——現在瞪著自己的，不是那雙特徵十足的凹陷三白眼，而是瞳孔橫躺的詭異羊眼睛……

喉嚨深處爆出不敢相信是自己聲音的淒厲尖叫。

被那雙眼睛瞪住的果步子就像被定住了一般，失去自由，全身僵硬。

眞行寺提著斧頭逼近而來，但她的身體突然隨著一道鈍重的「咚！」聲，往旁邊倒去。體型肥胖的男子不畏懼她的凶器，撲上去制止她。腳踝以下慘遭切斷的工藤大叫：

「快走！我們只剩下妳了，快走！」

那孤注一擲的聲音解除了果步子的束縛，她要不聽使喚的身體爬行似地拚命朝梯子前進。總算到梯子旁邊，伸手想要抓住，卻抓了個空，反作用力讓她又整個人摔倒了。頭撞到牆壁，痛到淚水直飆。

就在這時，背後傳來工藤的慘叫聲。或許是被斧頭砍了。視野邊角看見眞行寺把他的身體推到一旁。

果步子慌忙站起來，拚命抓住梯子踩上去。梯子本來就細，要撐住搖晃不穩的身體往上爬，簡直難如登天。果步子失去平衡，差點掉下去，但勉強用手臂勾住了踏板，爬上一階。一階，再一階，再一階。

嚓、唰……

腳步聲逼近背後。

但果步子再也不回頭了。

因爲能夠救出他們兩個的，就只剩下我了。

只要能成功救出他們，積下如此大的善因，我這狗屎般的人生，或許就能稍有轉機……

恠26／暗黑之羊

原著書名／暗黒の羊
作　者／美輪和音
原出版者／東京創元社
翻　譯／王華懋
責任編輯／詹凱婷
業務・行銷／陳紫晴・徐慧芬
編輯總監／劉麗真
總 經 理／陳逸瑛
榮譽社長／詹宏志
發 行 人／涂玉雲
出 版 社／獨步文化
城邦文化事業股份有限公司
104台北市中山區民生東路二段141號5樓
電話：(02) 2500-7696　傳真：(02) 2500-1967
發　行／英屬蓋曼群島商家庭傳媒股份有限公司
城邦分公司
104 台北市中山區民生東路二段141號2樓
網址／www.cite.com.tw
讀者服務專線／(02) 2500-7718；2500-7719
服務時間／週一至週五：09：30～12：00　13：30～17：00
24小時傳真服務／(02) 2500-1900；2500-1991
讀者服務信箱E-mail／service@readingclub.com.tw
劃撥帳號／19863813
戶名／書虫股份有限公司
香港發行所／城邦（香港）出版集團有限公司
香港灣仔駱克道193號號1樓東超商業中心
電話／(852) 2508-6231　傳真／(852) 2578-9337
E-mail／hkcite@biznetvigator.com
馬新發行所／城邦（馬新）出版集團
Cite (M) Sdn Bhd
41, Jalan Radin Anum, Bandar Baru Sri Petaling,
57000 Kuala Lumpur, Malaysia.
Tel: (603) 90578822
Fax:(603) 90576622
email:cite@cite.com.my
封面設計／蕭旭芳
排　版／游淑萍
印　刷／中原造像股份有限公司
●2022（民111）3月初版
售價420元

版權所有・翻印必究 ISBN 9786267073315（平裝）
ISBN 9786267073261（EPUB）

國家圖書館出版品預行編目資料

暗黑之羊 / 美輪和音著；王華懋譯. –初版.
– 台北市：獨步文化，城邦文化出版：
家庭傳媒城邦分公司發行，民111.03
面 ； 公分. --（恠；26）
譯自：暗黒の羊
ISBN 9786267073315（平裝）
ISBN 9786267073261（EPUB）

861.57　　110022225